환풍기의 달

환풍기와 달

김성달 소설집

새미

차례

환풍기와 달

환풍기와 달

사무실은 하루 종일 조용했다.

"정말 끝장인가 보죠?"

동우 맞은편에 앉아 껌을 씹고 있던 미스 오가 물었다. 그녀는 석 달 전, 제법 단단한 중견 의류 업체였던 회사가 막 기울어 질 무렵에 입사했다. 미스 오는 요즈음 딴 직장을 알아보는 눈치였다.

동우는 건성으로 넘기던 재고 조사표를 덮고 창고 안을 바라보았다. 숨 돌릴 틈도 없이 매일 쏟아져 들어오는 신상품과 재고로 비좁던 창고 안이 추위를 느끼게 썰렁했다. 지난달부터 신상품 생산이 중단되더니 재고조차 창고에 들어오지 않았다. 매일 매일의 상품 입출고와 재고 관리를 책임진 동우는 할 일이 없어 편하긴 했지만 마음이 불편했다. 동우에게 외면당한 미스 오가 혀를 쏙 내밀었다.

동우가 지하실 창고 한 쪽의 상품관리실을 지킨 게 햇수로 벌써 3년이었다. 택시 운전대를 잡고 있는 게 위험하다며 이종사촌 아저씨가 소개 준 자리였다. 계속 택시 운전을 하는 게 옳았는지, 여기에 앉아 옷, 입출고 관리를 한 것이 옳았는지 알 수 없지만 이종사촌 아저씨의 관심이 고마울 따름이었다.

동우는 기지개를 펴며 자리에서 일어났다. 굳이 할 일이 있는 것도 아니지만 무작정 앉아 있을 수도 없었다. 막상 일어나기는 했지만 텅 빈 창고 안에 들어 갈 생각도 없었고, 어음을 든 거래처 사람들이 밀려와 악악거리는 위층 사무실에 올라 갈 엄두는 더욱 나지 않았다. 그렇지만 회사 형편이 어떻게 돌아가는지 궁금했다. 벌써부터 부도가 날 것이라던 회사는 아직도 그럭저럭 굴러갔지만 심상찮은 것은 확실했다.

동우가 좁은 사무실 안을 빙빙 돌고 있는 데 영업 2부 이 대리가 재고 상품을 한 꾸러미 안고 들어섰다. 그와는 가끔 포장마차에서 소주잔을 기울이는 사이였다. 아침부터 아무도 얼씬 거리지 않던 터라 동우는 이 대리가 반가웠다.

"웬 반품이야?"

"아무 것도 모르는 대리점 점주가 내주기에 얼른 받아 왔지.”

부도 소문이 퍼져 나가자 전국 대리점에서는 상품 반품을 한사코 꺼리고 있었다. 그들은 본사에 보증금이 걸려 있어 옷을 한 벌이라도 더 가져가지 못해 안달이었다.

“슬쩍 귀띔이나 해주지.”

“염병한다. 아예 광고를 하고 다니지.”

이 대리는 화를 내며 안고 있던 옷을 집어던지듯이 넘겨주었다. 동우는 벙그죽히 웃었다. 영업 사원 입장에서 보면 동우의 말이 터무니없을 것이다.

“어떻게 될 것 같아.”

동우가 무렴함을 감추며 슬쩍 물었다.

“월급 대신 챙길게 있으면 얼른 챙겨 둬.”

입고 전표를 끊고 있던 미스 오가 이 대리의 말을 듣고 수선을 떨며 나섰다.

“어머머, 그럼 난 무얼 챙기지. 이럴 줄 알았으면 반품 온 무스탕이나 두어 벌 챙겨 둘 걸. 어떡하지. 정말 어떻게.”

입고 전표는 뒷전으로 내던지고 반품 할 옷가지를 들쑤시며 눈을 반들거렸다.

“미스 오. 오늘 저녁 한잔 어때?”

미스 오의 호들갑 따위는 아랑곳없이 이 대리가 빙글빙글 웃으며 이기죽거렸다. 미스 오는 찡그렸던 얼굴을 활짝 펴며 이 대리에게 감겨들었다.

"이 대리님. 좋아요. 어디서? 몇 시에?"

"내 이럴 줄 알았어. 미스 오는 어째 거절을 모르냐. 살다 살다 너 같은 애 처음 본다."

이 대리는 고개를 절레절레 혼들며 2층으로 올라가 버렸다. 회사에 근무하는 남자 사원들은 한결같이 미스 오가 거절을 모르는 헤픈 여자라며 싫어했다. 웃음도 헤프고, 술도 헤프고, 돈도 헤프고, 심지어 그것도 헤프다고 등 뒤에서 손가락질이었다. 하지만 손가락질하는 직원 치고 미스 오의 술을 얻어먹지 않은 사람이 없었다. 미스 오는 손가락질 따위에는 신경쓰지 않았다. 자신이 즐기는 것이라고 했다.

동우는 괜스레 부아가 치밀어 옷이 걸린 행거를 거칠게 창고 안으로 밀어 넣고 문을 잠가 버렸다.

"어머. 대리님 왜 이래요."

미스 오가 얼굴을 빨갛게 붉히며 대들었다.

"지금 당장 부도가 난 것도 아닌데……"

"흥, 정말 별꼴이야. 그러면 누가 알아준다고 그래요. 지지리 못나게 스리."

스물 셋의 미스 오는 거절을 모를 뿐만 아니라 매사에 거침이 없었다. 그녀 앞에는 상사도 고객도 안중에 없고 오직 자신 만 있을 뿐이었다. 미스 오는 언젠가 회식 자리에서 춤 신청을 거절했다고 동우를 두고두고 미워했다. 거절이 아니라 동우는 블루스를 출 줄 몰랐다.

답답한 마음에 동우가 버릇처럼 담배를 피워 물자 분이 덜 풀린 미스 오가 소리를 질렀다.

"지하실에서 연기가 어디로 빠져나가요."

옷과 원단을 함께 취급하는 지하실 사무실에는 항상 먼지가 떠돌아 공기가 탁했다. 동우는 가급적이면 사무실에서 담배를 피우지 않으려고 노력하지만 생각처럼 쉽지 않았다.

동우가 등 뒤의 전기 코드를 꽂자 벽에 붙어있던 환풍기가 맹렬하게 돌기 시작했다. 소음이 엄청났지만 속은 후련했다. 미스 오가 또 미간을 찌푸리며 무슨 말인가를 하려다가 입을 다물었다. 환풍기 소음 속에서 말을 해 봤자 소용없다는 것을 알고 있었다. 상기된 얼굴이 조금 식은 미스 오는 핸드백 속에서 버릇처럼 화장품을 꺼내 들었다.

동우는 담배를 피우며 창고 안팎을 찬찬히 둘러보았다. 월급이 석 달이나 밀렸다. 아내는 벌써부터 옷이라도 몇 벌 챙겨 오라고 성화였지만 귓등으로 들어 넘겼던 터였다. 이제야 그런 자신이 너무 무심했는가 싶어 둘러보지만 창고에는 철지난 여름옷이 몇 벌 걸려있고 그나마 원단 창고는 텅텅 비어 있었다. 이 대리도 쓸 만한 것은 벌써 빼돌려 제 몫으로 챙겨 두고 생색내느라 거저 줘도 안 가져 갈 옷을 들고 왔을 터였다. 영업부 직원들뿐만 아니라 총무과, 자재과 직원들도 모두 눈치껏 회사 물건을 빼돌리고 있었다. 회사에서 일부러 눈감아 준다는 말도 들렸다. 동우는 막연히 불안해지며 뭔가 해야 되지 않을까하고 조바심이 일었다. 화장을 끝낸 미스 오가 동우를 불렀다.

"대리님."

동우는 흠칫 놀랐다. 미스 오에게 속을 들킨 것 같아 손끝이 희미하게 떨렸다.

"대리님도 뭔가 챙겨야 하잖아요. 회사 망하면 누가 우리 월급 챙겨 줄 것 같아요."

"챙길게 있어야지."

"왜 없겠어요. 잘 찾아보세요. 전 이걸로 할래요."

미스 오는 자신이 사용하던 컴퓨터를 검은 색 매니큐어가 빛나는 손가락으로 살짝 가리켰다.

"알았죠. 대리님."

미스 오는 쌍꺼풀이 없는 눈부터 웃으며 허리를 어색하게 비틀었다. 눈감아 달라는 부탁이었지만 동우는 못 본 척 고개를 돌려 버렸다. 망할 년. 저러니 헤프다고 손가락질 당하지. 동우는 마치 자신이 손가락질을 당한 듯이 얼굴이 홧홧 거렸다. 단 둘이 마주 앉아 술을 마신 적도, 밤을 같이 지낸 적이 없는데도 동우는 미스 오가 저렇게 웃으며 과장되게 몸을 비틀 때 마다 불쾌하고 속이 상했다.

동우는 책상 앞에 앉아 맥없이 담배만 피우다 퇴근 시간에 맞추어 자리에서 일어났다. 미스 오는 약속이 있다며 자취를 감추고 없었다. 창고 문을 잠그고 2층 사무실에 올라가 아무나 잡고 포장마차에 가서 소주나 마실까 생각하다 마음을 돌려 현관을 나섰다. 주머니 사정이 말이 아니었다.

현관 입구의 경비실이 캄캄했다. 월급이 밀리자 경비가 제일 먼저 관둬 버렸는데도 인사과에서는 고용할 생각을 하지 않았다. 동우는 경비실 문을 열어 보았다. 텅 비어 있었다. 경비 박 씨가 며칠 전에 짐차를 끌고 와서 월급 대신 경비실 집기를 몽땅 실어 갔다더니 정말 그런 모양이었다. 사장이 보는데도 태연하게 싣고 사라졌다고 했다. 동우는 캭 침을 뱉고 경비실 문을 닫았다. 모두들 이렇게 챙기는 것을 당연시했다.

밖은 여전히 환했다. 하늘 한 쪽에 붉은 노을이 뻗어 있고, 다른 한 쪽에는 시커먼 구름이 빠르게 몰려 왔다. 혹시나 싶어 들른 포장마차에는 아는 얼굴이 보이지 않았다. 곰보 주인 아줌마가 흘끔 쳐다보았지만 모른 척 돌아섰다.

집에 돌아왔는데도 아직 훤했다. 낮이 너무 길었다. 지하로 내려오는 순간 홀연히 빛이 사라졌다. 지하실 입구에서 집으로 가는 복도에는 전등이 없다. 밤이나 낮이나 벽을 더듬었다. 벌써부터 등을 달자고 부탁했지만 주인은 쳐다보지도 않았다. 싫으면 나가라는 기세였다. 서울 시내에서 이만큼 싼 곳도 드물었다. 어둠 속에서 가만히 서 있던 동우는 눈이 어둠에 익숙해지자 걸음을 옮겼다. 연탄가스 냄새가 목을 찔렀다. 이곳만 지나면 힘이 흡입기로 죄다 빨려 간 듯 기운이 사라졌다.

부엌에 있던 아내는 동우를 보고도 소처럼 꾸역꾸역 일만 했다. 아내는 무던했지만 지나치게 무뚝뚝했다. 제 집 강아지 새끼가 드나들어도 반색을 할 터인데 살면서 여태 그런 적이 없었다.

"야, 아는 척이라도 해라."

동우가 퉁을 주었는데도 역시 거들떠보지도 않았다.

아내는 저녁상을 물리고 윗목에 밀어 놓았던 부업거리를 챙겨 들었다. 장난감 권총을 만드는 집주인네 공장에서 얻어 온 일거리였다. 조립이 끝나 완성된 권총에 총알을 넣어 쏴 보고 총알이 제대로 나가는지 확인하는 일인데 공임이 지나치게 적었다. 세 들어 산다고 남들보다 적은 것 같은데도 아내는 군소리 없이 시키는 대로 했다.

"회사는 망하나 안 망하나……."

아내가 권총 방아쇠를 당기며 물었다. 픽. 불발이었다. 삐딱하게 누워 아홉시 뉴스를 보던 동우 역시 픽 대꾸했다.

"몰라."

불발 권총 소리보다 더 맥 빠지는 소리였다.

"뭘 챙겨 두든지 해야지."

아내는 불발 권총을 불량품 상자에 던지고 다른 권총을 집어 들었다. 동우는 마치 제가 불량품 상자에 던져 진 느낌이었다.

"뭘 챙길게 있어야지. 회사 사정이 뻔한데"

"그렇다고 등신처럼 맥 놓고 있을 거야."

들기 좋은 소리를 내며 총알이 벽에 붙은 빨간 표적지에 정확히 명중했다. 아내의 놀라운 사격 솜씨에 동우는 엉덩이를 들썩이며 소리를 질렀다.

"야, 기막히네."

"지랄 허네. 육갑떨지 말고 뭐든 좀 챙겨 와. 마음만 용해 빠진다고 누가 우릴 먹여 살리니."

아내가 쏜 총알은 거푸 보기 좋게 명중했고, 그때마다 동우는 총에 맞은 것처럼 가슴이 뜨끔했다. 꾸벅꾸벅 졸며 아내 일이 끝나기를 기다린 보람도 없이 동우는 오늘도 밤일을 불발로 끝내고 말았다. 와락 구겨진 종잇조각이 되어 옆으로 고꾸라지는 동우를 배위에서 미련없이 떨뒤내며 아내가 소리쳤다.

"하다못해 환풍기라도 챙겨 오란 말이다. 등신아."

아내는 동우가 밤일을 불발로 끝낼 때마다 지하 가득 들어 찬 연탄가스를 들먹였다. 어떻게 생겨먹은 집 구조인지 연탄가스가 빠져나갈 통로는 복도가 고작이었다. 지하를 점령한 연탄가스가 복도를 따라 밖으로 빠져나가는데 한나절이 걸렸다. 매일 연탄가스와 동거하고 있다는 표현이 맞았다. 아내 입에서 환풍기 이야기가 나온 것은 벌써 오래 전이었다.

"환풍기……?"

동우는 어렴풋이 잠 속으로 빠져들며 홍얼거렸다.

이튿날 출근을 하며 동우는 주근깨가 살포시 내려앉은 아내의 콧등 위로 얼굴을 들이밀며 확인했다.

"분명히 환풍기를 가져오라고 했지?"

뚱한 얼굴의 아내는 대답 대신 권총 방아쇠를 힘껏 당겼다. 총알이 과녁을 멀리 빗나가는 것을 보며 동우는 밖으로 나왔다. 머리 위에 태양이 쨍쨍한 아침이었다.

회사는 여전히 어수선했다. 직원들의 눈빛에는 불신이 가득했고, 사장실 문은 굳게 잠겨 있었다. 총무과에 들러 출근 사인을 한 동우는 서둘러 계단을 내려왔다. 사무실로 가는 지하 계단 역시 집 앞의 복도처럼 캄캄하지만 집보다 익숙했다. 마흔 아홉 개의 계단을 내려가면 사무실이었다.

사무실 문을 연 동우는 걸음을 멈추고 정면 벽에 붙은 환풍기를 새삼스럽게 쳐다보았다.

"대리님 뭘 그렇게 뚫어지게 보세요."

미스 오가 등 뒤에서 얼굴을 들이밀었다. 밤새도록 마셨는지 입에서 술 냄새가 풍기고 얼굴이 부석부석 했다.

"대리님. 저 회사 집어치우기로 했어요."

"……."

"신제희 패션 아시죠? 내일부터 출근해요."

미스 오는 껌을 두 개 한꺼번에 씹으며 고개를 아래위로 끄덕거렸다. 동우는 할 말이 없었다. 오늘, 내일 하는 회사에 무작정 잡아 놓을 수 없었다.

"대리님. 밀린 월급 대신 컴퓨터 가져갈게요. 제가 손해지만 어떻게 하겠어요. 회사가 이 모양인데."

동우는 미스 오의 말을 귓등으로 흘리며 환풍기만 쳐다보았다. 벽에 단단히 고정된 환풍기를 뜯어내기란 쉽지 않을 듯싶었다. 우선 필요한 연장부터 챙겨 두었다가 모두 퇴근 한 밤에 작업을 해야 할 것 같았다. 동우는 막상 환풍기를 뜯을 결심을 굳히자 가격이 궁금했다.

"미스 오 저 환풍기 말이야. 얼마나 할까?"

그사이 책상에 앉아 졸고 있던 미스 오가 눈을 억지로 벌려 떴다. 이럴 땐 미스 오도 귀여운 구석이 있었다.

"환풍기라뇨?"

"저기 달린 환풍기도 몰라."

동우는 공연히 소리를 지르며 환풍기를 가리켰다. 미스 오는 잠이 덜 깬 얼굴을 찡그리며 쏘아붙였다.

"왜 소리는 지르고 지랄이세요."

"그래 지랄이다. 근데 얼마나 할까?"

"그깟 환풍기 몇 푼이나 한다고요."

"글쎄 얼마나 할 것 같아?"

"내가 어떻게 알아요."

동우의 밑도 끝도 없는 채근에 미스 오는 발끈 신경질을 내며 돌아 앉았다. 동우는 무렴한 얼굴로 환풍기를 쳐다보았다. 환풍기 날개는 무엇이든지 잘라 버릴 것처럼 맹렬하게 돌아가고 있었다. 동우는 그 당당함이 부러우며 설핏 자신이 없어졌다.

동우는 지상에서 눈이 오고 비가 오고, 용광로 같은 햇살이 대지를 뜨겁게 달구어도 아랑곳 없이 지하실을 지켰다. 창고 속으로 드나드는 옷 색깔이 변하면 계절이 바뀐 걸 느끼며 지하 세계에서 살았다. 지상에서 벌어지는 일은 아무것도 모른 채 살았다. 지금도 여전히 아는 게 없었다. 회사가 어떻게 되어 가는지 사람들은 무엇을 하고 있는지 모른 채 환풍기를 켰다 끄면 하루가 어둠 속으로 사라지고 퇴근을 했다.

점심을 거른 채 책상 앞에 죽치고 있던 동우는 퇴근 시간이 얼마 남지 않아서 자리에서 일어났다. 하루 종일 환풍기 생각뿐이었다. 어떤 수를 써서라도 오늘 반드시 뜯어 낼 작정이었다. 우선 필요한 장비부터 구해 놓고 퇴근 시간이 지나 시작하기로 마음을 굳혔다.

관리부에서 드라이버와 필요한 몇 가지 장비를 구해 돌아오니 퇴근 준비를 한 미스 오가 사무실에서 종종 걸음을 치는 중이었다.

"대리님, 이것 좀 들어주세요."

미스 오는 책상 위의 노란 보자기 꾸러미를 가리켰다.

"뭔데?"

"컴퓨터."

"나 더러 그걸 옮겨 달라고?"

"그럼 내가 해요."

"너 참 웃긴다."

"전철역까지만 부탁해요."

컴퓨터를 어깨에 걸친 동우는 미스 오와 나란히 언덕길을 내려갔다. 빌딩 사이에 걸린 햇살은 초가을답지 않게 여전히 뜨거웠고 숨이 막혔다. 동우는 목에 줄이 걸린 개처럼 헉헉 거렸지만 미스 오의 걸음은 빠르고 경쾌했다. 동우는 앞만 보고 걸었다.

"대리님, 이별주 한잔 해요. 제가 살게요."

미스 오가 직원들이 단골로 드나들던 포장마차 앞에서 걸음을 멈추었다. 동우는 어깨위의 무거운 짐을 내려놓고 싶은 마음이 간절했다. 명색이 윗사람이 되어 회사를 관두는 직원에게 이별주 살 생각 조차 못하고 있었다.

포장마차에 앉은 동우는 미스 오가 채워 준 소주잔을 단숨에 들이켰다. 미스 오는 입술만 살짝 적시고 내려놓았다. 미스 오가 소주잔에 남긴 희미한 립스틱 자국을 보는 순간 동우는 갑자기 욕정을 느꼈다. 힐끔 미스 오를 쳐다보자 더욱 헌걸 찬 욕정이 꿈틀거렸다. 동우는 미스 오의 손을 움켜 잡았다.

"미스 오, 컴퓨터 몇 푼 받지 못할 거야. 그래도 실망하지 마. 알았지?"

터질 듯이 팽배한 욕망과 달리 입에서 터져 나온 말 모양새에 동우는 그만 맥이 빠졌다. 동우는 자신이 정말 지겨웠다.

"알아요. 대리님 나도 알아요. 그렇지만 맨손으로 나오면 억울하잖아요. 그냥 상징이에요. 상징."

미스 오가 입술을 잘근잘근 씹으며 지껄였다.

"대리님, 오늘 우리 신나게 즐길까요?"

"뭘 즐겨?"

"춤 추러가요."

"희떠운 소리 집어치워."

"머저리 같은 자식. 당신이나 집어치우세요."

미스 오는 아니꼽다는 듯이 이죽거렸고 동우는 말머리를 돌렸다.

"미스 오가 옮긴다는 그곳에 혹시 일자리 없을까?"

"대리님 정말 웃긴다."

"뭐가?"

"찾아 봐야지. 누가 해주길 바라요."

동우는 술맛이 싹 가시면서도 미스 오 말이 맞다고 쓸쓸하게 인정했다.

"그만 가자 할 일이 있어."

"그 잘난 회사에 아직도 할 일이 남았어요."

"회사를 위해서가 아니라 날 위한 일이야."

"뭔데요?"

미스 오가 자꾸 채근하는 바람에 동우는 망설이다 털어 놓았다.

"환풍기를 뜯어 낼 거야."

" 환풍기?"

미스 오는 바람 빠지는 소리를 내질렀다.

"그래, 월급 대신."

미스 오는 기가 막힌 듯이 깔깔깔 웃으며 단숨에 소주 한 잔을 비우고 환풍기 따위는 전혀 관심조차 없다는 듯이 말했다.

"환풍기 대신 춤 어때요."

"싫다."

"나도 싫다. 쪼다 같은 자식아. 니 마음대로 하세요."

미스 오가 일어나 계산을 했다. 동우는 미스 오가 많이 외로울 거라는 생각이 들었다. 그 사이 세 병의 소주가 위장 속으로 사라졌고 어둠이 포장마차를 미역 줄기처럼 휘감고 있었다. 동우는 취기를 느끼며 컴퓨터를 다시 짊어지고 담벼락 앞에 버티고 서서 힘껏 오줌을 갈겼지만 구두가 젖었다.

"잘 가, 머저리 대리님."

전철역 입구에서 미스 오가 손을 팔랑팔랑 흔들었다. 돌아서는데 동우는 갈비뼈가 빠져 나간 듯이 옆구리가 허전했다. 이상한 노릇이었다. 사랑하고 있었다. 미스 오를 사랑하고 있었다. 아니 헤픈 미스 오가 좋았다. 아니 미스 오를 사랑했다. 아니 헤픈 미스 오가 만만했다. 모르겠다. 모르겠다. 동우는 종잡을 수 없는 말을 뇌까리며 다시 언덕을 올라갔다.

언덕에 올라서자 서늘한 바람이 불었다. 어둠 속에 회사 건물이 웅크리고 있었다. 환풍기를 빼내면 건물이 폭석 주저앉을 것 같은 불안이 엄습했다. 동우는 가슴이 답답했다. 며칠째 굳게 잠겨있던 2층 사장실에서 희미한 불빛이 흘러나오고 있었다. 사장은 이따금 외부에서 전화를 걸어 창고 재고 상황을 묻곤 했는데 평소의 왕성함이 사라진 목소리였다.

동우는 심호흡을 하며 사장실로 올라갔다. 문이 반쯤 열린 사장실에서 소매를 걷어 올린 사장이 울면을 먹고 있었다. 고추장으로 시뻘겋게 비빈 울면을 사장은 즐겼다. 사장은 땀을 뻘뻘 흘리며 울면을 먹었다. 울면 그릇 옆에는 소주병이 보였다. 사장의 모습을 몰래 지켜보던 동우는 발소리를 죽여 지하 사무실로 내려 왔다.

동우는 장갑을 끼고 연장을 집어 들었다. 의자 위에 올라가 드라이버로 나사를 풀어도 벽에 붙은 환풍기는 끄떡도 않았다. 어디를 어떻게 해야 할지 막막했다. 우두커니 서 있던 동우는 해머를 머리 위로 쳐들고 환풍기가 달린 벽을 힘껏 내리쳤다.

"콰탕!"

둔탁한 소리와 함께 시멘트 파편이 사방으로 튀었다. 동우는 이빨을 깨물고 벽을 부수기 시작했다. 건물 안은 해머 내리치는 건조한 소리로 가득 찼다. 등과 이마에 땀이 흐르고 검지 손가락이 깨져 피가 흘러도 동우는 손을 멈추지 않았다.

동우는 해머를 광폭하게 휘둘러 사장을 부르고 싶었다. 사장이 보는 앞에서 태연하게 환풍기를 뜯어내고 싶었다. 사장은 내려오지 않았고 환풍기는 동우를 비웃듯이 꼼짝 않았다. 동우는 미친 듯이 마구 해머를 휘둘렀다.

"대리님."

돌아보니 미스 오였다. 동우는 해머를 집어 던졌다.

"그렇게 불렀는데 안 들려요?"

"못 들었어. 웬일이야?"

"정말 환풍기를 가져가나 싶어서요."

"보시다시피."

"대리님에게도 이런 구석이 있었구나"

"뭐?"

"계속하세요."

미스 오는 초저녁과 달리 많이 차분해 져 있었다.

동우는 미스 오가 의자에 앉는 것을 보며 다시 해머를 들었다. 한 시간의 사투 끝에 환풍기가 조금씩 흔들리더니 기우뚱하고 벽에서 떨어졌고 동우는 기진맥진했다. 환풍기는 생각보다 무거워 들고 갈 일이 걱정이었다.

"대리님도 아주 떠나실 작정이죠?"

잠자코 앉아 먼지를 고스란히 뒤집어쓰고 있던 미스 오가 입을 열었다.

"그게 무슨 말이야?"

거친 숨을 고르며 동우가 못마땅한 얼굴로 미스 오를 쳐다보았다.

"환풍기 없는 이곳을 생각해 보세요?"

동우는 설핏 낯이 붉어졌다. 미스 오의 말이 맞았다. 환풍기를 떼어 내는 동안 동우 가슴밑바닥에는 이곳을 그만 떠나야겠다는 결별의 의지 같은 게 단단히 박히고 있었다. 동우는 미스 오 입에서 그런 소리를 듣는 게 못마땅했다.

"대리님 이 까짓 환풍기가 뭐기에 죽자 살자 매달려요?"

미스 오가 널브러진 환풍기를 발로 차며 지껄였다.

"컴퓨터는 어떻게 하고?"

동우는 자꾸 못난 구석을 들키는 것 같아 추궁하듯이 물었다.

"팔아 버렸죠,"

"얼마나 받았어?"

"밀린 월급 십 프로도 되지 않아요."

"……"

"환풍기는 그 보다 훨씬 쌀 텐데 뭘요……."

미스 오가 너그럽게 웃어보였다.

동우는 보자기에 싼 환풍기를 어깨에 메고 회사를 나왔다. 미스 오가 뒤를 따라왔다. 컴퓨터보다 값이 싼 환풍기는 컴퓨터보다 서너 배나 무거워 다리가 휘청거렸다. 별이 유난히 많이 돋은 밤하늘에 누른 테를 두른 달이 어중간하게 떠 있었다. 불 꺼진 사장실이 깜깜했다.

"대리님. 잘가요."

언덕에서 미스 오가 손을 내밀었다. 초저녁과 달리 동우는 미스 오를 꽉 붙들고 싶었다. 미스 오가 간절해졌다. 심한 갈증과 같았다.

"어디로 가려고?"

"갈 곳은 많아요. 그 날 정말 고마웠어요."

"그 날?"

"제가 술에 엉망으로 취한 날 말이에요."

동우는 어렴풋하게 짐작되는 것이 있었지만 무엇이 그토록 미스 오를 고맙게 한 것인지 몰랐다. 회식 자리에서 잔뜩 취한 미스 오를 봉천동 그녀의 자취방까지 데려다 준 적이 있었다. 택시가 오르지 못하는 봉천동 가파른 계단 길을 미스 오를 업고 올랐다. 그녀의 자취방은 흔한 옷장 하나 없이 단출했다. 미스 오를 자리에 눕히고 돌아서는데 문 앞에 놓인 편지를 밟고 말았다. 편지가 바스락 밟히던 소리와 동시에 미스 오가 바스락 마른 침 삼키던 소리를 동우는 지금도 기억하고 있었다. 미스 오는 초저녁처럼 손을 팔랑팔랑 흔들며 언덕 가운데로 난 어두운 골목길 안으로 사라졌다. 곧장 가면 새벽까지 술을 파는 카페 촌이었다.

동우는 자정이 되어서야 집에 도착했다. 집으로 올라가는 하천의 역한 냄새는 여전했고 방으로 들어가는 복도의 어둠도 여전했다. 아내는 여전히 총을 쏘는 중이었고, 동우를 거들떠보지 않는 것도 여전했다.

환풍기를 어깨에 멘 동우는 자꾸 미스 오가 보고 싶었다. 그 자리에서 돌아서 미스 오를 따라가고 싶었지만 몸은 이미 환풍기를 내려놓고 있었다. 그제야 아내가 눈을 돌렸다. 마지막으로 쏜 총이 과녁을 정확히 꿰뚫었다.

"환풍기다."

"뜯어 온 거야."

"응."

"월급 대신 환풍기를…… 멀대같은 인간."

"왜?"

"그냥 한 번 해본 소린데 그걸 곧이 들어. 월급 대신 환풍기. 소가 웃겠다."

"그래도 필요하잖아."

"그건 그래."

아내는 선선히 인정했지만 입가에 신경질이 자글자글 들끓었다.

"어디다 달까."

동우는 연장 통에서 망치를 꺼내 들고 달려들었다.

"지금 달겠다고."

"지금 당장."

"제 정신이야?"

"물론이다. 빨리 달 곳만 정해. 간단해."

"어떻게 하는데?"

"환풍기가 들어 갈만 한 구멍을 뚫고 그곳에 끼우기만 하면 돼."

아내는 들고 있던 총을 내려놓고 사방을 둘러보았다. 두 자짜리 장롱이 차지 한 벽은 손을 댈 수 없었고, 시계가 걸린 벽은 옆집과 이어지는 곳이라 곤란했고, 문이 달린 곳 역시 안 되고 결국 한쪽 만 남았는데 그곳이 어느 곳과 연결되는지 알 수 없었다.

다행히 바깥 쪽으로 빠져 있으면 좋으련만 남의 집 벽이거나, 땅 속 흙더미를 만나면 일이 커지는 판이었다. 동우는 환풍기를 달고 싶어 안절부절 이었다. 환풍기만 벽에 걸면

만사가 시원시원 풀릴 것 같았다.

"어서 정해. 어서."

망치를 든 동우는 몸이 뜨거워지고 흥분되었다. 손에 든 망치를 앞으로 내 저으며 아내를 채근했다. 성교 하듯이 헐 떡거리는 동우를 이상한 눈으로 쳐다보며 주위를 둘러 본 아내가 짧게 뱉었다.

"달 곳이 없다."

"달 곳이 없다니? 사방이 벽인데."

동우는 얼굴이 벌겋게 상기되어 고함을 질렀다.

"답답한 인간아. 벽 만 있으면 환풍기를 달 수 있어?"

"그럼 또 뭐가 필요하다는 거야."

동우는 오직 환풍기를 벽에 걸고 싶은 욕망뿐이었다. 달 곳이 없다고 발을 빼는 아내가 미치도록 답답했다.

"바깥 쪽으로 벽이 나 있어야 하는데 우리 방 구조로 봐 서 그런 벽이 없어."

아내는 이미 다른 총을 집어 들고 과녁을 조준했지만 동 우는 자꾸 조급해졌다.

"아니야, 잘 찾아보면 있을 거야. 찾아보자고."

동우는 망치로 벽을 미친 듯이 두드렸다. 방 안팎이 쾅쾅 울렸다.

"그만해, 무슨 미친 짓이야."

아내가 말리지 않았다면 동우는 벽을 모두 허물었을 것

이다.

"필요 없는 것 당장 갖다 버리고 총이나 쏴."

"진짜 총 줘 봐."

아내가 사나운 눈초리로 노려 보았지만 동우는 아내도 방안에 산더미 같이 쌓인 총도 눈에 들어오지 않았다. 오직 환풍기만 보일 뿐이었다. 환풍기를 벽에 걸고 싶은 한 가지 욕망 뿐이었다.

"그럼 어떻게 하란 말이야. 환풍기도 걸지 못하고 어떡하란 말이야."

"무슨 엉뚱한 소리를 자꾸 지껄이는 거야. 갖다 버리면 되잖아."

"싫다."

"왜 싫어?"

"……"

동우는 대답을 못하고 환풍기만 멀뚱멀뚱 바라보았다. 언제부터인가 이유 없이 환풍기에 집착하고 있었다. 아내가 재차 다그쳤다.

"왜 버리지 못하는데?"

"……."

동우는 풀었던 환풍기를 보자기에 다시 주섬주섬 묶었다. 어깨에 메고 나오는데 아내의 성마른 목소리가 뒤통수를 때렸다.

"잘 버려. 걸리면 벌금이야."

동우는 막상 나오기는 했지만 어디다 버려야 할지 막막했다. 어디로 가야 할지는 더 막막했다. 미스 오가 생각났다. 어디서 무얼 할까 궁금했다. 동우는 악취 나는 하천을 따라 천천히 걸었다. 바깥과 연결된 벽이 없는 지하실에서 10년째 살았다. 왜 그곳을 벗어나지 못하는지 이유를 알 수 없었다. 하루도 일을 손에 놓은 적이 없지만 무섭게 치솟는 전세 값만 겨우겨우 맞추고 살았다.

동우는 하천에 환풍기를 버릴까 생각했다. 하천을 떠도는 썩은 개의 시체를 본 적이 있었다. 내키지 않았다. 가져오기만 하면 모든 일이 잘 풀릴 것 같은 희망을 주던 환풍기가 금방 아무짝에도 쓸모 없는 짐이 되었다.

동우는 맥이 빠졌다. 무엇을 하고, 어디로 가야 할지 막막했다. 환풍기만 있으면 잘 될 줄 알았는데, 달 곳이 없는 환풍기는 쓸모없는 쓰레기에 불과 했다.

내일 또 출근을 하겠지만 환풍기가 빠진 벽을 보는 것도 난감했다. 환풍기를 버린다는 것은 동우가 마지막으로 잡고 있는 어떤 희망을 버리는 것이었다. 차라리 그대로 놓아 둘 걸하고 후회했지만 이미 늦었다. 이제와 환풍기를 제자리에 달아 두는 것은 더 우스운 짓이었다.

동우는 컴퓨터를 팔아 치운 미스 오가 부러웠다. 제 앞가림을 척척해 놓고 회사 걱정하는 영업부 이 대리가 부러웠다. 과녁을 정확히 맞히는 아내가 부러웠고, 땀을 뻘뻘 흘리며 울면을 먹는 사장이 부러웠다. 월급 대신 회사 물건을 실어 간 경비 박 씨는 더욱 부러웠다.

동우는 썩은 하천을 따라 천천히 걸었다. 언제부터인가 누런 테를 벗어던진 밝고 환한 달이 그의 앞을 재빨리 가로질렀다. 그 순간 동우의 허리가 활처럼 휘며 등위의 환풍기가 거북이등처럼 단단히 달라붙기 시작했고 머리 위의 달이 터질듯이 팽창하기 시작했다.

미결인간 577

미결인간 577

김회장은 오늘도 나가지 못했다.

출장과 면회로 소란하던 복도의 인기척이 차츰 잦아들었
다. 담당 교도관이 복도를 지나며 철창문을 하나씩 잠그는
동안 감방 안은 침묵에 잠겼다. 음식물이 든 관물대 앞에 자
리를 잡은 봉사원이 병호 옆에 앉은 김회장을 힐끗 쳐다보
았다. 작고 찢어진 그의 눈이 빛났다.

가부좌 자세로 앉아 팔짱을 낀 김회장은 눈을 감고 있었
다. 맞은편에 앉은 양사장이 웃으며 옆구리를 찔렀지만 요
지부동이었다. 병호 맞은편에 앉은 이사장이 지루한 듯 기
지개를 펴려다 움찔했다. 오늘은 아무래도 분위기가 빨리
누그러질 것 같지 않았다. 봉사원 옆에 앉은 뚱뚱한 허사장

이 기어코 한마디 했다.

"뭐야, 오늘도 못 나간거야. 대체 나간다는 거야 안 나간다는 거야. 괜스레 아침부터 사람 마음 싱숭생숭하게 만들고 말이야."

하긴 그랬다. 김회장은 보름 전부터 보석으로 나갈 거라며 큰소리를 친 모양이었다. 병호가 이 방에 들어온 것은 일주일 전이었는데 김회장은 그 며칠 전부터 아침마다 나갈 거라며 방식구들에게 꼬박꼬박 악수를 챙기면서도 지금까지 저 자리에 앉아 있었다. 오늘 아침에는 가지고 있던 새 팬티와 수건, 양말 한 짝 까지 몽땅 나누어 준 탓에 모두들 반드시 나가는 줄 알았지만 폐방 시간이 지나도록 그를 부르는 소리가 들리지 않았다. 무심한 척 하면서도 이제나 저제나 하던 방식구들은 맥이 빠지고 화가 치밀어 대판 싸운 것처럼 말이 없어졌다.

"거, 앞으로 나간다는 말을 허들 마쇼."

봉사원이 운동으로 만든 다부진 상체를 삐딱하게 돌리며 쏘아붙였다. 넘버 원 봉사원에 뒤질세라 넘버 투 박사장도 한 마디, 넘버 쓰리 허사장도 한마디 했다. 경제사범으로 들어와 재판을 기다리거나 진행 중인 미결수들이 모인 이곳에서는 모두 사장으로 불렸다. 갓 들어온 병호에게도 깍듯이 사장 이라는 호칭을 사용했다. 이 방에서 유일하게 회장님으로 불리는 사람이 바로 김회장이었다.

얼굴이 유달리 새카만 김회장은 부동산업자인데 바같에서도 김회장으로 불리는 모양이었다. 병호가 사동 13방 신입으로 처음 와 봉사원이 작성한 신상 명세와 죄명, 영치금액 따위를 묻는 소위 신입 신고식이라는 것을 할 때도 김회장은 회장님답게 통이 크고 시원시원했다.

　병호가 동해안 어촌 사람이라는 이야기를 듣더니 대뜸 그 곳에 회장님 땅이 있고 횟집이 하나 있는데 나가면 맡아서 하라고 했다. 그 태도가 너무 당당해 병호는 이참에 지긋지긋한 사업 모두 걷어치우고 횟집을 하면서 평온하게 살까 하는 생각을 제법 심각하게 했을 정도였다.

　김회장은 입방 서열이 병호보다 두 번째 빨랐다. 병호와 같은 날 같은 시간에 들어오면서 문지방을 먼저 넘어 서열이 빠른 이사장 위였지만 회장님으로 불리며 각종 편의를 제공 받았다. 순전히 감방장 즉 봉사원 덕분이었다. 김회장은 이 방에 들어오던 순간부터 봉사원에게 큰 선물을 한 모양이었다. 나이순으로 따지고 들자면 김회장이 제일 연장자였지만 봉사원 제 입으로 얘기했듯이 이곳에는 연장자 공경과 배려의 융통성이 통하지 않는 곳이었다. 김회장은 봉사원의 적극적인 배려에 힘입어 최고 연장자의 위치를 누리고 있었다.

　김회장에게 적극적인 힘을 실어주던 봉사원의 태도가 달라지자 방안의 분위기는 순식간에 돌변했다. 특히 병호와 같이 입방한 이사장은 드러내놓고 김회장을 무시했다. 들어올 때부터 김회장 따위는 안중에 없어 하던 그였기에 기어코 한마디 했다.

"처음부터 나가지도 못할 것 괜히 뻥 친 거지 뭐."

미동도 없이 앉아 있던 김회장이 눈을 떴다. 얼굴이 하얗고 하관이 빠른 이사장은 김회장 시선 따위는 아랑곳하지 않았다.

"나이도 어린놈이 어디서 함부로 주둥이를 놀려."

그동안 위태위태하던 둘 사이가 기어코 터졌다. 10대 중반부터 게임장과 도박장에서 굴러 먹은 이사장은 역시 만만찮았다. 얼굴이 벌겋게 변하는 김회장과 달리 얼굴색 하나 변하지 않으며 대거리를 했다.

"나이가 들었으면 나잇값을 해야지. 쪽 팔려서 원……"

이사장은 혀까지 쯧쯧 찼다. 발끈해서 자리에 일어난 김회장은 이사장을 보며 부들부들 떨었다. 쳐다보며 웃기만 하던 봉사원이 그제야 나섰다.

"이사장 그만해. 폐방 하고도 보석으로 나가는 경우도 있어. 너무 쥐 쫓듯이 하지 마."

봉사원의 한마디로 방안은 금방 질서를 되찾았다. 폐방 나팔 소리가 들리고 저녁인원 점검이 실시되었다.

김회장은 저녁 내내 말이 없었다. 식사를 끝내고 각자 맡은 일을 했다. 병호는 싱크대 앞에서 고무장갑을 집어 들었다. 제일 늦게 들어온 신참은 설거지 담당이고 그 위는 화장실 또 그 위는 씻은 그릇을 깨끗이 말리는 일을 맡았다. 방 안의 일은 주로 세 사람이 했다. 고참들은 서열에 따라 물 담당, 배식담당, 공동으로 주문해서 먹는 음식을 정리해 두는 관물 담당이었다.

"김회장 오늘부터 화장실 청소 하쇼."

느닷없는 봉사원의 지시에 김회장은 멍하니 앉아 있었다. 그동안 봉사원은 김회장에게 화장실 청소를 면해주었다. 그 나이에 교도소 들어 온 것도 서러운데 화장실까지 들어가게 하는 것이 가혹하다는 이유였다. 비슷한 연배임에도 화장실 청소를 했던 넘버 투나 넘버 쓰리 입장에서는 부당했지만 하루에 팔굽혀 펴기를 천 번씩 하는 봉사원에게 감히 맞서지 못했다.

김회장이 들고 있던 행주를 바닥에 힘껏 던졌다. 당장 무슨 일이 벌어 질 것 같았지만 김회장은 힘없이 고개를 숙이고 화장실로 들어갔다. 이사장이 김회장 자리에 앉아 그릇을 닦았다. 방안 사람들은 무관심 한 척했지만 제자리를 찾은 질서에 만족하는 눈치였다. 김회장은 오랫동안 화장실에서 나오지 않았다.

저녁 설거지를 끝내고 한참이 지났는데도 교도관은 끝내 김회장을 찾지 않았다. 항상 방 가운데를 차지하고 있던 김회장은 시키지 않았는데도 출입문 앞에 붙어 앉아 있었다.

봉사원과 이사장은 바둑을 두고 다른 사람들은 잡담을 나누었다. 병호는 시린 손끝을 마주 잡고 앉아 쇠창살 너머 어두운 밤을 보고 있었다. 올 겨울은 유난히 추웠다.

키가 큰 건설업자 양사장이 앉은 채 궁둥이를 밀며 김회장 앞으로 다가갔다. 히로뽕을 하다 교도소를 서너 차례 드나들었고 건설사 자금 문제로 또 두어 차례 교도소를 드나든 그는 자칭 빵잽이었다. 방안에서 일어나는 모든 일을 듣고 판사처럼 판결을 내리는 취미가 있었다. 병호가 이곳에 온 첫날 밤, 일부러 잠자리를 바꾸는 수고를 하면서 병호 곁에 누워 사건에 대해 묻고 기소장을 읽어 보더니 '집행유예'라고 형량을 때렸다.

"도대체 어떻게 된 영문인지 들어나 봅시다. 보석 신청을 한 지 보름이 지났는데 결과가 나오지 않는 것은 나 같은 빵잽이도 처음 보고 듣는 일입니다."

처음엔 대꾸조차 않던 김회장은 양사장이 거듭 재촉하자 마지못해 입을 열더니 곧 눈알이 붉어지도록 자초지종을 설명하는 데 열을 올렸다.

김회장 형님이 바깥에서 일을 봐 주고 있는데 벌써 보름 전에 그에게 오백만원을 건네고 보석으로 나가면 다시 천만원을 주기로 하고 보석 전문 변호사를 샀다. 사흘이면 충분하다던 변호사가 자꾸 말을 바꾸었다. 어제는 형님이 면회 와서 보석금까지 넣었으니 틀림없이 나온다고 했다. 그런데 밤 아홉시가 넘은 지금까지 소식이 없다. 나는 거짓말을 하는 게 아닌데 한 가지 걸리는 게 있다. 형님이 이복형님이다. 그게 자꾸 마음에 걸린다. 설마 반쪽이라도 같은 피가 흐르는 형님이 돈을 가로채고 사지도 않은 변호사를 샀다고 거짓말을 하겠느냐. 사정이 이러니 정말 미칠 노릇이다. 내일은 마누라 면회 오라고 해서 알아 볼 생각이다. 만일 형님이 나를 속였다면 절대 가만두지 않겠다. 나가면 당장 요절을 내버리겠다. 이곳에 다시 들어오더라도 반드시 손을 봐주겠다. 김회장은 충혈된 눈에 눈물까지 달고 하소연 했다.

손으로 턱을 괴고 앉아 김회장의 말을 듣고 있는 양사장은 판결을 앞둔 판사처럼 신중했다. 쌓이고 쌓인 격정을 털어 놓은 김회장은 홀가분한 얼굴로 양사장을 쳐다보았다. 어느새 양사장 주위에 몰려 든 일행 모두 그의 입을 쳐다보고 있었다. 양사장은 입을 다물고 무엇인가 깊이 생각하듯이 고개를 좌우로 갸웃갸웃 하다가 금방 앞뒤로 까딱까딱 하기도 했다. 방안은 마치 선고를 앞둔 법정처럼 팽팽한 긴장이 흘렀다. 마침내 양사장이 형량을 결정한 듯 어금니에 힘을 꾹 주며 입을 열었다.

"때려 죽여도 못 나가."

순간 누군가 키득 웃었고 기다렸다는 듯이 여기저기서 짧고 강한 웃음이 발작적으로 터져 나왔다. 시커먼 얼굴을 구기는 김회장을 제외한 모두가 미친 듯이 웃었다. 정신 나간 것처럼 웃었다. 결코 웃기는 말이 아닌데도 웃음을 참을 수 없었다. 양사장은 김회장 눈길을 피하며 억지로 입을 막았지만 터져 나오는 웃음을 막을 재간이 없었다. 교도소에 들어와 마음껏 웃어 보기는 처음이었다. 배를 잡고 웃던 병호는 문득 이렇게 웃어도 되는가 싶어 김회장 쪽을 쳐다보았더니 그도 바닥을 뒹굴며 웃고 있었다. 교도관이 창을 통해 방안을 둘러보며 미친놈들 아냐 하는 얼굴로 등을 돌렸다. 결국 봉사원이 나서서 그만 취침 준비를 하라며 웃음을 막았지만 바닥을 쓸고 닦으며 웃었고 이불을 깔며 웃었다. 웃음은 이불 속에서 간신히 진정되었다.

방 출입문 앞이 병호 자리였다. 문틈으로 들어온 찬바람이 이마와 코를 시리게 했다. 병호 바로 옆에 김회장이 누웠다. 이사장은 봉사원 옆으로 자리를 옮겼다.

오늘 아침 이불을 갤 때였다. 김회장이 자신이 덮던 사재 담요를 병호에게 주었다. 털이 푹신한 사재 담요는 요긴했지만 병호는 싫어서 미적거렸다. 김회장은 같이 밥을 먹으면서도 방귀가 나오면 참지 않았고 참으려는 노력도 하지 않고 거침없이 발산했다. 트림도 마찬가지였다. 자신이 남긴 밥을 동의도 구하지 않고 남의 밥그릇에 쏟아 부었고 발끝으로 툭툭 차며 사람을 부르기 일쑤였다. 끝마다 년, 놈이 붙지 않으면 말이 완성되지 않았다.

김회장이 자꾸 밀어놓는 바람에 병호가 할 수 없이 받아

들었는데 옆에서 지켜보던 봉사원이 방안 규율을 깬다며 담요를 걷어 갔다. 김회장은 자기 물건도 자기 마음대로 못한다고 투덜거렸지만 그때까지만 해도 금방 나간다는 생각에 매사 관대했다.

얇은 관용 모포 한 장은 깔고 한 장을 덮고 누운 김회장은 몹시 추운 모양으로 몸을 잔뜩 웅크리고 있었다. 봉사원은 운동 시간에 김회장의 담요를 다른 방에 주어버렸다. 형편이 어려운 수감자에게 주었다지만 사실은 팔았을 것이라고 양사장이 귀띔해 주었다.

병호는 잠이 오지 않았다. 너무 웃어서 그런지 다른 날과 달리 다른 사람들도 쉽게 잠들지 않았다. 누우면 바로 코를 고는 봉사원까지도 이사장과 두런두런 지껄였다. 자원재생 공장 즉, 고물상을 크게 하다가 돈 문제로 여동생에게 고소당해 들어온 허사장이 시간되면 찾아오는 일일 연속극처럼 오늘도 어김없이 음식 이야기를 끄집어냈다. 어제는 전주의 유명한 갈비집 이야기였는데 오늘은 명동의 횟집 이야기였다. 자원재생을 고물상으로 부르면 기겁하게 싫어하는 허사장은 다른 이야기는 어눌한데 먹는 이야기만큼은 어찌나 기막히게 하는지 듣고 있으면 음식점에 앉아 그 음식들과 마주 앉은 느낌이었다. 오늘은 자연산 돔, 광어, 우럭이 살아서 입속으로 들어와 씹히고 고등어, 숭어, 방어, 농어, 전어, 멸치까지 입에서 살살 녹더니 마지막 보너스로 제주 다금바리 살맛을 살짝 보여주었다.

복도를 빠르게 걸어오는 교도관의 구둣발 소리가 들린 것은 허사장이 허기에 지친 듯 말을 그칠 즈음이었다. 거침 없던 구둣발 소리는 13방을 지나 14방 앞에 멈추더니 열쇠 부딪치는 금속성 소리가 들렸다. 방안의 신경은 모두 옆방 앞에 가 있었다. 철커덩 끼이익 하는 철문 열리는 소리와 함께 1308번 보석 빨리 나와요, 하는 교도관 목소리가 들렸다. 뒤를 이어 1308번 자는 데요 하는 소리가 들리고 빨리 깨우라는 교도관 독촉이 이어졌다.

옆에 누워있던 김회장이 벌떡 일어나 창문에 얼굴을 들이댔다. 얼굴을 너무 바싹 붙여 그림자 같았다. 한참이 지나서야 복도로 나온 1308번이 교도관과 실랑이를 벌였다. 1308번은 지금 내보내면 어떻게 하느냐, 여기서 자고 내일 아침에 나가겠다는 것이었고, 교도관은 석방 지시가 내려오면 당장 나가야 된다며 1308번 말을 일축했다. 1308번은 집요하게 자고 나가겠다며 고집을 부렸다. 매미처럼 창문에 붙어있던 김회장이 고래고래 소리를 지른 것은 1308번 말이 끝난 직후였다.

"야, 이 새끼야 빨리 나가. 나가라는데 왜 안 나가고 지랄이야. 왜 자는 사람 깨워 이 자식아. 얼른 나가, 나가란 말이야 이 새끼야."

김회장의 고함을 기다렸다는 듯이 복도 안은 순식간에

욕설과 고함 소리로 뒤덮였다. 어떤 방에서는 철문을 사정 없이 두드렸다. 소란의 중심에 선 김회장은 쇠창살을 움켜잡고 사동의 누구보다도 소리 높여 욕 하고 악을 썼다. 1308번이 고함에 떠밀려 복도에서 사라지고서야 사동안은 진정되었다. 김회장은 쇠창살을 움켜잡은 채 1308번이 빠져 나간 복도를 한참동안 바라보다가 자리에 누웠다.

김회장은 자리에 누워서도 뭐라뭐라 자꾸 웅얼거렸다. 눈에는 검붉은 핏기둥이 박혔고 검은 얼굴이 창백할 정도로 이마에 땀이 번들거렸다. 허사장이 한 마디 했다.

"난 또 김회장이 나가는 줄 알았는데 말이야……"

양사장이 허사장의 말을 무 자르듯이 잘랐다.

"때려 죽여도 못 나가요."

아무도 웃지 않았다. 웃기는커녕 묵직한 정적이 이불처럼 몸을 덮었다. 양사장이 웬일인지 자꾸 화장실을 들락거렸다. 옆에 누운 허사장이 들썩거려 찬바람이 든다고 퉁을 주어도 뻔질나게 드나들었다.

병호는 옆자리의 김회장이 신경 쓰여 잠자리가 편편찮았다. 이불을 코밑까지 끌어올린 김회장은 눈을 감고 있었다. 중얼거리던 입속말은 그쳤지만 좁은 이마에 창백한 기운은 여전했다. 봉사원의 코고는 소리가 들렸다. 자정이 지나면서 하나 둘 잠속으로 빠져들었다. 이사장이 이빨을 으깨듯이 갈았다. 등이 오싹했다. 허사장은 또 흐느꼈다. 죽은 조강지처가 매일 밤 꿈에 나타나 슬프다고 하더니 꿈속에서 자주 흐느꼈다.

병호는 베개 밑에 넣어두었던 책을 꺼내며 주위를 둘러보았다. 모두 깊은 잠에 빠져있었다. 안심하고 책을 펼쳤다. 13방 사장님들은 한결같이 책을 싫어했다. 특히 봉사원은 책장 넘기는 소리가 잠을 방해하니 취침시간에는 절대 읽지 말라고 특별 주의를 주었다. 조심스럽게 책장을 넘기던 병호는 옆자리의 미세한 변화에 고개를 돌려보니 김회장이 눈을 뜨고 있었다. 얇은 관용모포 두 장으로 추운 밤을 견디는 것은 쉽지 않았다. 몸을 움직이지 않고 이따금씩 눈만 끔뻑이는 김회장 때문에 글자가 눈에 들어오지 않았다. 병호는 김회장이 싫었다.

이방에 와서 사흘 째 되던 날이었다. 저녁을 먹고 막 앉는데 신문을 뒤적이던 김회장이 병호 쪽으로 슬금슬금 다가와 사건에 대해 묻기에 내키지 않았지만 몇 마디 해주었다. 듣고 있던 김회장이 중요한 비밀이라도 가르쳐주는 것처럼 병호의 귀에 소곤거렸다.

"애기 엄마를 시켜 검사를 찾아가라고 해. 애기 엄마와 아이들이 아주 불쌍한 모습을 하고 찾아가야 해. 찾아가서 무조건 검사 앞에 무릎을 꿇고 남편 한 번만 살려달라고 바짓가랑이를 잡고 늘어지라고 해. 그 짓을 사나흘 하면 당신은 바로 집행유예로 나갈 수 있어. 내가 시키는 대로 해 봐. 꼭 그렇게 해 봐."

이야기를 듣는 순간 병호는 인간 같지 않는 자식아 하고 뺨이라도 한 대 때리고 싶었다. 당신 마누라에게 그 짓을 시키라고 소리치고 싶었지만 정작 아무런 말을 못했고 그런 병호의 마음을 훤히 안 다는 듯이 김회장은

"나는 마누라가 없어서 말이지. 설혹 있다고 해도 늙었고 애들은 다 커서 어디 먹히겠어"

하며 시부죽이 웃었다. 그 후로 병호는 되도록 김회장 곁에서 멀어지려고 애썼다.

병호는 김회장이 신경 쓰여 책을 덮고 이불을 머리끝까지 뒤집어썼다. 차라리 잠을 자는 게 나을 것 같았지만 쉽게 잠이 오지 않았고 오히려 옆의 미세한 숨결 하나하나에 몸의 세포가 곤두서는 느낌이었다. 빌어먹을 노릇이었다. 답답해서 이불을 내리자 귓가에 뜨거운 훈김이 느껴지며 김회장이 소곤거렸다.

"김사장, 팬티 있으면 하나 빌립시다. 사이즈는 100인 걸로."

병호는 그같이 친근한 김회장 목소리는 들어 본 적이 없었고 뭔가를 부탁하는 그의 목소리는 더더욱 들어 본 적이 없었다. 육두문자를 숨 쉬듯이 뱉던 목소리라고는 도저히 믿기지 않았다. 병호는 목덜미에서 시작되어 등줄기를 빠르게 흘러내리는 전율을 느꼈다. 차갑고 매끄러운 뱀이 손등

을 타고 오를 때의 그것과 흡사했다. 병호는 기분 나쁜 무엇인가를 떨치고 일어나듯이 발딱 일어나 가방 속에서 새 팬티 한 장을 꺼내 김회장에게 건넸다. 사이즈를 확인한 김회장은 이불 속에서 팬티를 갈아입고 곧 평온하게 코를 골았다. 병호는 김회장이 무엇 때문에 팬티가 필요했는지 모르겠지만 그가 귓가에 남긴 목소리를 잊을 수 없을 것 같아 새벽까지 이불 속에서 뒤척였다.

이튿날 아침부터 봉사원은 깍듯이 챙기던 회장님이라는 호칭을 이름으로 바꾸더니 급기야 김회장을 수번으로 불렀고 방 사람들은 봉사원의 태도가 당연한 것처럼 받아들였다. 하루아침에 천덕꾸러기로 전락했지만 김회장은 표 나게 풀이 죽거나 분개하는 표정이 아니었다. 무덤덤한 얼굴로 남이 보고 집어 던진 신문을 읽거나 뜨거운 물을 독식한 봉사원 때문에 싸늘한 커피를 마시면서도 동요의 감정을 드러내지 않았다. 출입문을 쳐다보며 자신의 수번이 불리기를 기다리는 것도 여전했다.

점심을 먹고 나자 방으로 물품 신청 용지가 들어왔다. 방 식구들은 밥 먹을 때 사용하는 탁자를 가운데 두고 봉사원을 중심으로 둘러 앉았는데 김회장만 한 발 빠져 앉아 팔짱을 끼고 있었다. 봉사원은 용지에 입방 순서대로 수번과 이름을 적은 후 각자 필요한 구매 물품과 수량을 적다가 김회장의 수번 앞에서 머뭇거렸다. 팔짱을 낀 김회장은 역시 눈

을 감고 있었다. 짧은 스포츠머리를 한 봉사원이 한쪽 입을
실룩거리며 말했다.

"577번, 물품 신청합니다."

"저, 곧 나갑니다."

김회장이 눈을 감은 채 기다렸다는 듯이 받았다. 봉사원
이 작고 예리한 눈을 치뜨며 언성을 높였다.

"언제부터 나간다고 하고서는…… 이젠 아무도 안 믿어
요. 물품 신청하세요."

"저 그동안 할 만큼 했습니다."

김회장의 단호한 음성이 봉사원의 말끝을 눌렀다. 일행
은 새삼스럽게 김 회장을 쳐다보았다. 사실 김회장은 그동
안 할 만큼 했다. 자신의 이름으로 시계, 운동화, 면도기, 로
션, 인사돌 같은 고가의 물품들을 주문해 놓고 본인은 당장
나갈지도 모르니 봉사원께서 알아서 사용하라고 내놓았다.
못 이기는 척 물건을 챙긴 봉사원은 그 때문에 김회장을 깍
듯이 예우한 것이었고 이런 사실을 알고 있는 방 식구들은
봉사원이 어떻게 나오나 흥미롭게 지켜보았다. 볼펜을 잡은
손끝이 바르르 떨리던 봉사원은 곧 평정을 되찾았다.

"회장님 생각이 그러면 그렇게 하시죠."

봉사원은 깨끗하게 물러났고 지켜보던 일행은 어안이 벙
벙했다. 평소 봉사원이라면 지금 덤비는 거냐, 당장 한판 붙
자고 달려들어야 마땅했고 늘 그런 식으로 자신의 권위를

지켜 왔다. 싱거운 결과에 일행이 서로 얼굴을 쳐다보고 있는데 김회장이 침묵을 깼다.

"봉사원님, 팬티 한 장 주문합니다, 사이즈 100으로."

느닷없는 김회장의 주문을 받은 봉사원은 얼굴이 붉게 달아올랐고 방 식구들은 웃음을 물어 뜯으며 억지로 참았다. 드러내놓고 웃을 수 없어 이 구석 저 구석으로 물러나 앉으며 속으로 웃었다. 김회장은 봉사원의 면전에 보기 좋게 사이즈 100, 팬티 한 장을 던져 KO승 했다. 방 식구들은 시원해 하면서도 김회장에게 필요 이상으로 살갑게 굴지 않았다.

저녁식사 시간부터 김회장에 대한 봉사원의 응징이 시작되었다. 당하고 있을 그가 아니었다. 봉사원은 배식담당 양 사장에게 김회장 독상을 차리라고 했다. 말이 독상이지 식탁에서 쫓겨 나 신문지 깔고 혼자 앉아 관식 밥을 먹는 것이었다. 공동으로 먹을 식품을 구입하지 않았으니 먹을 권리가 없다는 봉사원의 논리였다. 병호는 김회장이 팬티를 구입한 이유를 짐작할 수 있어 속이 먹먹했다.

김회장이 독상을 받은 곳은 출입문 앞이었다. 관식을 앞에 놓고 앉은 그는 방구도 뀌고 트림도 하고 코도 평평 풀며 밥을 먹었다. 허사장이 체구에 맞지 않게 조그마한 숟가락에 고추장을 퍼서 김회장에게 건네려다 봉사원의 면도날 같은 눈빛에 찔끔하고 도로 내려놓았다. 게임방 이사장이 유별나게 참기름을 철철 넘치게 쏟아 부어 밥을 비비는 바람에 참기름 냄새가 진동했다. 평소 같으면 아껴먹으라고 한 마디 했을 봉사원은 못 본 척할 뿐 아니라 관물대를 활짝 열고 밑반찬을 아낌없이 내놓았다. 김회장은 참기름과 버터 그리고 시뻘건 고추장 범벅이 된 이쪽을 아쉬운 듯 바라보면서도 관 밥을 말끔히 비웠다.

저녁 식사를 끝내고 각자 맡은 자리에서 일을 막 시작할 때 예고도 없이 13방 출입문 앞에 열쇠 부딪히는 소리가 들리더니 문이 열렸다. 방 식구들은 문 쪽으로 일제히 고개를 돌렸는데 양사장의 침 삼키는 소리가 유독 크게 들렸다.

허사장이 옆에 앉은 김회장의 옆구리를 쿡 찌르며 '잘 가'라고 했다. 그 순간 교도관이 수번 1324번을 불렀다. 게임방 이사장이 환하게 웃으며 일어나 뒤도 돌아보지 않고 방에서 나갔다. 들어 올 때처럼 나갈 때도 칫솔하나 수건 한 장 없는 빈 몸이었다.

이사장이 빠져 나간 후 방은 한동안 공황상태였다. 이사장은 그동안 누구에게도 보석 신청 사실을 말하지 않았고, 붙어살다시피 한 봉사원에게도 전혀 내색이 없었던 모양이었다. 봉사원은 이빨을 갈았다. 예외없이 뒤통수 맞은 표정이지만 병호는 어느 정도 예감하고 있었다. 병호와 같은 방을 배정 받아 올라올 때 그는 금방 나갈 것이니 어떤 방에 들어가던 봉사원이 어떤 놈이든 상관없다고 했다. 방 식구들은 게임방 이사장이 정말 재수 없게 생긴 놈이었다고 한 마디씩 하며 김회장을 쳐다보았다. 누구보다도 받은 충격이 대단했을 터였을 텐데 김회장은 줄곧 신문에 코를 박고 있었다. 지금 신문이 눈에 들어오느냐는 허사장의 지청구에도 아랑곳없이 신문 한쪽을 뚫어져라 보고 있었다.

김회장이 병호 팔을 슬쩍 건드린 것은 방 식구들이 곤한 잠속으로 떨어진 후였다. 이사장이 늦은 시간에 빠져 나간 탓에 신입이 들어오지 않아 모처럼 다리를 펴고 잠들 수 있었다.

김회장이 스포츠신문에서 찢은 쪼가리를 건네며 그곳에 적인 전화번호와 상호, 주소를 적어달라고 했다. '강한 남자! 활력 있는 남자!'라는 글씨가 이마빡에 큼직하게 박힌 그것은 다름 아닌 남성 성기 확대는 물론이고 조루중, 발기부전, 전립선 같은 고민을 해결해 남성을 단숨에 벌떡 일어서게 만든다는 광고였다.

"콩밥을 먹어서 그런지 어째 예전 같지 않은 느낌이야. 나가면 찾아가 손을 좀 볼까 해서. 큼직큼직하게 잘 보이게 적어 주게. 여기 와서 멀쩡하던 눈이 아주 갔어. 빌어먹을."

김회장은 어느 때 보다도 진지한 얼굴이었다. 병호가 떨떠름하게 건넨 쪽지를 받아든 김회장은 남성클리닉 센터 전화번호 밑에 병호 연락처를 적어라고 쪽지를 다시 내밀었다.

병호는 깜짝 놀랐다. 마치 자신이 남성 클리닉 수술실에 누운 기분이 들었다. 자꾸 적어라고 해서 책 여백에 김회장의 휴대폰 번호를 적으며 병호가 물었다.

"대체 언제 나가십니까?"

"응, 내일 나가. 내일은 나가게 되어 있어. 걱정 하지 마. 연락하고 꼭 한번 찾아와."

김회장은 쪽지를 꼬깃꼬깃 접어 상의 주머니에 넣고 오랜 골칫거리를 해결한 얼굴로 잠을 청했다. 병호는 김회장을 걱정되는 얼굴로 바라보다 잠이 들었다.

"이봐, 김씨 대체 언제 나갈 거요?"

봉사원이 아침부터 어깃장을 그으며 김회장을 윽박질렀다. 간밤에 더러운 꿈을 꾼 것인지 일어날 때부터 심기가 불편한 얼굴이더니 기어코 김회장을 사냥감으로 물었다.

"곧 나갑니다. 곧 나갈 거요. 걱정 하지 마세요."

"누가 당신 걱정 되어서 그런 줄 알아. 곧 나간다, 곧 나간다. 누구 가지고 노는 거야 뭐야."

봉사원은 어제 밤에 출소한 이사장에게서 받은 배신감을 몽땅 쏟아 부을 기세로 김회장 앞에 버티고 섰다. 심상찮은 기운에 당황한 김회장의 까만 얼굴이 더욱 까매졌다.

그 때 문밖에서 교도관이 김회장 수번을 부르며 면회라고 소리질렀다. 문이 열리자 김회장은 재빠르게 봉사원 앞을 빠져나갔다. 봉사원은 허탈한 얼굴로 팔굽혀 펴기 준비를 시작했고 방 식구들은 그제야 숨소리를 높이고 두런두런

이야기를 주고받았다.

"면회만 뺀질나게 오면 뭐하나. 나가지도 못하면서……"

허사장이 이백오십 여섯 번째 팔굽혀 펴기를 하고 있는 봉사원이 들으라는 듯이 말했다.

"방구도 자꾸 뀌다 보면 뭐가 된다고 저러다 어떻게 될 줄 누가 알아."

박사장의 말에 건설업자 양사장이 인정사정없이 쐐기를 박았다.

"허 참, 때려 죽여도 보석으로 못 나간다니까 그러시네."

"박사장은 양사장 말 좀 들어요. 때려 죽여도 못 나간다는 데 왜 그래요."

팔굽혀 펴기를 하느라 얼굴이 붉어진 봉사원이 목까지 차오른 숨을 헐떡이며 양사장을 옹호하고 나섰다. 양사장이 병호를 보며 짐짓 물었다.

"간밤에 김회장이랑 제법 말을 길게 섞더니 뭐래요."

"뭐, 별거 아닙니다."

병호는 공연히 봉사원 쪽을 두리번거리며 얼버무렸다.

면회 나갔던 김회장은 혼자 오지 않고 신입을 하나 달고 돌아왔다. 보기만 해도 숨이 막히는 뚱뚱한 신입을 본 사람들은 신입이 아니라 김회장을 향해 얼굴을 찡그렸다. 가뜩이나 비좁은 방에 보통 사람 둘 자리를 차지하는 신입이 들어온 것이 김회장 때문이라는 분위기였다.

"회장님 하는 일이 늘 그렇지 뭐."

봉사원이 팔굽혀 펴기를 하며 쏘아붙였다. 봉사원은 신입을 세워 둔 채 팔굽혀 펴기 이천 번을 채우려고 끙끙거렸고 신입은 겨울인데도 이마에 땀을 삐질삐질 흘리며 김회장을 구세주 보듯이 쳐다보았다. 김회장은 병호를 방 안쪽으로 밀어 올리고 신입을 출입문 앞에 앉혔다. 양사장이 입이 근질거려 미치겠다는 얼굴로 김회장 코 밑에 바투 다가앉았다.

"누가 왔어요?"

"형님."

"그 형님?"

"그 형님."

"뭐래요."

"일이 끝났으니 오늘 저녁은 밖에서 먹자고 하데."

"그 말을 믿어요?"

"안 믿어."

"그럼 회장님, 겨울 날 준비 다시 해야겠네요."

"난, 나가."

"때려 죽여도 못 나간다니까 그러시네."

양사장이 발끈 목소리를 높였다. 팔굽혀펴기 이천 번을 끝내고 일어선 봉사원이 헐떡거리며 말했다.

"앞으로 누구든 김회장 보석 건 입에 올리면 가만 두지 않겠어요. 방안 공기 흐트러져 더 이상 두고 볼 수 없어. 알겠어요.”

모두들 고개를 끄덕이는 걸로 대답을 대신했다.

저녁을 먹고 방 식구들이 신입 소개를 받기 위해 둘러 앉
았다. 신입이 작성한 신상 명세를 살피던 봉사원 눈이 휘둥
그래졌다. 영치금 금액이 엄청난 신입은 아파트 분양업계에
서도 알아주는 큰손이었고 김씨였다. 봉사원은 당장 신입을
김회장으로 불렀다. 한 방에 두 명의 회장이 존재할 수 없었
고 577번 김회장은 김사장도 아닌 김씨가 되었다.

김씨가 된 김회장은 범상한 얼굴로 병호에게 속삭였다.

“빌린 팬티를 갚을 수 없겠어.”

“괜찮습니다.”

“감방이라 역시 이것저것 불편하긴 불편해. 어쩔 수 없이
그냥 가. 애기 엄마에게 내가 말한 대로 시키도록 하고 나오
면 꼭 연락해.”

말이 끝나기를 기다리고 있었던 것처럼 철문 밖에서 김
회장의 수번 부르는 소리가 들리고 뒤이어 ‘보석 석방’이라
는 교도관 목소리가 들렸다.

김회장이 병호의 어깨를 가볍게 두드리며 일어났다. 김
씨가 된 김회장은 치열이 한껏 드러나도록 웃으며 방안 식
구들과 일일이 악수를 했다. 문밖에서 빨리 나오라는 교도
관의 채근에도 아랑곳 없이 옥빛 사복을 벗어 신입에게 던
져주고 누렇고 후줄근한 관복을 입고 신발도 신지 않은 채

복도를 걸어갔다. 아랫도리로 방귀를 풍풍 뀌며 복도를 빠져나가는 김회장이 몸에 지닌 것은 '강한 남자! 활력 있는 남자!' 연락처 적힌 쪽지가 유일했다.

　김회장이 나간 뒤 아무도 입을 열지 않았다. 특히 건설업자 양사장은 느닷없이 똥물을 한바탕 뒤집어 쓴 얼굴이었다. 침묵은 오래 되었고 정적에 눌린 방안은 숨소리조차 내기 거북스러웠다. 풀 세트 접전 끝에 경기에서 패한 선수들이 느끼는 것과 같은 안타까움과 안도감이 방안에 떠돌았다. 허사장이 입을 연 것은 이불을 깔고 자리에 누워 한참 지나서였다.

　"허전하다."

　양사장이 한마디 뒤를 받쳤다.

　"심심하다."

　봉사원이 입맛을 쭉쭉 다시며 덧붙였다.

　"김씨 아니, 김회장님이 나가면 내 앞으로 영치금을 넣어주기로 했는데…… 넣어줄까, 응 넣어줄까?"

　박사장이 봉사원 말을 누르며 쓸데없이 목소리를 높였다.

　"그 봐, 난 그럴 줄 알았어. 그럴 줄 알았다니까."

　김회장이 빠져 나간 방은 이상하게 허전하고 더럽게 심심했지만 병호는 속이 후련했다. 가라앉은 기분을 반전시키기 위해 안간힘을 쓰던 양사장이 13방 입방자들의 공판날짜가 적힌 벽 앞에서 소리를 질렀다.

"뭐야, 내일이 김회장 공판이잖아."

양사장의 목소리가 물 만난 고기처럼 활기찼다.

"그럼, 내일 다시 만날지도 모르는 거 아냐?"

"법정 구속 되면 또 모르지."

"김회장이 하는 게 늘 그렇지 뭐."

"이렇게 심심해서야 원. 김회장이 다시 왔으면 좋겠네."

허사장의 말에 모두 웃었다. 병호도 따라 웃었지만 김회장이 이곳에 다시는 오지 않기를 진심으로 바랬다. 김회장이 사 주는 팬티를 입기 싫었다. 그 팬티를 입는 게 끔찍이도 싫었다.

십자가와 도살장

십 자 가 와 도 살 장

　명섭의 시선은 줄곧 손가락만한 십자가에 고정되어 있었
다. 사내의 책상 위 책꽂이 가장자리에 걸려 있는 십자가는
노점상에서 쉽게 볼 수 있는 그런 흔한 것인데 이상하게 명
섭의 시선을 끌었다. 명섭이 그런 자신이 못마땅해 얼굴을
찌푸리고 십자가에서 시선을 돌리는데 앞에 앉은 사내가 다
그치듯이 다시 물었다.
　"부동산이나 땅 가진 것 정말 없는 거죠?"
　책상을 가운데 두고 사내와 마주 앉은 명섭은 긴 얼굴을
곧추 세웠다.
　"정말 없다니까요."
　허리가 가슴보다 굵은 사내는 명섭이 책상 위에 올려놓

은 서류는 거들떠보지도 않고 줄곧 부동산, 땅 타령만 지루하게 늘어놓고 있었다.

전세 자금 대출 때문에 명섭이 동사무소에 온 것은 오전 10시 쯤 이었는데 담당자가 자리를 비워 의자에 앉아 두 시간을 보냈다. 우두커니 앉아 시간을 보낸 것 만해도 속이 상한데, 이마가 훤해 지나치게 정력적으로 보이는 사내는 같은 말을 자꾸 되풀이하며 책상 위의 서류를 손끝으로만 만지작 거렸다. 불만스러운 얼굴로 사내를 쳐다보던 명섭은 갑자기 뒤통수가 근질거려 출입문 쪽으로 고개를 돌렸다. 여자의 얼굴이 황급히 사라졌다. 명섭의 짙은 눈썹이 끝을 밟힌 지렁이처럼 꿈틀거렸다. 숫제 감시를 할 모양이었다. 여자는 아침에 나란히 동사무소로 오면서도 명섭을 믿지 못하는 눈치였다. 남편도 믿지 못한다고 한 여자였다. 명섭은 사내의 손가락 끝에서 유린 당하는 서류를 낚아 채 사내 코밑에 들이밀었다.

"말씀하신 준비 서류입니다. 확인하십시오."

그제야 사내는 서류를 펼쳐 들기는 했지만 여전히 궁시렁거렸다.

"컴퓨터 조회해보면 금방 드러납니다. 금방."

사내는 '금방'이라는 말을 혀끝으로 꾹꾹 눌러 강조하며 피차 피곤한 일을 만들지 말고 이쯤에서 그만두라고 종용하는 태도였다. 명섭은 '당신 돈도 아닌데 너무 거드름 피우지 마쇼'하는 말이 목구멍까지 올라왔으나 한 덩어리의 침과 함께 삼켜 버렸다. 서류를 한참 동안 뒤적거리던 사내가 심 드렁하게 뱉었다.

"서류에는 하자가 없어 보이네요. 기다리세요. 다음 주 화 요일쯤 실사를 나갈 테니."

"실사라뇨?"

"서류만 보고 어떻게 알아요. 눈으로 직접 확인을 해야죠. 확인을."

사내는 명섭을 쳐다보며 용무가 끝났다는 듯이 자리에서 일어났다. 눈앞에서 멀어지는 사내의 뒤통수를 노려보던 경 섭은 책꽂이 가장 자리에 매달려 있는 십자가를 손으로 낚 아 채 바지주머니에 찔러 넣고 서둘러 밖으로 나왔다.

"송이 아빠 어떻게 됐어요?"

복도 끝에서 창밖을 바라보며 서 있던 여자가 반색을 하 며 다가왔다.

"기다려 보랍니다."

명섭은 퉁명스럽게 대꾸하며 계단을 내려왔다. 관공서를 드나들며 기분 좋은 적이 한 번도 없었다. 그 더러운 기분이 사내의 책상 위 십자가를 주머니에 우겨 넣게 한 것이라고 자조하며 명섭은 바지주머니 속의 십자가를 손에 꽉 쥐었다 놓았다.

"그럴 테죠. 풀장에 골프 연습장까지 딸린 집에서 살며 서류만 적당히 꾸며 왔는지, 정말 우리 같이 지하 셋방에서 사는지 눈으로 직접 확인해 봐야겠죠."

"있는 것들이 미쳤어요. 그까짓 돈 몇 푼 때문에 올 때 마다 기분 잡치게 하는 관공서를 드나들게."

"하여튼 송이 아빠 수고 많으셨어요."

곁에 바싹 붙어 서서 명섭의 기분 따위는 아랑곳없이 입을 재개 놀리는 여자는 명섭과 같은 집에 나란히 지하셋방을 얻어 사는 세입자이자 이웃이었다.

갑작스럽게 아내와 갈라선 명섭은 이사를 서둘러야 했지만 이리저리 돌아다닐 마음도 기력도 없었다. 부동산 중개업자를 따라 두어 군데 돌아보다 지금 살고 있는 지하 방으로 이사를 했는데, 첫 날부터 많고 많은 집 가운데에 하필이면 이런 곳을 얻었냐는 노모의 힐책이 터져 나올 정도로 어둡고 답답한 지하 세계였다. 굳이 그런 곳을 찾아 전전 할 정도로 돈이 빠듯한 것도 아니어서 노모의 원망은 쉽게 잦아들 기세가 아니었다. 명섭은 곧 제대로 앉을 자리 찾아 이사 할 것인데 노모가 너무 심하다 싶었는데 사흘 밤을 넘기지 못하고 자신의 책임을 강하게 느꼈다.

오전과 오후에 잠깐 스쳐가듯이 볕이 드는 지하는 사람을 무기력하게 만들고 때론 우울하게 했다. 창문을 닫고 있으면 밖에서 전쟁이 일어나도 도통 낌새를 모를 지경이었다. 잠깐 동안 살 것인데 하고 위안을 하지만 그때 뿐이었다. 외출이 잦은 명섭은 그래도 나은 편이었다. 하루 종일 집안에 들어앉아 명섭의 딸을 돌보는 노모는 답답증이 더해 죽을 지경이었고 기관지가 약한 딸애는 이사 오면서부터 기침, 가래를 달고 살았다.

엄격히 따지자면 범법자인 불법 과외 선생 노릇을 하며 간간이 시를 끼적이는 명섭의 감상벽이 이번 일에도 지대한 공헌을 했다. 첫날 집을 보러 왔을 때 담 넘어 옆집 마당에 나무가 빽빽하고, 이쪽 마당으로 휘어 진 감나무 잎이 바람에 서걱서걱 부딪히는 광경과, 끊임없이 이어지는 온갖 새소리에 현혹 되어 잠깐의 지하 세계 고통쯤은 능히 감당하리라 생각했던 터였다.

옥상에서 내려다 본 옆집의 마당은 더욱 볼만했다. 사 백 평쯤 되는 대지를 차지하는 것은 온갖 종류의 과실수를 비롯한 화초와 야생화가 오랜 세월을 견디며 튼실하고 보기 좋게 뿌리를 내린 정원이었다. 정원마당 귀퉁이에 보일락 말락 붙어 있는 조그마하고 볼품없어 금방 주저앉을 것 같은 낡은 집에 나이를 알 수 없을 만큼 늙어 버린 주인 노파가 일곱 마리 개와 함께 살고 있었다.

내 집도 아닌 옆집의 정원 풍경을 위안 삼아 당분간만 이 집에서 살자고 하니 노모는 명섭이 제정신이 아니라는 표정을 얼굴에 노골적으로 드러내며 이마에 주름을 깊게 패고 시름겨운 한숨을 폭폭 내쉬었다. 헌데 언제부터인가 노모의 푸념이 씻은 듯이 자취를 감추어 이상한 조화속이다 생각했다.

두어 달 전 이었다. 가르치는 애들이 학교에서 여행을 떠나 명섭이 모처럼 일찍 귀가 했다. 밖은 신부의 볼연지처럼 화사하면서도 뜨겁게 느껴지는 노을이 환한데 지하 방으로 향하는 입구는 늘 그렇듯이 소외되어 컴컴했다. 지하 계단 입구에 다다르자 유형지로 들어가는 아득함과 두려움이 명섭의 목덜미를 짓눌렀다. 명섭은 숨이 막힐 것 같아 몸을 돌려 옥상으로 뛰어 올라갔다.

옆집의 정원 숲은 어느새 푸르다 못해 거뭇거뭇한 빛으로 성성하게 우거져있었다. 심호흡을 내쉬는 명섭을 본 일곱 마리의 개들이 희고 날카로운 이빨을 드러내고 미친 듯이 짖고 노을 끝자락이 아슬아슬하게 걸린 마루에 앉은 노파는 무심할 뿐이었다.

명섭은 지하 계단 앞에서 갑자기 목을 옥죄는 답답한 올무를 만나면 이렇게 옥상으로 뛰어올라오고, 그때마다 일곱 마리의 개들이 긴 혀를 빼물고 짖고 노파는 미동도 하지 않았다.

한참 후 명섭이 옥상에서 눈에 익은 계단을 낯선 곳처럼 더듬더듬 내려가 불빛 환한 그의 집앞에서자 여자 목소리가 들렸다.

"어머니 송이 속옷과 잠옷 좀 챙겨 주세요."

명섭은 혹시 애 엄마가 왔나 싶어 온몸의 세포가 긴장 하며 신경이 곤두서 귀를 기울였다. 빠르며 탁한 남자 같은 목소리는 애 엄마가 아니었다. 명섭은 안심이 되면서도 선뜻 집안에 들어가지 못하고 문 앞에 서 있었다. 목소리의 주인이 짐작되었다. 새벽에 주방에서 노모와 함께 두런거리거나, 이슥한 밤 화장실 변기에 걸터앉아 있을 때 얇은 벽을 타고 들려오던 옆집 여자가 분명했다.

밖에서 한참동안 서 있던 명섭은 문을 열고 조심스레 고개를 들이 밀었다. 끝이 새카만 형광등 불빛이 가늘게 떨리는 거실에서 등을 돌리고 앉은 여자가 벌거벗은 송이의 몸을 닦고 있는 중이었다. 목욕 할 때마다 요리조리 빠져나가 번번이 노모속을 썩이던 송이는 평소와 다르게 제 몸뚱이를 여자의 두툼하고 큰손에 맡긴 채 웃고 있었다.

옆에는 송이의 잠옷을 든 노모가 서 있는데 며느리와 손녀를 바라보는 눈빛이었다. 어느 가정에서나 볼 수 있는 흔한 저녁 풍경이었지만 명섭은 문득 이방인 같은 외로움이 들었다. 송이가 천진하게 까르르 웃을 때에는 서 있던 자리에서 흔적 없이 사라져 이 순간을 지켜 주고 싶었다.

밤하늘을 날아가는 비행기 소리가 명섭의 귓속에 이명처럼 파고들었다. 순간 명섭은 갑자기 밤하늘의 은빛 비행기 날개에 매달리고 싶은 욕망이 며칠 전부터 강하게 느끼고 있던 성욕만큼이나 절실하게 느껴졌다. 금속성의 차갑고 단단한 강인한 힘에 매달려 아주 높이 날아오르고 싶었다.

"어머, 송이 아빠."

여자의 짧은 외침에 명섭은 고개를 들었다. 묘한 침묵이 잠깐 흘렀다. 무엇인가 어색하고 쑥스러운 침묵이었다. 여자는 그 침묵을 타고 미끄러지듯이 제 집으로 돌아가고 송이가 명섭의 품으로 뛰어 들었지만 어쩐지 예전의 살뜰함이 옅어진 듯했다.

저녁 밥상을 가운데 두고 마주 앉은 노모는 묻지도 않았는데 옆집 여자의 고향이 광주라는 신상에서 시작하여 건실하고 부지런하고 표 나게 정갈한 됨됨이를 입에 침이 마르도록 칭찬하더니 요즘 같은 세상에 보기 드문 여자라는 말을 되풀이했다. 남편 뒷바라지 잘 하고 집안 살림 짭짤하게 하는 여자만 여자로 보는 노모의 잣대에 쏙 들어맞은 모양이었다. 헌데 노모가 말 끝머리에 슬쩍 덧붙인 한마디가 명섭에게 묘한 분위기로 와 닿았다.

"그런데 남편이랑 무슨 문제가 있는 모양이야."

평소 신랄함과 공격성 같은 것은 전혀 찾아 볼 수 없는 노모 말투인데 이상하게도 이 말에는 어떤 신랄함 같은 것이 비수처럼 꽂혀 있었다. 가령, 옆집 부부 사이에 무슨 문제가 있기를 바라는 듯 한 말투였는데 굉장히 원초적이었다.

명섭은 노모를 희뜩 쳐다보았다. 동그란 노모의 얼굴이

심술궂어 보였다. 눈이 마주친 노모가 어색하리만큼 당당한 모습이어서 명섭은 공연히 제 쪽에서 얼굴이 붉어져 얼른 고개를 돌렸다.

명섭은 옆집 부부의 그런 분위기를 벌써부터 대강 눈치 채고 있던 터였다. 새벽에야 잠자리에 드는 명섭의 올빼미 습성은 본의 아니게 얇은 벽을 타고 넘어오는 말다툼과 흐느낌 속에 술 취한 목소리가 마구 엉킨 옆집의 언쟁 따위를 들을 수밖에 없었다. 무관심 하려 했지만 이미 유사한 격랑의 파고를 겪은 명섭으로서는 머리끄덩이를 잡아당기는 것처럼 자꾸 신경이 쏠렸다.

노모는 명섭이 잠자리에 드는 순간까지도 옆집 여자 칭찬을 그치지 않았다. 자리에 누운 명섭은 등에 작은 돌조각이 박힌 듯이 편편찮았다. 여자가 마치 제 자식처럼 송이를 씻기고, 먹이고, 입히는 살가움이 싫고 낯설었다. 친 엄마에게 버림받은 아이를 멀건 피 한 방울 섞이지 않는 생판 타인이, 그것도 별나기가 유별난 제 아들 꽁무니 쫓아다니기도 하루가 바쁜 여자의 친절은 그 자체가 부담이었다.

설혹 이웃 간의 인정이라도 유별난 것은 싫었다. 남의 때 묻지 않은 호의조차 선뜻 받아들이지 못하는 명섭에게도 문제가 없는 것은 아니지만, 옆집 여자가 남의 집을 제 집처럼 드나들며 표 나게 간섭하는 속에서 살아간다는 것은 생각만 해도 끔찍했다. 명섭은 날이 훤히 밝도록 뒤척이다가 너무 예민하게 반응해서는 안 되겠다는 결론과 함께 겨우 잠이 들었다.

그로부터 사흘이 지난 토요일 아침 무렵이었다. 명섭이 잠옷 차림으로 침대 위에서 송이와 뒹굴뒹굴하며 잠을 깨고 있는데 노크 소리가 나더니 미처 대답하기도 전에 아들을 앞세운 옆집 여자가 불쑥 들어왔다.

"어머니 안 계세요?"

노모가 매주 토요일 새벽이면 어김없이 소금 사우나를 가서 한나절이 지나서야 돌아온다는 것을 여자도 알고 있었다. 얼떨결에 잠옷 차림으로 나온 명섭은 무안해 얼른 여자가 돌아가 주었으면 싶었다. 여자는 쉽게 돌아 갈 마음이 없는 듯이 좁은 거실 벽을 따라 세워 놓은 책장에 눈길을 두고 미적거렸고, 그 사이 송이와 옆집 아이는 머리를 맞대고 답삭 어우러져 놀이에 빠져 들었다.

"송이 아빠, 책 좀 빌려가도 될까요."

옷을 갈아입고 나오는 명섭을 빤히 쳐다보며 여자가 물었다. 명섭이 고개를 끄덕이자 여자는 그게 무슨 암시나 되는 듯이 거실 바닥에 주저앉으며 웃었다. 잠시 짧고 얕은 침묵이 흘렀다. 아이들의 미완성 말투가 문득문득 침묵을 잘라먹었고 명섭은 불안해졌다. 그 불안의 원인은 당연히 옆집 여자였지만 왜 그녀가 명섭을 불안하게 하는지 알 수 없었다. 여자가 거실 바닥에 흩어진 송이의 옷과 장난감을 치우느라 등을 구부릴 때마다 짧은 티셔츠 밑으로 허리의 흰 살덩어리가 드러났는데 그것이 모호하면서도 석연찮은 불안 덩어리 같았다.

"송이 아빠 제가 여자 소개할까요?"

송이 손에 들린 장난감을 완력으로 뺏으려는 제 아들에게 눈을 부라리던 여자가 불쑥 뱉었다.

"제 친구 중에 아직 노처녀가 있어요. 공무원이고 얼굴도 제법 반반한데 여태껏 짝을 못 만나 좋은 사람 있으면 소개시켜 주려고요."

"제가 좋은 사람이란 말이군요."

명섭이 표 나게 이기죽거렸지만 여자는 표 나게 진지했다.

"송이 아빠는 제 친구가 좋아 할 스타일이에요."

"스타일요? 아직도 스타일보고 결혼합니까?"

"송이 아빠의 외모와 성격이 제 친구가 좋아할 스타일이라는 거죠."

"외모? 성격? 마치 할머니 무릎 베고 듣던 옛날 얘기 같습니다."

"어머머 왜 그러세요. 물론 송이 아빠가 혼자서 딸을 키우고 있는 사실은 나중에 차차 밝히고 일단 일을 저지르고 보는 거죠."

"일단 저지르고 봐요?"

"그렇죠. 어차피 세상일이 한 꺼풀 벗기고 보면 거기가 거기 다 그런 것 아녜요. 제 친구 재산도 꽤 있어요. 서른 두 평짜리 아파트와 남양주 근처에 땅도 좀 있어요."

"그러니 후다닥 일을 저지르고 보란 말이죠?"

"사실 말이지 송이 아빠가 애오라지 송이를 위해서만 살고 있다는 것을 알지만……."

"누가 그래요. 전 자식 위해 평생을 바쳤다는 말을 훈장처럼 달고 사는 사람들 싫어합니다. 전 그런 것 싫습니다."

명섭은 공연히 흥분했다. 내가 왜 이러지, 이러면 안 돼, 차분해져야지 하는 의지와는 상관없이 몸에서 열이 확확 끼쳤다. 여자는 명섭의 태도에 깜짝 놀라는 표정을 지었지만 어쩐지 시늉에 그치는 것 같고 오히려 불순한 호기심과, 심지어 안도감 같은 것이 타원형의 도톰한 얼굴 위에 걸려 있었다.

"맞아요. 송이 아빠 말도 일리가 있어요. 저도 애 때문에 정이 안가는 사람일랑 살붙이고 살아요. 애, 때문에 이러구 있지 안 그러면 벌써 끝장냈어요."

여자는 명섭의 말을 제 좋을 대로 해석하고 명섭은 명섭 나름대로 이야기가 어째 이상하게 빠져든다 싶었지만 두어 시간이나 넘도록 여자와 이런 저런 말을 섞었다. 배고프다고 칭얼거리는 애 때문에 마지못해 일어 선 여자는 명섭을 쳐다보며 은근하게 물었다.

"그럼, 일을 저질러 보실래요?"

명섭이 미처 뭐라 할 사이도 없이 여자는 들어 올 때처럼 애를 앞세워 나갔다. 딸애와 둘만 남은 명섭은 갑자기 시장기 같은 허탈감이 밀려와 한참동안 몸을 움직일 수 없었다.

　이튿날, 명섭이 외출 하려고 여자의 방문 앞을 지날 때였다. 바깥출입 계단 쪽으로 창문이 나 있는 여자 집은 드나드는 사람들이 계단을 오르내리다 보면 어쩔 수 없이 방안을 들여다보게 되는 구조였다. 계단을 오르던 명섭은 오른 쪽 관자놀이에 꽂히는 여자의 눈길을 강하게 의식했고 고개가 회전에 맞추어 놓은 선풍기처럼 그쪽으로 돌아갔다.

　방안에 흰 망사천이 하늘하늘한 짧은 윗도리 속에 검은색 브래지어가 훤히 비치는 차림의 여자가 벽에 기대앉아 이쪽을 보고 있었다. 약간 어두운 방안에 흐린 햇살 몇 가닥이 조명처럼 군데군데 흩어져 있었다. 여리게 떨어진 햇살은, 벽에 등을 기대고 앉아 무릎을 세운 여자의 주름치마 밑에 드러난 하얀 발목에도 걸려 있고 약간 틈이 벌어진 무릎 사이 장판위에도 깔려 옅은 졸음기와 나른함으로 꿈틀거리고 있었다. 무심한 듯 하면서도 축축한 여자의 눈길은 구조조정에 걸린 남편을 무능하다고 강단지게 몰아붙이던 모습과는 전혀 달랐다.

　쫓기듯이 계단을 뛰어 오른 명섭은 잔잔한 햇살이 골고루 내려앉는 지상의 마당에 잠시 서 있었다. 어디선가 나타난 큰 혼란 덩어리가 머릿속으로 불쑥 들어 왔다. 남자 혼자

서 아이를 키울 수 없다는 여자의 말이 나사못이 되어 귓속을 파고들고, 본 적도 없는 서른 두 평의 아파트와 남양주 땅이 황금빛 환영으로 눈앞에 번쩍번쩍 나타났다 사라지곤 했다. '일을 저질러! 저질러! 저질러!' 하는 아우성이 화살무더기처럼 온몸에 박혔다. 명섭은 오랫동안 마당 가운데 서 있었다. 다행히 그사이 아무도 지나가지 않았다. 마당을 나선 명섭은 언덕으로 이어진 골목길을 오르기 시작했다.

명섭은 매일 이 언덕을 넘어 아이들을 가르치러 다녔다. 먹고살기 위해 잠깐 하자던 것이 어느덧 2년을 넘겼다. 생각도 고민도 없이 점심을 먹고 집을 나서 아이들을 가르치고 밤이 이슥해서야 돌아와 저녁을 먹고 바로 잤다. 배가 나오고 살이 쪘다. 줄곧 이 일은 내가 할 일이 아니라는 생각만 가슴속에 키웠다. 집에서 입던 운동복 차림에 슬리퍼를 끌고 나와 지하 방을 얻은 것은 잠시 쉬어 가는 곳이라고 생각했기 때문이었다.

정작 문제는 가야 할 곳이 자꾸 희미해진다는 것이었다. 눈앞에 숱하게 놓여 있던 목적지는 시간이 갈수록 구체성과 확신을 결여한 모습으로 하나 둘 사라졌다. 명섭은 지하세계에 그럭저럭 주저앉으려는 무기력함을 요즈음의 자신에게서 보았다. 여자가 던진 한 마디는 설혹 빈말이라도 명섭의 몸 이 구석 저 구석 반향을 일으키기에 충분했다.

그 일 후에도 여자는 여전히 노모를 어머니, 어머니 부르며 스스럼없이 집 안팎을 쓸고 닦고 소소한 문제에까지 참견하였다. 어쩌다 명섭과 맞닥뜨리면 진지한 얼굴로 '그 문제 곰곰이 생각해 보라'며 은근한 말투로 속삭이곤 했다. 명섭은 입 언저리에 어색한 미소를 띠며 여자를 슬그머니 외면하곤 했다. 하루는 창문 앞에서 하늘하늘한 망사 옷차림의 상반신을 드러내고 있다가 명섭에게 친구의 사진을 보여주었다. 명섭은 여전히 어색한 미소를 지으며 희뜩 쳐다보았다.

노모와 이마를 맞대고 천년만년 살 것 같던 여자가 갑자기 이사를 하게 된 것은 뜻밖이었다. 그 소식을 들은 노모는 비통하고 애석한 표정을 감추지 않았다. 여자가 갑자기 이사를 하게 된 것은 집 때문이었다.

지하셋방에 살고 있는 여자는 알고 보니 어엿한 집주인이었다. 여상을 졸업하고 경리로 이곳저곳 사무실을 전전하면서 차츰 이재에 눈 떴고, 월급 모아 경기도 양평 쪽에 땅을 조금 사두었는데 그것이 홍은동의 단독주택으로 둔갑을 해 전세를 놓았다. 그뿐만 아니라 파주 근처에도 제법 넓은 땅을 가지고 있고 주식에도 손대는 모양이었다.

여자의 사정이 이렇기는 하지만 갑자기 이사를 하는 홍은동 세입자에게 당장 전세금을 빼줄 목돈을 손에 쥐고 있는 형편이 아니었다. 계약 일을 넘긴 홍은동 세입자는 근래들어 부쩍 강화 된 세입자 권리를 앞세워 빨리 해결해 주지 않으면 법으로 하겠다고 밤낮 없이 전화로 협박을 일삼았다. 협박 따위는 안중에도 없이 배짱을 부리던 여자도 날이 갈수록 저쪽의 대응이 심상치 않게 드세지자 궁여지책으로 생각해낸 것이 살고 있는 지하방 전세금을 빼 세입자를 먼저 내 보내고 여자가 홍은동 집에 들어가 사는 것이었다. 그런데 지금 살고 있는 곳이 지하 방이라 쉽게 빠지지가 않는 거였다. 여자는 그악스럽게 집주인을 옭아맸다. 평소에 주인여자와 언니, 동생하며 같이 어울려 화투도 치고 노래방도 다니며 살갑게 지냈지만 막상 돈 문제가 불거지자 안면을 바꾸어 눈만 뜨면 주인집에 올라가 전세금을 빨리 내놓으라며 갖은 패악을 떨었다.

여자의 태도에 질린 집주인이 내놓은 해결 방안이 보증을 서고 이자까지 부담 할 터이니 여자가 정부에서 전세자금 대출을 받아 나가라는 것인데 그것도 수월치가 않았다. 전세자금 대출이라는 게 집 없는 서민을 위한 것이라 움막을 가지고 있어도 집주인이면 어림 반 푼어치도 없는 노릇이었다.

일이 이렇게 사방으로 막혀 버리자 여자가 순발력 있게 떠올린 것이 명섭이었다. 명섭이 여자 대신 정부에서 대출 받아주고 옆집이 나가면 그 돈을 되돌려 받아 갚는 것이었다.

명섭은 여자로부터 그런 부탁을 받았을 때 남의 돈 문제에 괜스레 꼬여들어 뭐 좋은 일이 있나 싶어 탐탁찮았는데

도와주라는 노모의 성화가 어찌나 심한지 어쩔 수 없이 나서게 된 것이었다. 평생 남의 돈은커녕 은행돈도 빌려 쓰기 꺼리던 노모로써는 파격적인 일이 아닐 수 없었다.

새벽부터 잔뜩 흐려 있던 하늘은 기어이 빗방울을 흩뿌리기 시작했다. 굽 높은 구두에 다리 선이 그대로 드러나는 탄력 있는 스판 청바지와 목 라운드가 깊게 파인 검정색 티셔츠 차림으로 곁에 바싹 다가선 것도, 그렇다고 멀찍이 떨어진 것도 아닌, 누가 보면 공연히 흘끔거릴 정도의 거리를 두고 명섭과 나란히 걷던 여자가 빗줄기에 쫓기듯이 명섭 곁에 바싹 다가섰다. 그 바람에 여자의 허벅지가 명섭의 바지주머니에 닿았고 주머니 속의 십자가가 명섭의 다리 한쪽을 찔렀다. 명섭은 지금 쯤 사내가 십자가가 없어진 것을 알고 어떤 표정을 지을까 궁금했다. 어쩌면 사내는 십자가가 없어진 사실을 오랫동안 모를 수 있다는 생각을 하며 명섭은 바지주머니 속에 손을 넣어 십자가를 다시 한 번 꽉 잡았다 놓았다.

외출 차림의 그녀에 비해 명섭은 집에서 입던 무릎 나온 낡은 청바지에 헐렁한 니트 티를 걸치고 운동화를 꺾어 신은 후줄근한 모습이었다. 멀리 뿌연 안개 너머 병풍처럼 둘러 친 북한산 산봉우리 위로 새카만 구름이 빠르게 달려오고 그사이 빗줄기가 심상찮게 굵어졌다.

명섭과 여자는 굵어진 비를 피해 근처 쇼핑센터로 뛰어 들었다. 세일 기간인데다 갑자기 내린 비 때문에 쇼핑센터는 발 디딜 틈이 없을 정도로 붐볐다. 이렇게 된 것 쇼핑이나 하자며 문 앞에 서 있는 명섭의 팔을 잡아 끈 여자는 넥타이를 골라 명섭의 목에 대어 보기도 하고, 스카프를 제 어깨에 감싸고 어떠냐고 묻는 등 스스럼없었다.

"골라 보세요. 송이 가을 옷이 부실하던데."

이층 아동복 코너에서 여자가 채근했다.

"괜찮습니다."

"부담 갖지 마세요. 저희 집 일에 신경을 써주시니 고마워서 그래요."

"아직 일이 성사 된 것도 아닌데요."

"그래도 누가 선뜻 제일처럼 나서겠어요. 그래도 송이 아빠니까 그러시죠."

"누구든 마찬가지겠지요."

"누구나 우리 마음 같나요."

"우리 마음요?"

"예, 우리 마음요."

명섭이 입을 다문 사이 여자는 제 멋대로 송이 옷을 골라 흥정을 했다.

밖에 나오니 비는 그치지 않았지만 걸을 만 했다. 명섭은 집에 들어가기 싫었다. 멀리 하얀 안개에 뒤덮인 산을 오르고 싶었다. 아침 등산을 중단 한 것이 삼 개월이 넘었고 그 사이 체중이 늘었다. 지하 방으로 이사 온 뒤 산을 오르고 싶은 욕망은 더 간절했지만 의지는 욕망과 별개였다.

"우리 점심 먹으러 가요."

"산에 갈까 합니다."

"비 오는데 무슨 말씀이세요. 제가 특별한 곳을 알고 있거 든요. 가요."

"특별한 곳?"

"예, 유통 집입니다."

"유퉁이라니? 탤런트인가 하는 그 덩치 큰 사람이 하는 국밥집 말입니까?"

"유퉁이 아니라 유통입니다."

"유통이라니?"

"글쎄 가보면 알아요."

식당은 마치 70년대 풍경 속으로 고스란히 들어온 착각 을 주는 곳이었다. 가끔 산에 오갈 때 지나다녔던 골목길 끝 에 이런 식당이 있다는 것을 명섭은 그동안 모르고 있었다. 골목길의 표면보다 바닥이 두어 자 더 깊게 내려간 식당 안 은 어두웠다. 밖에서 보면 음식점이라 여길 만한 것은 구석 은 찾아보기 힘들었다. 여닫이 출입문 유리 왼쪽 귀퉁이에 억지로 붙여 놓은 듯한 '유통'이란 낡고 붉은 글씨가 살림

집이 아니라는 짐작을 할 정도였다.

　가운데 연탄을 피워 놓은 둥근 테이블과 나무 탁자가 서너 개 놓여 있는 식당 바닥은 울퉁불퉁한 돌이 그대로 드러나 있었고 점심시간인데도 손님은 아무도 없었다. 어두운 실내를 밝히는 유일한 빛은 회색의 천장 가운데 박혀있는 전등에서 흘러나오는 붉은 빛이었다. 덮개 없는 알몸뚱이 붉은 등에서 빠져나오는 빛은 서너 평 실내를 겨우겨우 감싸고 있을 정도였다. 힘을 잃고 떠도는 그 붉은 빛이 식당 유리문에 써 붙인 '유통'이라는 붉은 색 글자를 원색적으로 도드라지게 만들고 있었다.

　안이 들여다보이는 주방에는 살이 투실투실하게 찐 주인 여자가 수도 앞에 쪼그리고 앉아 핏빛이 홍건한 물통 속에서 밀가루 반죽같이 생긴 흰 덩어리를 죽죽 훑으며 씻고 있었다. 굵은 허리를 힘겹게 구부리고 앉은 주인 여자의 발 옆에 피 묻은 주방용 칼 두 자루가 손잡이가 엇갈린 채 놓여 있었다. 칼 주변의 바닥에 붉은 핏물이 군데군데 고여 있었다.

　명섭은 식당안의 분위기가 여간 께름칙하지 않았지만 여자는 주방 안까지 들어가 아는 체를 하며 주인여자 옆에 잠깐 쪼그리고 앉았다가 나와 식당 가운데 탁자에 자리를 잡았다. 엉거주춤 서 있던 명섭은 의자에 궁둥이를 살짝 걸치고 앉으며 주위를 재빨리 둘러보고는 소곤거리듯이 여자에게 물었다.

"유통이라는 게 뭡니까?"

"돼지 젖통이에요."

명료하고 간단한 대답으로 명섭을 머쓱하게 해 놓은 여자는 유들유들하게 웃으며 유통 2인분을 시켰다. 젖통을 먹는다니! 그것도 돼지 젖통이라니! 명섭은 속이 매쓱매쓱해 오는 것 같았다.

주인 여자가 연탄불 위에 올려놓은 유통이 지글지글 익기 시작하자 여자는 젓가락으로 뒤집으며 계속 침을 삼키면서 말했다.

"송이 아빠 표정을 보아하니 처음 먹어 보는 것 같은데 머릿속에 든 선입견은 던져버리고 먹어보세요. 맛있어요."

보신탕을 먹기는 하지만 물렁물렁한 젖통을 씹어 먹는 것은 생각 해 본 적이 없던 터라 명섭은 손에 쥔 젓가락을 유통 쪽으로 쉽게 옮기지 못하고 식탁위에 놓인 반찬사이에서 머뭇거렸다. 그사이 여자는 아주 탐욕스럽게 유통을 씹어 삼키고 심심찮게 소주잔을 비웠다.

여자의 성화에 명섭은 용기를 내어 유통을 입에 넣고 조심스럽게 씹었다. 처음엔 기름 덩어리를 씹는 것 같이 뭉클한 느낌이 전부였다. 턱 근육을 조심스럽게 서너 번 더 움직이자 입안의 유통이 이상하게 쫄깃쫄깃 굳어지는 느낌이더니 씹을수록 맛이 새록새록 생겨났다. 구체적으로 무어라고 집어 말 할 수 없는 맛이 씹을수록 생겼다. 목구멍을 넘어가는 순간 유통은 조금 전의 께름칙하게 생각하던 그 젖통이 더 이상 아니었다.

명섭은 여자처럼 맹렬히 턱 근육을 움직여 유통을 씹었다. 여자와 명섭은 경쟁하듯이 유통을 먹어 치우고 소주잔을 비웠다. 말이 필요 없었다. 돼지 젖통을 씹는 순간순간 옥죄고 있던 무엇이 툭툭 터져 박살나 버리는 통쾌함 같은 것이 몸으로 퍼져 나갔다. 땀을 뻘뻘 흘리며 유통을 씹으며 소주잔을 말끔히 비우는 명섭의 머릿속에 '일을 저질러. 일을 저질러.'하는 아우성이 다시 고개를 쳐들었다. 빌어먹을 아우성을 누르기 위해 명섭은 턱 근육이 뻐근할 정도로 유통을 씹고 또 씹었다. 돼지 젖통을 씹는 것만이 살아 있는 유일한 목적인 것처럼 열중했다. 명섭은 허연 유통이 잘못 감긴 탯줄처럼 목을 옥죄기 전에 먹어치워야 한다는 초조감에 입안으로 자꾸 쑤셔 넣고 씹었다. 언뜻 정신이 들어 고개를 들자 여자가 얼굴에 땀을 흘리며 웃고 있었다.

"얼마나 맛있게 드시는지. 몇 번이나 불렀는데…… 더 시킬까요?"

명섭은 가슴까지 차 오른 포만감을 느꼈지만 그것과 다른 결핍의 구멍을 가슴에서 보았다. 가슴에서 젖통을 잘라 버린 것 같은 결핍이었다. 명섭은 푸들푸들 떨면서 유통을 더 시켰다. 여자가 짧게 웃으며 유통 2인분을 더 시키며 슬그머니 입을 열었다.

"송이 아빠. 우리가 오늘 많이 친해진 것 같죠?"

"글쎄요. 그런가요. 아무려면 어때요."

명섭은 친구면 어떻고 연인이면 어떻고, 외도면 또 어떻고 바람이면 또 어쩌란 말인가 싶었다. 아무런 문제가 아니었다. 혼자가 아닌 누군가와 마주앉아 돼지 젖통을 게걸스럽게 씹어대는 시간만이 눈앞에 존재 할 따름이었다. 오직 그것만이 전신의 살갗을 타고 흐르는 감각일 뿐이었다. 땀과 같은 표피의 감각에 충실한 것은 나쁜 게 아니었다. 명섭은 뜨거운 연탄불위에서 유분을 흘리며 지글지글 익고 있는 유통을 한입 가득 넣고 씹었다. 젖통을 먹는 속도가 좀 뜸해진 여자가 다시 입을 열었다.

"송이 아빠. 저번에 말씀 드린 제 친구 말이에요. 마음 결정을 하셨어요. 이야기를 꺼냈으니 이사 가기 전에 어떤 쪽으로든 매듭을 지었으면 해서요."

명섭이 입안에서 짓 이겨진 젖통 사이로 힘겹게 혀를 움직여 말을 밀어냈다.

"일단 일을 저질러보라는 말씀 말입니까."

"그래요."

"그 말을 믿어도 됩니까?"

"그럼요. 전 없는 말 안 해요."

"어떻게 일을 저질러버릴까요?"

"수단 방법 가리지 말고 제 친구를 송이 아빠 것으로 만들라는 거죠."

"수단 방법 가리지 말란 말이죠."

"그럼요."

"그럼, 친구 분이 행복할까요?"

"행, 불행은 제가 만들어 가는 거지 누가 만들어주는 게 아니잖아요."

"누구나 그렇게 말입니까?"

"물론이죠. 간단해요. 복잡하게 살 필요 뭐 있어요. 보세요. 선입견을 버리니 유통이 맛있잖아요."

여자는 젖통을 씹으며 움직이는 근육만큼이나 크고 시원시원하게 대답했다. 명섭은 그 시원스러움이 부러우면서도 한편으로는 싫었다. 명섭이 포개고 있던 다리를 바꾸어 앉는데 바지주머니 끝으로 십자가 한 쪽이 삐죽 고개를 내밀었다. 명섭은 놀라며 황급히 십자가를 바지주머니 깊숙이 밀어 넣었다. 무작정 십자가를 가져 온 것이 새삼스럽게 후회되었다. 십자가가 자꾸 허벅지를 찔렀다.

연탄의 뜨거운 열기와 소주의 알코올이 젖통의 기름기 속에서 엄청난 소용돌이를 일으켜 명섭은 갑자기 눈앞이 뿌옇게 흐려지고 머리가 빙글빙글 돌기 시작하며 입에서 말 대신 쐐액- 쐐액- 거친 신음소리만 쏟아져 나와 간신히 한마디 외치고 고개를 떨어뜨렸다.

"유통 더 시켜요."

"알겠어요. 이번엔 특별한……."

여자의 목소리가 멀리서 환청처럼 아득하게 들려왔다. 더 이상 아무 소리도 들리지 않았다. 고개를 숙인 명섭의 눈앞에 여자의 얼굴과 언젠가 홀낏 본 여자 친구의 사진 속 얼굴이 포개지며 마구 헝클어지고 있었다. 젖통의 비릿한 냄새와 연탄불의 뜨거운 열기, 알코올의 취기, 휘엾스러운 붉은 빛에 둘러싸인 명섭은 눈앞에서 일어나는 일이 한결같이 뿌옇고 가벼워 명확하지가 않았다.

어디선가 갑자기 나타난 주인 여자가 명섭과 여자 앞에 하얀 접시를 내려놓고 그 위에 끝이 길고 날카로운 포크와 날이 시퍼런 칼을 올려놓고 사라졌다. 침묵하고 앉아 있던 여자가 천천히 상의를 벗자 검은 색 브래지어가 나타났다. 여자가 그것마저 간단히 벗어버리자 유두가 포도알 만큼이나 큰 여자의 흰 유방이 드러났다.

여자는 제 유방을 잠깐 쳐다보더니 흰 접시위의 날이 시퍼런 칼을 손에 들었다. 여자는 손에 들고 있는 칼로 아주 자연스럽게 자신의 왼쪽 유방을 싹둑 잘라 흰 접시 위에 올려놓았다. 군더더기 없는 날렵한 솜씨였다. 유방이 달렸던 여자의 가슴은 피 한 방울 흐르지 않고 금방 절벽처럼 대끈해졌다.

접시 위에 놓인 여자의 유방에서도 역시 피 한 방울 보이지 않았다. 여자는 접시 위에 놓인 자신의 왼쪽 유방을 다시 정확하게 반으로 갈라 명섭의 접시에 올려놓았다. 포도알 같은 유두까지 정확하게 반으로 갈라진 흰 유방은 보기에도 먹음직스러웠다.

"송이 아빠. 송이 아빠. 음식 더 시키고 졸고 계시면 어떡해요."

다급한 여자의 목소리에 명섭은 번쩍 고개를 들었다. 시뻘건 연탄 화로위에서 검은 연기가 피어오르고 유통이 새카맣게 타고 있었다. 여자는 숯 덩어리가 된 유통 때문에 속이 상한 듯이 양미간을 잔뜩 찌푸리고 있었지만 명섭은 여자의 왼쪽 가슴이 궁금했다. 당장 만져보고 싶은 욕망을 느꼈지만 입속에 남아있는 젖통 찌꺼기와 함께 꿀꺽 삼키며 말했다.

"일을 저지르라는 말을 쉽게…… 그렇게 쉽게 해도 됩니까…… 그래도 됩니까."

명섭이 모처럼 악을 바락바락 쓰고 대들었지만 여자는 아랑곳없이 휴대폰을 펼쳐 들고 번호를 꾹꾹 눌러 통화를 했다.

"어머니 애들 잘 있죠. 곧 들어갈게요. 부탁드려요."

명섭은 돼지가 되어버린 듯이 자꾸 꿀꿀거렸다.

"내가 지금 이 자리에서 무슨 일이든 저지르면 어떡할 거야. 그때는 어떡할 거야."

"그래 지금 당장 그렇게 해봐, 해보란 말이야."

여자는 팔짱을 끼고 앉아 빙글빙글 웃으며 명섭을 비웃었다.

"내가 지금이라도 대출 받기 싫다고 하면 어떡할 거야. 그때는 또 어떡할 거야."

팔짱을 끼고 앉아 웃고 있던 여자가 갑자기 단호하고 서늘한 음성으로 낮게 말했다.

"그때는 죽일 거야. 죽여 버릴 거야."

여자의 소름끼치도록 음산한 목소리가 돌멩이가 비죽비죽 드러난 바닥에 칼날처럼 박히는 순간 연탄화로위에서 피어오르던 연기가 멈추었다. 붉은 빛 아래 피비린내 나는 침묵이 잠깐 흘렀다. 명섭은 바닥에서 피어오르는 피 냄새를 맡았다. 붉은 조명 빛 아래에서 붉은 눈을 하고 돼지 젖통을 뱃속 가득 담고 매섭게 쏘아보는 여자가 무섭고 그 앞에 똑같은 모습으로 마주 앉은 자신이 더 무서웠다.

"송이 아빠 그만 가시죠. 많이 취하셨나봐."

여자의 목소리가 명섭의 귀에 꿀꿀꿀 하는 것처럼 들렸다.

빗방울이 차분히 내리는 밖은 어두웠다. 길가의 상점에서 뿜어내는 여러 색의 불빛이 빗물이 번들거리는 땅바닥 위를 얼룩덜룩 비추었다. 명섭은 심호흡을 길게 하고 서 있었다. 도살장에서 겨우 빠져 나온 것 같은 안도감이 들었다. 여자는 술이 깬 멀쩡한 얼굴로 주위를 두리번거리며 무엇인가를 수습하려고 초조해했다. 그것을 본 명섭은 브레이크

없는 분노와 욕망이 들끓었다. 그녀는 새삼스럽게 주위 눈을 의식하기 시작했다. 어둠은 자연스럽게 가정을 생각나게 하는 모양이었다.

명섭은 하늘을 향해 고개를 번쩍 쳐들었다. 밤하늘은 검은 보자기 같았다. 검은 보자기 사이로 붉은 십자가가 드문드문 보였다. 십자가가 어쩐지 도살장 같이 느껴졌고 십자가와 도살장은 알몸으로 통한다는 생각을 했다. 명섭은 벌거벗은 몸으로 십자가와 도살장 가운데 우두커니 걸려 있고 싶었다.

"어서 가요. 시간이 이렇게 가다니. 애가 울겠어요."

완벽하게 평범한 일상으로 돌아간 여자는 완벽하게 상투적인 핑계를 앞세워 저만큼 앞서 걷고 있었다.

오래 전부터 가로등이 까맣게 불타 죽은 집 앞은 어느 때보다 어두웠다. 지하 계단 앞 여자의 집에서 환한 불빛이 흘러나왔다. 불빛을 보는 순간 여자는 사슬에 묶인 개처럼 황급히 집으로 달려갔다. 여자는 겉으로만 나태하고 반쯤 맹목적이었다.

저녁의 주택가는 한산하고 불빛은 안온했다. 빗방울은 여전히 차분했다. 지하 계단을 내려가던 명섭은 걸음을 멈추었다. 불빛이 흘러나오는 여자의 집에서 와자하게 웃는 소리가 들렸다. 윤택하면서도 나른함이 묻은 까실까실한 여자의 웃음소리가 유난히 높고 길게 이어졌다.

명섭은 손으로 입을 급히 틀어막고 옥상 위로 뛰어 올라갔다. 옥상 난간에 허리를 구부리자 참고 있던 입에서 터져 나오는 것은 허연 돼지 젖통이었다. 입속에서 씹히기 전의 그 모습으로 구불구불 끊어지지 않고 계속 기어 나왔다. 난간 위에 유통이 수북이 쌓였다. 옆집 정원을 지키는 일곱 마리 개가 이상하게도 짖지 않았다. 대신 노파의 끕- 끕-하는 신음소리가 간헐적으로 들려왔다.

뱃속에 들어 있던 유통이 모두 쏟아져 나왔는가 싶었을 때 그 무더기 위로 무엇인가 툭 떨어졌다. 명섭의 바지주머니에 들어 있던 조그마한 십자가였다. 십자가를 보는 순간 명섭의 내장이 입 밖으로 구불구불 기어 나오기 시작했다. 마치 살아 있는 뱀처럼 입 밖으로 기어 나왔다. 명섭은 발밑에 쌓여있는 돼지 젖통 무더기와 그 위에 쌓이고 있는 자신의 내장을 눈물이 그렁그렁한 눈으로 바라보았다. 그렁그렁한 눈물위로 검은 보자기 같은 밤하늘에 돋아나고 있는 십자가의 붉은 빛이 얼룽덜룽 비쳤다. 명섭은 내장위에 꼬꾸라져 천천히 옷을 벗기 시작했다.

가난아 웃어다오

가난아 웃어다오

한낮 기온이 30도를 넘어선 게 보름째이다. 가만히 있어도 땀이 목선과 볼을 따라 빗줄기처럼 흘러내린다. 아침부터 숨을 내 쉴 때마다 불덩이 같은 뜨거운 기운이 터져 나오더니 오후 10시가 지났는데도 꺾이지 않는다. 하늘 땅 사람이 스멀스멀 녹아내려 세상의 모든 경계가 아스라해진 듯하다. 화염 불덩이 속에서도 야릇한 신음소리는 끊이지 않는다. 오늘은 작정한 듯이 초저녁부터 꼬리를 물고 있다.

불빛이 희미한 헌책방 앞에 쭈그리고 앉아 담배를 피우던 준필은 젊은 것들이 젊음만 믿고 너무 까분다 싶어 혼자 웃다가 이내 고개를 흔든다. 몸뚱이에 파란 불길이 빠지직 타올라도 괘념치 않을 젊음이고, 그대로 활활 타올라 한줌

재가 되어도 후회 않을 젊음인데 싶다. 책방 맞은편에 어깨를 나란히 한 원룸의 열린 창을 통해 흘러나오는 신음소리는 언제부터인가 골목의 일부분이 되었다.

골목길을 가운데로 헌책방이 있는 이쪽은 1층에 상가를 지은 주상복합 건물이고 맞은쪽은 원룸 촌이다. 이쪽은 상권이 형성되지 못해 상가 1층 대부분 셔터를 내렸다. 셔터를 내리지 않은 곳은 안이 보이지 않게 창문을 선팅하고 사무실로 사용하고 있다. 홈피스텔, 유니텔, 같은 이름을 출입문 이마에 계급장처럼 달고 서 있는 저쪽은 외양이 반듯하게 세련되고 세탁기, 냉장고, 에어컨 등 필요한 가전제품을 갖춘 고급 원룸 촌이다. 서울에서 멀지 않은 지방 대학이지만 원룸에 입주한 학생들은 대부분 자가용을 끌고 비싼 외제차도 더러 눈에 띈다.

명색이 대학 후문인데 대학생들은 작심한 듯이 책과 거리를 두고 있다. 어쩌다 드물게 고개를 드민 학생은 대뜸 "재미있는 만화 있어요?" 묻고는 대답도 하기 전에 모습을 감춘다. 골목은 항상 따분하고 한산해 헌책위에 먼지가 켜켜이 쌓인다. 밤이 되면 더욱 삭막하고 어두워 사람들이 다니기를 꺼린다. 헌책방 간판이 어두운 골목 허공에 걸려있지만 빛이 너무 미약하고 보잘것없어 있으나 마나 하다.

담배를 피우고 책방 안으로 들어 온 준필은 작동을 멈춘 선풍기를 쳐다보면서도 다시 켤 엄두를 내지 못한다. 1만 7

천 5백 원. 아침 10시에 문을 열어 저녁 10시에 문을 닫는 헌책방 매출을 확인하는 순간 책상 위에 놓인 4만원이 넘는 전기요금 고지서가 너무 무거워 선풍기를 미련 없이 꺼버렸다. 1분이 지나지 않아 후회 하면서도 감히 선풍기에 손을 댈 엄두를 내지 못하고 있다.

책방 앞에 내어놓은 헌책 묶음을 안으로 들이려고 일어서던 준필은 상체가 왼쪽으로 기울며 바닥에 주저앉는다. 심한 더위와 함께 찾아온 어지러운 증세가 대지를 점령한 더위마냥 며칠 째 물러가지 않고 있다.

바닥에 널브러진 준필은 골목을 싸고도는 신음소리가 앞쪽 골드 원룸 302호에서 흘러나오는 게 분명할 것이라는 얄궂은 확신에 웃는다. 어제는 402호 애들이 밤을 가르는 섹스음을 철철 흘려보내더니 오늘은 그 아래층이다. 이상한 확신에 사로잡혀 킥킥거리던 준필은 오늘이 아버지 제삿날인데 하는 생각에 무렴해져 귓속을 파고드는 신음소리를 털어내듯이 고개를 세차게 흔들지만 소용이 없다.

대학이 여름 방학을 한 후 골목은 더욱 한산했고 낮의 원룸은 무거운 정적 속에 가라앉아 있다. 밤 그림자가 골목을 점령하면 기다렸다는 듯이 환해지는 원룸에서 노랫소리, 술잔 부딪히는 소리, 생일 축하하는 소리가 요란하게 흘러나오다 신음소리로 이어지는 나날이 계속되고 있다.

골목길로 난 원룸의 창문은 창문이 아니라 소리통이다.

사람의 모습은 보이지 않고 소리들만 밖으로 흘러나와 밤이 되면 골목은 소리들로 홍수를 이룬다. 소리 아닌 것이 창을 통해 나오는 것은 담배꽁초와 가래덩어리가 전부이다. 봄부터 골목으로 난 창문들은 한 번도 닫히지 않았다. 비가 오거나 바람이 불어도 창문은 닫히지 않고 매일매일 소리만 흘러나왔다.

현기증과 신음소리에 눌려 앉았던 준필은 겨우 일어나 책방 앞에 쌓인 헌책 꾸러미를 안으로 옮긴다. 선택받지 못한 헌책 꾸러미가 더위에 지쳐 젖어 있는 게 측은해 보인다. 측은이 지나쳐 괘씸하다.

준필이 마지막 헌책꾸러미를 잡아채듯이 안고 걸음을 옮길 때이다. 등줄기에 비수처럼 꽂히는 소리 때문에 몸이 꿈틀 경련을 일으킨다.

흐느낌이다.

가느다랗게 이어지는 흐느낌은 신음소리보다 형편없이 약하고 건조한데도 또렷하게 귓속을 파고든다. 골목에서 들리는 흔한 소리 가운데 하나 일 수도 있지만 이상하게 신경이 쓰인다.

장식을 모두 제거한 날것의 토함 같은 흐느낌이 듣고 있으면 저절로 배가 고프고 등이 추워지는 소리이다. 준필은 자신이 흐느낌에 깊숙이 끌리고 있는 것을 깨닫는다.

골목이 만들어내는 숱한 신음과 울음 같은 갖가지 소리

에도 끌리거나 호기심을 가진 경우가 드물었다. 자정을 앞
둔 밤인데 바람 한 점 없는 책방 앞에 꽉 막힌 열기가 기둥
처럼 박혀있다. 준필은 책꾸러미를 치운 빈자리에 앉아 연
주회에 온 사람처럼 신중히 흐느낌에 귀를 기울인다. 흐느
낌은 무엇으로도 설명 할 수 없는 소리의 진동이 되어 준필
의 맥박을 빠르게 요동치게 한다.

　준필이 소리에 민감해진 것은 지난겨울이었다. 지독히 추
워 한 달 동안이나 한강물이 얼었던 무렵 준필은 구치소에
있었다. 구치소에 수감되면 누구나 소리에 민감해졌다. 외
부로부터 들려오는 발자국 소리, 철창문을 여닫는 소리, 밥
을 실어 나르는 손수레가 복도를 구르는 소리, 접견 물을 넣
기 위해 식구 통을 여는 소리에까지 외부를 알 수 있는 것은
오직 소리뿐이었다.
　특히 미결수 들은 철창문이 덜커덩 열리고 자신의 수번
과 함께 '출감'하는 소리를 기다리며 이제나 저제나, 혹시
하는 기대감으로 신경을 귓속에 집중했다. 네 평이 채 되지
않은 공간에서 가질 수 있는 희망은 외부로부터 들려오는
소리였다.
　소리가 온통 희망의 모습을 가진 것은 아니었다. 출소를
앞둔 어느 날 수번이 불리자 석방의 기쁨에 몸을 떨며 벌떡
일어섰던 수감자는 뒤이어 '수사 접견' 하는 소리를 듣그

그대로 바닥에 고꾸라져 움직이지 못했다. 수사 접견은 사건이 추가 되었다는 뜻이고 그건 곧 출감이 다시 요원해진다는 뜻이었다. 수감자들에게 소리는 희망임 동시에 절망이기도 했다. 희망과 절망이 뒤섞인 묘한 공포를 느끼면서도 소리에 귀 기울였다.

수감자들이 가장 힘들어 하는 게 정적이었다. 가끔 사방이 꽉 막힌 듯이 정적이 찾아오면 불안해져 손톱을 잘근잘근 깨물거나 쓸데없이 상대방을 노려보며 감방 안을 맴돌았다. 특히 입소한지 얼마 되지 않는 신참일수록 그 강도가 심해 옆에서 보기 민망한 선참자가 발로 차 넘어뜨리는 경우가 비일비재했다.

수감 초기 준필은 천장이 내려앉고 사면의 벽이 조여들어 자신의 몸통이 압착기 롤러 속의 반죽덩어리처럼 만들어 버리는 꿈을 자주 꾸었다. 그런 꿈을 꾼 날은 바깥 소리가 더욱 간절해져 차가운 냉기 때문에 모두 기피하는 철창문 옆에 자리를 잡고 누웠다. 결국은 형을 선고 받고 그 기간이 지나야 육중한 철창문 바깥으로 나갈 수 있는 것을 알면서도, 그래서 바깥에 귀 기울이는 일이 부질없는 짓이라는 것을 알면서도, 애써 그 행위를 참으려 하지 않았다. 그것 마저 없다면 목을 맬지도 모르기 때문이었다.

준필은 그때만 생각하면 소리에서 평생 벗어 날 수 없는 숙명 같은 것에 단단히 옭아맨 느낌이 들어 지금도 진저리를 치곤한다. 무더운 밤 정체불명의 흐느낌에 사로잡혀 회색빛 기억을 되작이던 준필은 시계를 쳐다본다. 자정이 가깝다. 준필은 지금이라도 선풍기를 다시 켤까 하다 그냥 책방 안쪽에 붙은 단칸방에 들어선다.

흰 종이를 깔고 그 위에 밤, 배, 대추, 사과, 포, 전, 생선, 나물 등의 제수 음식이 단출하게 놓인 검정색 상이 북쪽을 향해 놓여 있다. 향을 사르고 밥과 국을 올리고 잔을 채우고 절을 하면 또 한 번의 아버지 제사가 지나간다. 땀범벅이 된 몸에 찬물을 끼얹은 준필은 양복을 입고 제사상 앞에 선다. 아버지 제사상 앞에 혼자 서서 향을 사르는 준필의 손끝이 가늘게 떨린다.

오전에 4만원을 들고 마트를 갔다. 생각보다 과일값이 비쌌다. 준필은 최소한의 제수용품을 마련하기 위해 진땀을 흘렸다. 가격표를 꼼꼼히 셈했지만 돈이 부족했다. 손에 들린 바구니가 무척 무겁게 느껴졌다. 필요한 것만 고른 탓에 한 가지라도 빠지면 제사상 전부가 무너질 것 같았다. 향 가격만큼 2천원이 부족했다. 돈은 더 이상 없었다. 4만원을 모으기 위해 여러 날 책을 팔았다. 준필은 손에 들고 있던 향을 급히 바지주머니 속에 집어넣었다. 향각의 끝부분이 주머니에서 비죽 나왔지만 다행히 아무도 보지 않았고 계산대를 무사히 빠져나왔다. 집으로 오는 동안 가슴이 벌렁거려 몇 번이고 향을 던져버리고 싶었다. 주머니에서 꺼낸 향이 축축하게 젖어 있었다.

술을 채워 잔을 올리고 재배를 한 후 준필은 아버지의 혼령이 메를 드시도록 합문을 하고 잠시 밖에 나온다. 책방 안은 조금도 더위가 식지 않았고 머리를 잡아끄는 흐느낌은 여전히 이어지고 있다. 버릇처럼 담배를 피워 물던 준필은 아내가 책방 구석에 앉아 있는 착각이 든다.

그날 책방 구석에 앉은 아내는 준필에게 담배 한 개비를 달라고 했다. 뽀얀 담배연기를 길게 내뱉을 뿐 좀처럼 입을 열지 않던 아내는 이윽고 힘들지만 후련 한 듯이 말했다.

"나, 아이들과 당신 곁을 떠나려고 해."

"어디로?"

아내의 말에 조금도 놀라지 않는 자신의 반응에 더욱 놀라면서 준필은 담담하게 물었다.

"이런 말 하면 당신이 웃을지도 모르지만, 난 이 세상 사람이 아니냐. 다른 별 왕국 사람인데 잠시 지구에 왔어. 머 잖아 우리별 왕국 사람들이 나와 아이들을 데리고 갈 거야. 당신은 우리 왕국에 같이 갈 자격이 안 돼. 같이 갈 수 없어. 미안해."

담배를 피운 아내는 자리에서 일어났고 이튿날 아이들을 데리고 떠났다. 준필은 아내 별 왕국 사람들을 직접 보지는 못했지만 모처럼 활짝 웃는 아내의 얼굴이 보기 좋았다. 아내와 아이들이 떠난 후 준필은 쓸쓸했지만 아내를 원망하지 않았다. 눈을 뜨면 늘 곁에 있는 빈자리의 쓸쓸함이 고약할 따름이었다. 준필은 아내가 어느 별 왕국으로 갔는지, 아니면 처음부터 준필의 능력을 불신하던 제 아버지의 넉넉한, 적어도 가난과는 거리가 먼 품속으로 들어갔는지, 그도 아니면 종교 집단의 어떤 공동체 속으로 들어갔는지 알 수 없다.

다만 "난 내가 이렇게 가난해질 수 있다는 것은 상상도 못했어. 이렇게 돈에 찌들려 산다는 것을 조금이라도 예상했다면 난 그동안 다르게 살았을 거야." 라는 아내의 마지막 말이 지금까지도 가슴을 먹먹하게 하고 있다. 가난을 예상 할 수 있는 사람이 과연 있을까? 누가 가난을 선택한단 말인가? 가난은 예상문제집이 없고 선택의 문제가 아닐 텐데 하는 생각을 하면서도 준필은 가난이 낯설지 않다.

문밖에서 기침을 세 번 하고 방안으로 들어간 준필은 갱을 내려놓고 숭늉을 올리고 메를 세 번을 떠 숭늉에 말고 정지를 한 후 읍한다. 잠시 후 수저를 거두고 메 뚜껑을 닫는다. 단촐 하다 못해 뼈가 앙상한 제사상을 거두고 지방을 태운 후에 혼자 앉아 음복을 한다. 제사에 참석치 못한 작은 아버지, 어머니, 아내를 대신해 한잔씩 곁들인 음복술이 얼큰해온다. 정겹다. 죽은 아버지가 산 자식을 취하게 하는 게 정겹다. 마냥 정겹고 고마운 일인데 자꾸 눈물이 나려 한다.

"웃어라."

밑도 끝도 없는 이 한마디가 아버지 생전 마지막 말이었다. 후두암 말기의 아버지는 아무것도 먹지 못했다. 말기 암 선고를 받은 아버지는 수술은 물론이고 병원에 가는 것조차 거절했다. 거절이 아니라 갈 수 없었다는 것이 솔직한 표현 말이다. 할아버지가 남겨준 어마어마한 유산을 모두 탕진한 아버지는 먹고 싶어도 먹을 수 없는 지독한 가난에 시달리다가 말년에는 음식을 삼킬 수 없는 후두암에 걸려 생의 마지막을 힘겹게 살았다. 하루가 다르게 마르고 기력이 약해졌지만 아버지는 덕장에서 그물 깁는 일을 계속했다.

준필은 결혼할 여자의 손을 잡고 그물 깁는 아버지를 찾아갔다. 못 보는 사이 아버지는 무섭게 말라 있었다. 나이답지 않게 군살 없는 몸이 호리호리했는데 살이 죄다 빠져 버린 몸은 보기가 처참할 정도였다. 준필이 아프리카 기아에 관한 뉴스나 다큐멘터리가 나오면 황급히 채널을 돌리는 것은 기아선상에서 허덕이는 아프리카인들의 무섭게 퀭한 눈과 툭 불거진 광대뼈와 갈비뼈 모습이 그때의 아버지와 흡사하기 때문이다. 하지 말라고 해도 기어코 덕장에 나와 찢어진 그물을 깁는 아버지는 더 이상 인간의 형상이 아니었다.

아버지는 결혼할 여자가 사가지고 간 백도통조림 물을 달게 마셨다. 삼키는 게 고통인데도 한 번 찡그리지 않고 모두 마셨다. 흰 러닝셔츠 차림에 뼈만 앙상한 박제된 모습으로 말을 하려고 무던히 애를 썼지만 목구멍에서 쇳쇳 하는 소리만 흘러 나왔다. 결혼할 여자는 아버지를 두려운 눈으로 쳐다보았다. 덕장의 찢어진 그물 앞에서 손가락만 살짝 닿아도 어그러질 것 같은 등을 구부려 그물을 깁는 아버지의 모습에서 준필은 보아서는 안 될 저 밑바닥의 어떤 극한을 본 것 같았다. 돌아오는 버스 안에서 먹은 것을 모두 토했다.

"웃어라."

덕장에서 뱉은 짧은 이 말이 아버지의 유언이었다.

제사를 끝낸 준필은 제사 음식을 가지 수대로 조금씩 떼어 그릇에 담는다. 이렇게 모은 제사 음식을 정갈한 땅에 모셔놓아야 제사가 온전히 끝나는 것을 어려서부터 보고 들었다. 준필은 양복을 입은 채 그릇을 들고 책방으로 나온다. 자정을 넘긴 시간인데도 더위는 조금도 누그러지지 않는다.

선풍기는 꺼져 있고 배고픈 흐느낌은 아직도 이어지고 있다. 준필은 갑자기 막막하고, 머리채를 잡아끄는 흐느낌은 그칠줄 모른다. 까칠하게 날 선 살비듬 같은 가난이 묻어 있는 흐느낌은 준필의 다리에서 힘을 빼고 눈앞에 얼굴하나를 불쑥 떠올리게 한다. 준필은 깨끗한 땅을 찾아 밖으로 나갈 엄두를 내지 못하고 자리에 주저앉는다.

감방 안도 사람 사는 곳이었고 그 나름의 질서와 규율, 암묵적 합의가 공공연하게 공기 속을 떠도는 공동체였다. 사람 사는 곳이 어디서나 그렇지만 이곳 역시 돈과 무관할 수 없었다. 감방이 예전과 달리 많이 좋아졌다는 것은 다름 아닌 돈으로 구매 물을 구입할 수 있는 기회와 방법이 다양해졌다는 것이었다. 결국 귀결점은 돈이고 돈 때문에 감방에 들어온 수감자들은 또 돈 때문에 고통을 당했다.

준필은 필요한 물품을 공동으로 구매할 최소한의 영치금조차 없어 방 식구들 신세를 졌다. 늘 미안한 마음이었다. 그나마 동료들의 최후 변론서, 항소이유서, 재판 기일 연기 신청서 같은 것을 대신 써주어 미안함에 조금이라도 갚음할 수 있었다. 사선 변호사를 선임한 수감자들은 괜찮지만 그럴 형편이 못되는 많은 수감자들은 재판에 필요한 형식의 글이 생소해 적잖이 애를 먹는 눈치였다. 보다 못한 준필이 몇 자 거들고 나선 게 결국 출소 때 까지 그 일을 벗어날 수 없게 된 계기가 되었다. 운동시간에 운동을 나가면 같은 사동 안의 이 방 저 방 수감자들이 부탁을 해 왔고 거절할 수 없었다.

옆방의 사내가 소지를 통해 두툼한 공소장과 함께 최후 변론서를 부탁하는 짧은 편지를 보내왔을 때 준필은 의아하게 생각했다. 사내가 어마어마한 공소금액과 이름 석 자만 들어도 알만한 유명 변호사를 선임한 소위 말하는 범털인데, 그런 범털이 최후변론서 작성을 부탁했다는 것이 꺼림칙했다.

준필은 공소장을 받아두고 한동안 거들떠보지도 않았지만 딱히 거절할 명분을 만들지도 못한 터라 차일피일 시간만 보내고 있었다. 운동 시간에 마주친 사내가 '잘 돼 가십니까? 재판이 아직 3주 정도 남았습니다.' 하며 먼저 인사를 하는 바람에 준필은 어쩔 줄 몰라 어정쩡하게 고개를 끄덕이기도 했다. 사내는 면회 오는 사람을 통해 커피를 비롯한 먹을거리를 준필 앞으로 푸짐하게 넣어주기도 했다. 사내는 늘 여유 있는 모습이었고 그 모습만큼이나 구치소 안에서 씀씀이가 컸다.

　하루 종일 빗방울이 오락가락 하던 날이었다. 매섭던 겨울의 끝자락이 빗방울에 녹아내리고 찬바람 속에서 희미한 봄기운이 느껴지는 오후였다. 궂은 날씨 때문에 운동을 나온 이들은 평소의 절반에도 미치지 못하고 그나마 비를 피할 수 있는 출입문 근처에 무리지어 두런두런 이야기를 나누고 있었지만 준필은 비를 맞으며 운동장 가장자리를 걷고 있었다. 운동 나오기 전에 받아 본 어머니 편지가 빗속을 걷게 만들었다.

　몇 바퀴나 돌았을까. 젖은 머리를 털기 위해 고개를 들었을 때 운동장 한가운데에 옆방 사내가 비를 맞으며 서 있었다. 한손은 허리춤에 올리고 다른 한손은 마치 부러진 것처럼 축 늘어뜨린 사내의 모습은 추수를 끝낸 빈 들판의 허수아비처럼 앙상했다. 그날따라 옥빛 평상복이 아닌 황색 관복 차림이 그를 더욱 후줄근하게 만들었다. 빗방울이 사선을 긋는 하늘을 보며 서 있던 사내가 주춤주춤 준필 쪽으로 다가와 흐느끼며 말했다.

"치매를 앓는 노모가 계십니다. 1년 전부터 실버타운에 모셨는데 비용을 감당치 못해 월70만원 내는 곳으로 옮겼다는 아내의 편지를 받았습니다. 70만원을 생각하니 끔찍해서 미치겠습니다."

사내는 끔찍해 미치기 직전의 얼굴로 운동장을 빠져나갔다.

준필의 어머니는 당신이 생활보호대상자로 선정되었으니 걱정 하지 말라면서도 애초에 70만원을 받기로 했는데 20만원이 줄어 50만원을 수급 받게 되었다는 사실에 분노한 일을 편지에 적어 보냈다.

준필은 달리기 시작했다. 굵어지는 빗방울에도 계속 운동장을 달리며 사내가 말한 70만원을 생각하고 어머니의 70만원을 생각했다. 이빨을 악물고 뛰었다. 허파가득 빗물이 들어 찬 듯 숨이 가쁘고 힘겨웠지만 차라리 허파가 펑 터져버렸으면 싶었다.

준필은 어머니의 편지를 읽으며 수치와 부끄러움 보다는 솔직히 안도감을 먼저 느꼈다. 50만원이면 어머니 혼자서 한 달을 살 수 있겠구나 싶은 안도감 때문에 수치나 분노를 느낄 겨를이 없었다. 현실을 담담히 받아들이는 자신의 태도가 너무 태연해 스스로 흠칫 놀랄 정도였다. 준필은 가슴이 터져라 뛰었지만 가슴은 터지지 않고 멀쩡하던 운동화 아가리가 입을 벌였다. 벌어진 아가리 사이로 스며드는 빗물이 가슴 가득 고여 있는 핏물처럼 섬뜩했다. 담당 교도관의 수차례 제지를 받고 뛰는 걸 멈추었다.

준필은 잠들지 못하고 뒤척이고 있었다. 초저녁부터 옆방에서 사내의 울음소리가 가느다랗고 질기게 들려왔다. 등이 패이도록 서늘하고 차가운 흐느낌이었다. 준필은 귀를 틀어막았지만 흐느낌은 매끄러운 뱀처럼 귓속을 파고들었다. 동료들은 깊은 잠에 빠져 있었다. 흐느낌은 준필의 귀에만 들리는 것 같았다. 옆방 사람들은 물론이고 복도를 오가는 담당 교도관조차 반응이 없었다. 준필은 귀가 이상해졌나 싶어 도리질을 하고 면봉으로 후벼보았지만 틀림없이 사내의 흐느낌은 음산한 소리가 되어 정적이 깔린 교도소의 복도를 떠돌았다.

자정이 넘도록 이어지던 사내의 흐느낌이 갑자기 잦아들어 잠잠해졌지만 등을 파고드는 불편함이 여전해서 계속 뒤척이던 준필은 설핏 잠이 들었는데 아버지가 나타났다. 아버지는 마지막으로 보았던 때처럼 흰 러닝셔츠 차림이었고 말이 없었다. 굵게 패인 이마의 주름살이 팽팽하게 당긴 생전의 모습 그대로인 아버지는 금방 사라졌다. 아쉬움에 팔을 뻗어 버둥거리다가 잠을 깨보니 새벽 3시를 넘기고 있었다. 불을 끌 수 없는 규정 때문에 늘 환한 방안은 시간의 흐름을 혼란스럽게 하지만 동료들의 빠르고 고른 숨결이 새벽을 느끼게 했다.

준필이 남아 있는 새벽 시간을 막막해 하는데 발자국 소리가 복도를 어지럽혔다. 다급한 발자국 소리는 준필이 누운 방을 지나 복도 출입문 쪽으로 멀어졌다. 짧고 절제 된 소리였다. 옆방 쇠출입문이 철커덩 닫히는 소리와 함께 깊은 정적이 찾아오나 싶더니 구급차의 날카로운 사이렌 소리가 잠깐 들리다 자취를 감추었다. 불과 몇 분 사이의 일이었다.

준필은 다시 찾아온 정적 위로 다리를 뻗었지만 잠을 이룰 수 없었다. 절제되었지만 다급하던 발자국의 정체가 궁금해지고 원인모를 불안이 엄습했다. 신경 세포를 면도칼로 미세하게 그은 것 같은 불안 때문에 뜬 눈으로 새벽 기상 소리를 들었다. 날이 밝아서도 불안감은 지워지지 않았고 시간은 느리게 흘렀다.

오후 운동시간이 되어 알 수 없던 불안감의 실체를 알았다. 준필에게 최후변론서를 부탁했던 옆방의 사내가 자살을 기도해 병원으로 실려 간 것이었다. 러닝셔츠를 찢어 화장실에서 목을 맸는데 생사를 확인할 수 없다는 말이 순식간에 구치소 안을 떠돌더니 죽었다는 소문이 점점 힘을 얻어 사실이 되었다. 며칠 후 사내가 있던 옆방 수감자들의 모습이 보이지 않고 일주일 정도 비었던 옆방은 얼마 후 낯선 수

용자들로 채워졌다.

준필은 운동이나 접견을 위해 옆방 앞을 지날 때 마다 꺼림칙한 기분에 휩싸이곤 했다. 사내가 목을 맸다는 사실보다도 사내를 그렇게까지 몰고 간 원인이 더 께름칙했다. 원인을 정확히 알 수 없지만 빗방울이 긋는 운동장에서 사내가 말하던 70만원의 값어치가 일단의 원인일 수도 있지 않을까 막연히 유추하며 준필은 몸을 떨었다. 께름칙한 기분은 출소 후에도 계속 이어져 준필을 우울하게 하더니 급기야 어깨를 짓누르는 불안감 덩어리로 바뀌어 가슴을 억눌렀다.

준필은 가끔 어쩔 수 없이 쇠창살속의 시간들을 되작이다 보면 설핏설핏 사내의 잔영이 뒤따를 때가 있었다. 뿌옇고 검은 사내의 잔영 속에서 유독 70만원의 값어치 때문에 눈물을 흘리던 회색빛 날의 기억은 사진을 찍은 듯이 생생했다. 생생함이 섬뜩하고 기분이 나쁘지만 떨쳐버릴 수 없었다. 음산하게 들리는 지금의 저 흐느낌은 섬뜩한 그때의 기분을 고스란히 기억나게 하는 소리였다.

준필은 마치 눈앞의 악령을 쫓아버리듯이 머리를 세차게 흔들며 일어선다. 무엇보다도 아버지 제사를 끝내고 양복부터 벗어야 목을 옥죄는 더위에서 벗어나 숨을 쉴 수 있을 것 같다. 빨리 정갈한 땅을 찾아 그릇에 담긴 제사음식을 쏟아버리고 싶다. 준필은 약속 시간에 늦은 사람처럼 서둘러 책방을 빠져나간다.

골목길이 후끈 달아오른 철판처럼 뜨겁다. 어둠 속에서 검은 고양이가 번쩍 노려보며 지나간다. 상가 건물과 원룸촌이 마주보고 서 있는 이 골목 어딘가에 있을 정갈한 땅을 찾아야 한다. 준필은 마음이 바빠져 골목 안팎을 서성이지만 땅은 보이지 않는다. 어릴 때부터 제사음식이 든 그릇을 비우고 오는 것은 준필의 몫이었다. 날이 갈수록, 나이가 들어 갈수록 제사 음식을 모셔야 할 정갈한 땅을 찾아 서성이는 시간이 늘어나고 있다.

고향에서는 마당만 나와도 사방이 정갈한 땅이었다. 객지를 전전하면서 점점 정갈한 땅을 만나기 어렵다. 정갈한 땅은커녕 흙이 보이는 땅조차 찾기 힘들다. 양복을 입고 제사 음식 그릇을 든 준필은 골목의 어두운 구석을 찾아 기웃거리지만 깃발 하나 꽂을 땅이 보이지 않고 기분 나쁜 흐느낌만 그림자처럼 따라다니고 있다. 상가 주택과 원룸마다 시늉처럼 나무를 심어 놓은 공간이 보이지만 온갖 쓰레기가 가득해 제사음식을 내려놓을 수 없다.

갑자기 골목이 환해지는 느낌이다. 구름 속에 가려 있던 달이 모습을 드러내는 중이다. 달은 만월이다. 아버지는 보름날 죽었다. 꽉찬 보름달은 점점 더 커지면서 골목길을 온통 밝게 하지만 이상하게도 어둠은 그대로 고여있다. 흐느낌이 더욱 강렬하고 또렷하게 들린다. 옆에서 들리는 것 같이 또렷하다.

준필의 걸음이 정갈한 땅을 단념하고 흐느낌을 쫓아 움직이기 시작한다. 어두운 골목과 단단한 콘크리트 건물 사이에 흐느낌이 넓게 그물을 치고 있다. 준필은 흐느낌을 쫓아 걷지만 좀처럼 실체가 보이지 않는다.

눈앞이 환해진다. 눈부신 황금빛 건물이 서있다. 고급스럽게 잘 지은 황금빛 4층 건물인데 등이 없는 입구가 안개 속처럼 흐리다. 건물이 뿜어내는 황금빛과 만월의 달빛이 기묘한 조화를 이루고 있다.

건물 입구는 드나드는 사람 얼굴을 식별하기 힘들 정도로 어둡고 굳게 닫힌 출입문에는 외부인 출입을 제한하는 전자시스템 장치가 보인다. 흐느낌은 건물 4층에서 내려오고 있다. 준필은 핏발 선 눈 같이 동그랗고 붉은 점이 깜박이는 출입문 앞에 잠시 서 있다가 손을 내밀자 소리 없이 문이 열린다. 안으로 들어가니 문이 저절로 닫힌다. 덜컥 생긴 조바심이 문을 밀지만 꼼짝도 않는다.

출입문 정면 벽에 황금 테두리를 한 전신 거울이 붙어있고 준필은 그 앞에서 걸음을 멈춘다. 양복을 입고 제사 음식을 담긴 그릇을 든 자신의 모습이 현실감 없어 보인다. 쉬지 않고 흘러내리던 땀방울이 말라버린 얼굴은 더욱 현실감이 없다. 등이 선득하도록 건물 안은 서늘하고 쾌적하다. 나선형으로 만들어진 계단엔 붉은 카펫이 깔렸고 계단 앞에는 큰 수족관이 놓여 있다. 수족관 속에는 황금빛 붕어 한 마리가 천천히 헤엄치고 있다.

계단을 타고 내리는 흐느낌의 끈을 잡고 준필은 계단을 오르기 시작한다. 붉은 카펫이 깔린 2층 복도가 보이고 그 위에 음식을 시켜먹고 내 놓은 그릇이 놓여 있다. 값비싼 양식이나 고급 중국요리는 절반도 먹지 않았지만 완벽한 냉방장치 덕분에 방금 배달 온 것처럼 신선해 보인다. 기름기 흥건한 음식을 보자 준필은 갑자기 배가 고프다. 하루 종일 아무것도 먹지 않은 빈속이다. 준필은 당장 모두 먹어치울 만큼 배가 고프지만 다시 계단을 오른다.

3층 복도에는 음식 그릇 대신 DVD가 담긴 봉투와 며칠씩 보지 않아 수북이 쌓인 신문이 나란히 놓여 있다. 3층은 찢어진 그물같은 적막만 복도에 가득하다. 4층에서 들려오는 흐느낌은 가까이 다가갈수록 듣기가 힘겨울 정도로 애절하다.

4층 복도 입구에 출입문이 있다. 손자국 하나 없이 깨끗한 유리문이다. 너무 깨끗해 준필은 그냥 몸을 밀어 넣을 뻔했다. 유리문에는 아무것도 붙어 있지 않다. 흐느낌은 4층 유리문 안에서 흘러나오는 게 분명하다. 준필이 땀이 마른 건조한 손을 유리문 앞으로 가져가자 또 소리 없이 문이 열린다. 준필은 선뜻 안으로 들어가지 못하고 문은 오랫동안 닫히지 않는다. 출입문 앞에 놓인 황금빛 어항에는 황금빛 붕어가 주둥이를 물 위에 내민 채 죽어 있다. 혼자 죽은 황금빛 붕어의 모습이 희극적이다.

움직이지 않고 서 있던 준필은 인감도장 찍듯이 발을 꾹 누르며 복도 안으로 들어선다. 복도에는 붉은 카펫이 아니라 상여 뒤를 따르는 만장 깃발 색을 한 여러 장의 천이 깔려 있다. 복도는 덥다. 무더운 복도에 땀 냄새가 홍건하다. 준필의 몸에서 멈추었던 땀이 다시 흘러내린다.

건물 전체를 냉동고 속처럼 시원하게 만든 냉방장치가 이곳에는 영향을 끼치지 못하고 있다. 준필은 목덜미와 턱을 따라 흐르는 땀을 손등으로 닦으며 복도를 유심히 둘러본다. 세 개의 방이 있고 방문이 모두 열려 있다. 흐느끼는 소리는 복도의 끝 방에서 흘러나오고 있다.

준필은 첫 번째 방 앞에서 걸음을 멈춘다. 산수를 담은 열두 폭 병풍이 둘러 친 방안에 미친 노파가 펄쩍펄쩍 뛰고 있다. 노란빛 바탕에 보랏빛 회장을 댄 노랑회장저고리에 쪽빛 비단으로 지은 남스란치마를 고급스럽게 차려 입은 노파는 바닥이 다 헤어져 발등만 덮고 있는 두깨버선을 신고 선무당처럼 경중경중 뛰며 끊임없이 중얼거리고 있다. 중얼거리는 소리가 무엇인지 정확히 알 수 없지만 70만원, 70만원, 하는 소리만 간헐적으로 알아들을 수 있다. 방안은 환하게 밝은데 노파의 얼굴은 윤곽을 알아 볼 수 없다.

두 번째 방은 첫 번째 방보다 서 너 배나 넓었고 십여 명의 사람들이 제사를 지내는 중이다. 그들이 절하는 방향에 놓인 제사상은 황금 상인데 웬만한 식당의 식탁처럼 넓었고 그 위에 크고 잘 생긴 과일과 갖가지 생선, 벌건 핏물이 배어있는 육고기, 다양한 종류의 온갖 떡, 갓 부쳐 낸 기름이 자르르 흐르는 전. 먹음직스럽게 무친 각종 나물, 유과와 다식을 비롯한 과자들이 황금 제기에 담겨 상을 꽉 채우고 있다. 황금 촛대에는 황금 불빛이 일렁이고 황금 향대에는 황금빛 연기 피어오르고 있다.

제주(祭主)처럼 제사상을 꼼꼼히 훑어 본 준필은 아주 어릴 적 아버지가 딱 한번 이렇게 제사 지낸 것을 본 기억이 난다. 돌아가신 할아버지의 첫 번째 제사였다. 그때만 해도 아버지 주변은 온통 황금빛이었다. 그 후 아버지는 다시는 황금 빛 제사를 지내지 못했고 제사 때만 되면 제사상이 부실하다고 어머니 탓만 하며 술에 취해버려 직접 제사를 지낸 적이 없다. 십 여 명의 검은 양복을 입은 사람들이 뚝뚝뚝 흘리는 검은 땀방울이 황금빛 방바닥을 검게 적시고 있다.

흐느낌이 흘러나오는 세 번째 방을 향해 걸어가며 준필은 숨을 크게 내 쉰다. 설핏 들여다 본 방안에는 아무 것도 보이지 않는다. 온통 흰빛만 가득한 방이다. 고개를 쑥 내밀던 준필은 악하고 비명이 터지는 입을 급히 막는다. 하늘에 떠 있는 공기기구처럼 거대한 덩어리가 방안의 흰 벽에 기대고 앉아 힘겹게 숨을 쉬고 있다. 숨을 쉬는 걸 보니 살아 있는 생명체이다.

준필은 놀란 가슴을 진정시키며 방안을 천천히 둘러본다. 전등 빛이 하얗게 쏟아지는 방바닥과 벽 한 면을 모두 덮고 있는 것은 사람의 거대한 살덩어리이다. 우윳빛 살덩어리는 오십 명이 충분히 앉을 수 있는 거대하고 푹신한 소파 같다. 몸을 움직이지 못하는 살덩어리는 무더운 방안에 널브러져 거칠고 뜨거운 숨을 내쉬며 흐느끼고 있다. 싸아아익─싸아아익─ 숨소리가 얹힌 흐느낌은 뱀처럼 차가운 느낌이다.

살덩어리의 얼굴을 찾아 방안을 두리번거리던 준필은 벽과 천장 사이에 짜부라지듯이 붙어 있는 얼굴을 보는 순간 너무 놀라 심장이 발칵 튀어 나올 뻔 했다. 아버지다. 살덩어리의 얼굴은 아버지의 얼굴과 너무 닮았다. 비대하게 늘어져 접으면 착착 잡힐 것 같은 몸과 달리 살덩어리의 얼굴엔 살이 없다. 무섭도록 깡마르고 검은 얼굴이다. 하관이 빠르게 빠진 아버지의 얼굴이다. 준필은 하마터면 아버지하고 부를 뻔했다. 살덩어리가 힘들게 고개를 돌리자 준필은 또 한 번 놀란다.

살덩어리 얼굴에 얹힌 아버지의 얼굴은 온데간데없고 구치소에서 목을 맨 사내의 얼굴이 나타난다. 준필은 너무 더운 탓에 자신이 헛것을 보는구나 싶어 흘러내린 땀 때문에 붉게 충혈 된 눈을 손등으로 문지르며 사내를 쳐다본다. 잠시 후 살덩어리의 얼굴에서 아버지와 목을 맨 사내의 모습이 사라지고 전혀 본 적이 없는 낯선 얼굴이 윤곽을 드러낸다. 어처구니없는 착시 현상에 스스로 어처구니없어 하는 준필을 보며 살덩어리가 힘겹게 입을 연다.

"왜 이제 오는 거야?"

"예?"

"음식을 시킨 지 언제인데 왜 이제 오느냐 말이야?"

거친 숨소리와 함께 내뱉는 살덩어리의 목소리는 울부짖는 것과 다름없다. 귓가를 찢는 살덩어리의 짜증스런 말투에 준필은 새삼스럽게 자신의 몸을 훑어본다. 책방에서 나올 때처럼 양복 차림에 왼손에 제사음식이 담긴 흰 그릇을 들고 있다.

"아, 배가 고파 죽을 지경이야. 정말 죽을 것 같아."

살덩어리는 주린 배를 움켜쥐고 흐느꼈지만 주린 배를 찾을 수 없다.

"도대체 당신은 누구십니까?"

준필은 반말을 껌처럼 내뱉는 살덩어리가 혐오스러웠다.

"가난이다."

"가난요?"

"그래, 가난이다. 당신네 식당에 음식을 몇 번이나 시켰는데 새삼스럽게 왜 묻나?"

준필은 상반신에 아무 것도 걸치지 않고 아랫도리에 흰 사각 팬티 한 장을 걸친 거대한 살덩어리가 무얼 하는 사람인지 짐작조차 할 수 없다.

"어서, 음식을 줘. 어서. 더 이상 참지 못하겠어."

살덩어리는 흐느끼며 준필에게 애원이다. 흐느낌이 용광로 고로속의 불덩이처럼 뜨겁다.

"이름이 왜 하필이면 가난입니까?"

"배고픈 사람 음식 안 주고 이젠 이름 갖고 트집이구나. 그럼 당신네 식당은 왜 부자식당이냐?"

살덩어리는 이젠 정말 못 참겠다는 듯이 기대고 있던 상반신이 한쪽으로 비스듬히 흘러내린다. 그것은 벽에 붙은 밀가루 반죽이 흘러내리는 것을 연상시킨다. 준필은 갑자기 살덩어리의 목을 졸라 버리고 싶은 살의를 느껴 사나운 눈으로 살덩어리의 얼굴을 쳐다보지만 목을 찾을 수 없다.

"배가 고파 그렇게 흐느꼈다는 겁니까?"

"그래, 배가 고프다. 너무 배가 고프다. 음식을 다오."

"이것은 당신이 먹을 음식이 아닙니다."

"뭐야? 뭐라고. 지금 와서 그게 무슨 소리야. 안 돼 안 돼."

살덩어리는 미친 듯이 소리치고 광포한 눈빛을 번뜩이며 금방이라도 준필을 덮칠 것 같지만 정작 손가락하나 꼼짝하지 못한다.

"이것은 당신 같은 비만덩어리 가난 입에 들어갈 음식이 아닙니다."

준필의 말에 살덩어리는 고통스러워하며 더욱 흐느꼈다.

"제발, 제발, 그 음식을 제게 주십시오. 부탁이오. 부탁입니다."

살덩어리는 괴로운 듯이 뜨거운 숨을 몰아쉬며 흐느끼다 바닥에 누워버린다. 누워서 가쁜 숨을 몰아쉬며 기진맥진한 살덩어리가 측은해 준필은 하마터면 손에 들고 있던 그릇을 앞으로 내밀 뻔 했다.

"절대 안 돼요."

준필이 제사음식이 든 그릇을 두 팔로 감싸 안으며 단호하게 말하는 순간 살덩어리가 바닥으로 흐물흐물 녹아내리면서 끈적끈적한 침을 탐욕스럽게 흘리는 혓바닥으로 변해 준필을 향해 기어오기 시작한다. 탐욕스러운 혓바닥에 휘감기면 절망의 구렁텅이에서 영원히 빠져 나올 수 없을 것 같다. 혓바닥은 금방 준필을 덥석 감아 버릴 기세로 맹렬하게 날름거리며 기어온다. 온몸에 바늘과 같은 소름이 끼친 준필은 외마디 고함을 지르며 달리기 시작한다.

"싫어."

차갑고 끈적끈적한 침을 흘리는 혓바닥이 목에 닿은 것 같은 공포에 준필은 숨을 몰아 쉴 틈도 없이 달린다. 준필이 간신히 건물을 빠져 나오는 순간 황금빛 건물은 갑자기 광채를 잃어버린다. 만월의 달빛도 모습을 감추고 없다.

거친 숨을 몰아쉬며 황금빛을 잃은 채 낡은 콘크리트 덩어리로 서 있는 건물을 쳐다보는 준필은 건물 안의 일이 오

래전 일처럼 아득하게 느껴지며 머릿속이 뿌연 연기가 들어
찬 듯 기억이 흐려지고 있다. 하지만 비만덩어리 가난을 보
아 버린 서글픔이 두고두고 가슴에 서늘한 바람으로 존재할
것 같은 예감이 들어 쓸쓸해진다.

"웃어라."

아버지가 어떤 연유로 그런 말을 했는지 지금도 뜻을 알
수 없지만 준필은 지금 이 순간에는 유언을 지키고 싶다. 크
게, 아주 크게 웃고 싶다. 비만덩어리 가난이 등이 시리게
풀어놓았던 흐느낌이 깔린 골목에 건방진 웃음자락을 낭자
하게 흩날리고 싶다. 준필은 미친 듯이 웃기 시작한다.

"으하하하 ─ 으하하하하 ─ 으하하하하하……"

준필의 웃음소리는 사방에 고여 있던 비만덩어리 가난의
흐느낌을 허공으로 밀어내며 골목의 중심을 향해 빠르게 진
입해 들어간다. 기다렸다는 듯이 어두운 하늘에서 빗물 한
방울이 준필의 볼에 떨어지는 것을 시작으로 폭우가 쏟아지
기 시작한다. 준필의 손에는 여전히 제사 음식이 담긴 그릇
이 들려 있다.

추운 방

추운 방

　　내복, 선혜의 내복이 문제였다.

　　보름 전에 철우는 북한산 자락에 있는 빌라 투룸으로 이사를 왔고 선혜가 자고 간 것은 나흘 전 한강이 언 날이었다. 방이 뜨거울 정도인데도 선혜는 내복을 벗지 않았다. 봉천동 그녀의 집에서 겨울을 나기 위해 내복이 필요하다는 것을 그 집에 산 적이 있어 철우는 잘 알고 있었다. 그때 철우 단칸방의 연탄불을 갈아주던 선혜와 자연스레 친해졌다.

　　"그 내복 좀 벗어라."

　　철우는 관계가 끝나기 무섭게 허겁지겁 내복을 찾아 입는 선혜가 끔찍했다.

　　"싫어."

선혜는 고개를 내 저었고 철우는 제발 그 구질구질한 내복을 벗으라고 고함을 지르며 화를 냈다. 새로 이사 온 집에서 내복을 보는 게 자존심 상해 억지로 내복을 벗겨 구석에 던져 버렸다. 내복을 뺏긴 선혜는 날개 꺾인 새처럼 밤새도록 구석에 웅크리고 있었다.

새벽에 눈을 떴을 때 선혜는 없었고 침대 구석에 내복은 그대로 있었다. 철우는 침대를 정리하며 손에 든 내복을 어떻게 처리해야 할지 난감했다. 지난밤의 일이 기억나서 머쓱한 얼굴로 내복을 펴보았다.

연분홍빛인 내복은 색이 너무 바래 거의 흰빛에 가까웠고 팔꿈치와 무릎 천은 반들반들 윤이 나도록 닳아 있었다. 매듭이 풀린 소매와 발목에는 굵은 흰 실로 촘촘히 시침질되어 있었고 아랫도리의 원래 고무줄은 삭아 없어지고 대신 검정 고무줄이 두 겹으로 끼어 있었다. 엉덩이의 천은 손만 대면 금방이라도 쫙 찢어질 듯이 닳아 이런 걸 어떻게 입고 다닐까 싶을 정도였지만 표 나게 정갈했다. 세탁 할 때마다 손빨래는 물론이고 팔팔 끓는 물에 삶아 빨래방망이로 퍽퍽 두드려 빠는 게 분명했다. 그렇지 않고서야 오래된 내복이 아기기저귀처럼 정갈 할 수 없었다.

내복을 훑어보는 동안 철우는 살갗에 도돌도돌 돋는 한기를 느끼기 시작했다. 난방 장치는 멀쩡한 얼굴로 뜨거운 열을 내뿜는 중인데도 철우는 자꾸 추웠다. 실내에서 잊고 지내던 운동복을 다시 찾아 입었다. 철우가 무리해서 신축 빌라의 투룸을 구입 한 것은 추위가 싫었기 때문이었다. 그동안 숱한 셋방을 전전하며 겪은 추위는 집 없는 설움에 비길 바가 아니었다. 집 없는 설움이란 것도 실상 추위와 같은 불편함이 하나하나 모여 덩어리로 구체성을 띠는 것이었다. 철우는 내복을 가지런히 접어 빈 쇼핑백에 넣어 침대 옆에 두고 외출 했다.

학원 강의를 끝내고 밤늦게 돌아 와 침대에 눕는데 곁에 세워 두었던 쇼핑백이 쓰러져 내복이 드러나 있었다. 그것을 보는 순간 철우는 몸이 오싹 추워지며 '어떤 방' 하나가 머리를 떠나지 않았다. 뒤척이다 잠이 들면 꿈에 그 방이 나타났다. 그 방과 더불어 찾아온 추위는 감기처럼 철우의 몸에서 떠나지 않았다.

그 방은 철우가 10여 년 전 잠깐 겨울을 보낸 방이었다. 흔히 과거를 그 시절이라 추억하기 마련이지만 철우는 과거를 방으로 기억했다. 배가 고팠던 방, 추웠던 방, 심신이 고된 방, 몇 달 동안 술만 마시던 방, 책만 읽던 방, 자욱한 담배연기 밑에서 토론만 하던 방, 노래만 듣던 방, 누군가를 줄곧 기다리던 방, 그 숱한 방 가운데 철우 기억 밖으로 불쑥 튀어나온 그 방은 유난히 추웠던 방이었다.

철우는 그 방에서 겪었던 것과 흡사한 추위 때문에 깊이 잠들지 못하고, 잠들어도 곧 깨기 일쑤였다. 뜨거운 커피로 얼어붙은 내장을 녹이며 어쩔 수 없이 그 시절과 방을 떠올리며 날이 밝을 때까지 방안을 서성였다. 지금도 마찬가지였다. 잠옷 위에 파카를 걸치고 커피를 끓여 마셨다. 출입문 투입구 사이로 신문이 떨어졌고 사방은 여전히 고요했다. 목을 타고 흐르는 뜨거운 커피가 내장에 온기를 돌게 하지만 몸은 차갑게 굳어 있었다.

커피 잔을 들고 책장을 기웃거리던 철우는 책장 밑에서 크누트 함순의 '굶주림'을 발견했다. 며칠 전부터 찾았지만 눈에 띄지 않던 이 책은 그 추운 방에서 철우가 수 십 번도 넘게 읽은 책이었다.

'내가 크리스티아나에서 굶주림을 배에 움켜쥔 채 방황하던 시절이었다. 크리스티아나는 그 곳을 떠나가게 되기까지 누구에게 반드시 흔적을 남겨 놓고 마는 그런 기이한 도시였다'로 시작되는 이 노르웨이 작가의 소설이 '선데이 서울'과 함께 철우가 그 방에서 읽은 유일한 책이었다. 그 방은 누군가에게 반드시 흔적을 넘겨 놓고 마는 그런 기이한 방이었다.

그 방은 세차장 입구에 붙어 있었다. 입구라고 했지만 담은 물론 대문도 없는, 차들이 마구 달리는 4차선도로에 잇닿은 곳에 화장실과 나란히 붙은 낮고 어두운 방이었다. 그 방에서 철우를 비롯한 네 명의 세차장 종업원이 잠을 잤다.

길쭉하기만 하고 지나치게 좁아 잠을 잘 때마다 불편했던 그 방의 아궁이 속 연탄은 새벽이면 싸늘하게 식었다. 삐딱하게 벌어져 주먹하나가 들락거릴 문틈을 추리닝 바지나 걸레로 틀어막고 창문을 이불로 가려도 추위는 뼛속 깊이 파고들었다.

방안의 걸레와 주전자 물이 자고 나면 얼어붙는 그 방에서 철우는 겨울을 견디고 있었다. 새벽의 냉기와 추위가 진저리나게 싫고, 내장까지 얼음이 들어찬 몸으로 밤을 지새우다 자동차 경적 소리가 들리면 지체 없이 달려 나가 얼음덩어리를 깨고 찬물 속에 손을 넣어야 하는 고통을 매일 아침 겪으면서도 그곳을 떠나지 못했다.

잠이 깬 새벽이면 이불 속에 웅크리고 누워 당장이라도 가방을 꾸려 떠날 궁리를 하면서도 막상 그렇게 하지 못하고 하루하루를 보내는 중이었다. 돌아 갈 곳이 없는 막막한 처지도, 누가 발길을 잡은 것도 아니지만 그곳을 벗어나지 못하고 있었다.

새벽부터 자동차 경적 소리가 요란하게 울렸다. 철우는 어깨를 파고드는 추위 때문에 잠이 깨어 있었다. 새벽이면 얄팍한 온기마저 끊어진 방바닥은 얼음장이 되었고 누가 깨우지 않아도 눈을 뜬 일행은 이불 속에서 어떤 놈이 연탄 불 당번이냐고 버럭버럭 소리를 지르지만 시늉에 그쳤다.

쉬지 않고 밀려오는 자동차에 물을 뿌리고 비누칠을 한

다음에 마른 걸레로 닦아 내고 왁스까지 먹이는 동안 추위 속에서 얼었다 녹기를 수차례 반복한 몸뚱이는 일을 끝내고 고무 호스를 창고에 집어넣을 때면 동태처럼 딱딱하게 굳어 손으로 물건을 잡지 못했다. 그런 몸으로 주인 집 식탁에 둘러앉아 주린 배를 채우고 방에 돌아 와 누운 뒤 시간에 맞추어 연탄 아궁이를 살핀다는 것은 불가능했다. 매일 연탄불 당번을 정하지만 소용없었고 그를 탓할 수 없었다.

벌써부터 잠이 깼지만 이불 속에 누워 각자 가슴에 품고 있는 제 알량한 꿈을 뜯어먹으며 추위를 달래다가 경적 소리에 대화가 끊겼다. 세차장 안으로 들어 온 자동차 경적 소리는 점점 신경질적으로 높아졌다. 문이 홱 열리며 벼락 같은 고함소리가 터졌다.

"뭣들하고 자빠졌어. 빨리 일어나."

주인 여자의 찢어지는 목소리가 방안의 냉기를 갈라놓지만 천연덕스럽게 잠꼬대를 내지르며 아무도 눈을 뜨지 않았다. 주인 여자 고함소리에 이미 익숙해져 있었다. 마침내 메기 입같이 옆으로 쭉 찢어진 그녀의 입에서 '이 빌어먹을 종자들아.'하는 험악한 욕설이 터지자 부스스 일어 난 것은 정선아이였다.

사타구니에 손을 처박고 능청스럽게 방금 깬 얼굴로 주위를 할금 거리며 하품을 한 정선아이는 종업원 중에 가장 어렸다. 중학교 졸업하고 아버지가 취직시킨 이발소에서 사환으로 있다가 가슬가슬한 머리카락이 너무 싫어 무작정 야간열차를 탄 정선아이는 시키지 않아도 세차장일의 마무리는 물론이고 기름걸레처럼 금방 더러워지는 방안의 이불과 남의 작업복까지 세탁하는 부지런한 성격이어서 주인 여자 성화를 외면하지 못하고 항상 먼저 일어났다.

"아, 춥다. 너무 춥다. 지금쯤 우리 집 방 아랫목은 자글자글 끓고 우리 형은 등이 타는 줄도 모르고 자빠져 잘 텐더. 에이 씨팔 춥다. 너무 춥다."

구시렁거리며 밖에 나간 정선아이가 곧바로 손님에게 던지는 붙임성 있고 활달한 인사소리가 들리면 방안에서는 안심이 되어 천장을 쳐다보며 딴청을 피웠다. 밖에서 고무호스로 물을 뿌리는 기척이 들리면 그제야 일행은 마지못해 일어났다. 심통이 난 입을 꾹 다물고 밖으로 나가 정선아이에게 너 때문에 너무 일찍 일을 시작한다고 퉁바리를 주지만, 그사이 빨갛게 언 볼의 한쪽 보조개를 깊게 파며 싱글거리는 정선아이를 미워 할 수 없었다.

새벽에 세차를 끝내고 늦은 아침을 먹고 나자 갑작스럽게 하늘이 어두워졌다. 주인 여자의 이마에는 짙은 그늘이 드리웠고 종업원들은 즐거웠다. 날이 궂은 날에 세차를 하는 정신 나간 사람은 드물었다.

주방에서 나온 종업원들은 세차장 사무실 갈탄 난로 곁에 둘러앉았다. 날씨가 궂은 날에는 둘러앉아 쉴 때도 있었는데 이때마다 삼척 아이들의 독무대였다. 고등학교를 졸업하고 드럼과 색소폰을 배우려고 무작정 서울로 온 둘은 고향 친구였다. 일이 끝나면 음악 학원으로 달려갔다가 자정이 되어 돌아왔다. 틈만 나면 갈탄 난로를 드럼 삼아 두드리고 빗자루를 색소폰처럼 불며 공연을 했는데 오늘도 주인 여자의 쇠를 긁는 고함소리에 눈물을 머금고 중단되었다.

갑자기 잠잠해지자 분위기가 서먹서먹하고 정선 아이는 유난히 울적해져 창밖을 우두커니 바라보고 앉았다. 제풀에 지친 드럼과 색소폰은 노트를 펴놓고 학원에서 배운 음을 익히느라 분주했지만 어쩐지 시능뿐이었다. 철우는 철우대로 소파 구석에 쭈그리고 앉아 '선데이 서울'속의 사건과 실화를 뒤적이지만 눈에 들어오지 않았다.

점심을 먹고 나자 주인 여자는 손님 없는 사무실에 난로를 피우지 말라며 일행을 방으로 몰아넣었다. 철우는 추운 그 방에 들어가기 싫었다. 그 방에 들어가면 정신이 자꾸 날카로워지고 신경이 곤두서서 주변 움직임 하나하나에 예민해졌다. 철우는 그 추운 방이 위태위태한 무엇을 숨기고 있는 것같아 싫었다.

어쩔 수 없이 미지근한 온기조차 사라진 차가운 방으로 쫓겨 온 일행은 벽에 등을 붙이고 앉아 서로를 멀뚱멀뚱 쳐다보았다. 추운 방에 이렇게 앉아 있으면 이상하게 데면데면하고 금방 만난 사람들처럼 어색해지고 어쩌다 허공에서 눈길이 부딪히기라도 하면 못마땅한 듯이 외면했고 험한 소리가 허락도 없이 입속을 드나들었다.

"더럽게 춥네."

비스듬히 누워 있던 드럼이 이불을 낚아채며 날카로운 송곳니를 드러내자 색소폰이 작은 눈을 칼날 같이 세우고 달려들었다.

"추우면 그냥 춥지 왜 더럽게 춥니. 더럽게 추운 게 어떤 건데 이 자식아."

"지금 같은 게 더럽게 추운 거다. 이 자식아."

드럼이 뒷주머니에 찌르고 다니던 드럼 채를 뽑아 들고 색소폰의 옆구리를 쿡쿡 쑤셨다.

"조용히 못해 이 새끼들아."

짜증이 치민 철우가 소리를 지르고 둘 사이에 끼어들었다. 방안의 공기가 칼날같이 곤두서고 팽팽한 숨결이 서 너 차례 교차되며 전운이 감돌았다. 이 방은 이렇게 관계를 대립하게 하는 무엇이 있었다. 등을 파고드는 추위 때문인지 다른 무엇 때문인지 알 수 없었지만 방의 천장을 점령하고 있는 쥐새끼들조차 하루 종일 찍찍 거리며 싸웠다. 배를 깔고 엎드려 트림을 하며 방귀를 픽픽 뀌던 정선아이가 갑자기 문을 열며 소리쳤다.

"형들요, 눈이래요. 눈이 와요."

밖에 눈이 내리고 있었다. 기름때가 새카만 세차장 바닥에 눈부시게 하얀 눈이 차곡차곡 쌓이는 중이었다.

"이 새끼야, 이렇게 눈이 오는데도 더럽게 춥니, 추워."

색소폰이 히죽히죽 웃으며 어깨를 찔러도 드럼은 묵묵히 바깥만 보았다. 드럼뿐만 아니라 모두가 착 가라앉았다. 조금 전의 강팍함은 씻긴 듯이 사라지고 서늘하도록 차분해진 방안은 순식간에 고즈넉하고 쓸쓸해졌다. 바닥을 하얗게 점령해 가는 은백색 눈을 쳐다보며 철우는 몸을 싸고돌던 알 수 없는 적의를 가까스로 추슬렀다.

"형요, 고향에선 눈이 지긋지긋했는데 지금은 고맙네요."

정선아이가 비밀을 털어놓듯이 철우 귀에 소곤거렸다. 철우는 엉뚱하게도 이런 경우에 고맙다는 말이 적당한가 생각했지만 정선아이 말이 그럴듯했다. 고마운 눈이었다.

"얘들아, 눈 치워버려라."

안채에서 터져 나오는 주인 여자의 목소리가 방안의 침묵을 흔들었다. 눈을 치우는 정선아이는 금방 울음이 터질 얼굴이었다. 눈을 치운 드럼과 색소폰은 일찍 학원에 갔고, 철우는 정선아이와 함께 어두워 질 때까지 사무실 불 꺼진 난로 앞에 우두커니 앉아 있었다. 창 밖에서 시선을 떼지 않던 정선아이가 입을 열었다.

"형요, 나갔다 올까요."

"어딜?"

"그냥."

"그러자."

철우는 정선아이를 새삼스럽게 쳐다보았다. 세차장 앞 건널목을 건너 눈이 쌓이는 인도를 따라 걸었다. 인적이 드문 거리는 저 혼자 눈 속에 잠기고 있었다. 정선아이가 어둠 속에서 붉게 빛나는 십자가를 가리키며 말했다.

"초등학교 때 엄마 손 잡고 몇 번 다녔는데 갑작스럽게 …… 들어가볼까요?"

정선아이가 그리운 것은 교회가 아니라 어머니인 것 같아서 철우는 고개를 끄덕였다. 어머니는 교회처럼 흔치 않았다. 상가 3층에 있는 교회 문은 끝내 열리지 않았다. 문 앞에 붉은 글씨로 큼지막하게 쓴 '두드리라 그러면 열릴 것이라'는 말을 믿고 정선 아이는 끈질기게 문을 두드렸다. 철우는 옆에서 정선아이를 물끄러미 쳐다보기만 했다. 실믓한 얼굴로 등을 돌린 정선아이는 묵묵히 걸었다.

세차장 근처 술집에 들어가 철우는 술을 못 마시는 정선아이 몫까지 마셨다. 제법 취기가 올라 정선 아이에게 새삼스럽게 중얼거렸다.

"교회 같은 것은 잊어버려. 구질구질해 진다."

정선 아이는 철우를 빤히 쳐다보며 무슨 뜻인가를 한참 생각하는 얼굴이더니 앞에 놓아두고 있던 막걸리를 벌컥벌컥 마셨다. 술집을 나 올 때 철우는 꽤 취해 있었고 정선아이는 실없이 벙긋벙긋 웃었다.

그 사이 눈은 그쳤지만 바람이 세게 불었다. 정선 아이의 처진 왼쪽 어깨가 눈에 띄게 기운 것을 보며 철우는 걸음이 혼란스러웠다. 눈이 그친 밤거리는 쓸쓸하고 추웠다. 철우는 벙긋벙긋 웃는 정선아이를 보며 이상하게 질투 같은 화가 났다.

세차장 방에 불이 켜져 있었지만 철우는 들어가기 싫어 도로 위를 지나가는 자동차 불빛을 한참동안 바라보고 서 있었다. 옆에 서 있던 정선아이가 흰 눈 위에 오줌을 갈기고 방문을 열었다. 방안에는 한동안 모습을 보이지 않던 세차장 주인 여자의 아들이 엎드려 만화를 보며 낄낄 거리고 있었다. 군 입대를 기다리는 중인 그는 종업원 사이에 끼어 세차장 일을 하다가 며칠씩 모습을 보이지 않았다. 그때마다 세차하는 동안 차에 있던 지갑이나 물건을 잃어버렸다고 항의하러 오는 사람들이 있었고 주인 여자가 황급히 입막음을 하곤 했다.

"좋은 자리 있으면 같이 합시다."

술 냄새를 맡은 그가 이죽거렸다. 취기와 함께 나른한 피곤함이 몰려 와 철우는 무시하고 이불을 깔고 누웠다. 정선 아이의 울먹이는 소리가 들린 것은 철우가 눈을 감고 조금 지났을 때였다.

"형요, 내복 주래요."

"……"

"형요, 내, 내복 주래요."

거듭 울먹이는 정선아이의 목소리에 철우는 눈을 떴다. 픽픽 웃는 주인 집 아들 앞으로 바싹 애가 탄 얼굴의 정선아이가 무릎걸음으로 다가가고 있었다. 유난히 흰 얼굴에 눈동자가 노란 주인 집 아들은 정선아이를 미련한 곰 새끼 다루듯이 했다.

"야, 인마. 입은 걸 어떻게 벗어."

"형요, 벗어줘요. 난 내복 없으면 추워서 못 자요."

"글쎄 한 번 벗겨보라니까."

주인집 아들은 속에 입은 내복을 밖으로 내보이고 벗길 테면 벗겨보라는 태도였다. 정선아이는 손이 오르락내리락 하면서도 녀석의 몸을 건드리지 못한 채 안타까운 얼굴로 철우 쪽을 쳐다보았다.

정선 아이는 내복 두 벌을 가지고 정성스레 빨아 입었다. 내복을 챙기는 정성은 대단했다. 하루 일이 끝나면 내복을 빨고 말리는데 모든 시간을 보냈다. 비누가 잘 풀리지 않는 찬물에 기름때가 없어질 때까지 수 백 번 넘게 문지르고 두드렸고 나무판자처럼 딱딱하게 얼어 버석거리는 내복을 말리기 위해 온기를 찾아 쫓아다녔다.

한번은 철우가

"야, 왜 그렇게 내복에 집착 하냐. 그 시간에 드럼이나 색소폰처럼 무엇인가를 배워라"

고 하자 정선아이는 씩 웃으며

"그냥, 내복이 좋아요."

라며 부끄러운 듯이 고개를 숙였다.

정선아이는 유난스러울 정도로 내복을 챙겼다. 외출에서 돌아와 입으려고 아랫목 이불 속에 넣어놓은 내복을 주인집 아들이 입은 모양이었다.

녀석은 이런 짓을 아무렇지도 않게 했다. 방안의 벽에 걸어 놓은 종업원들 옷 가운데에 마음에 든 것이 있으면 허락도 없이 입어버리고 가끔 가방을 뒤져 워크맨이나 현금 같은 것에도 손을 댔다. 녀석 때문에 세차장 일을 그만 둔 종업원도 여럿이었다.

철우는 녀석이 귀찮고 잠을 방해받기 싫어 단호하게 말했다.

"내복 돌려줘라."

녀석을 노려보는 철우 몸에 갑자기 이제껏 경험한 적이 없는 강한 적의가 타올랐다. 그것은 열리지 않은 교회 앞에서 미련하게 계속 문을 두드리는 정선아이를 옆에서 지켜보며 느꼈던 것과 같은 것이었다. 철우는 녀석의 허리를 분질러 버리고 얼굴에 붉은 선혈을 낭자하게 발라놓고 싶은 분노에 헉헉 숨이 막혔다. 평소 이 정도 적의를 가질 만큼 녀석이 철우에게 실수한 것이 없었다. 역시 방이 문제였다. 추운 방은 추위를 연료삼아 칼날 같은 적의를 용광로 불꽃처럼 타오르게 했다.

강렬한 적의를 느낀 것인지 핏기가 가신 해쓱한 얼굴로 철우를 노려보던 주인 집 아들이 씹어뱉으며 방을 나갔다.

"씨팔, 웬 참견이야."

조금 후 칼로 갈기갈기 찢어놓은 내복이 방안으로 휙 날아들었다. 정선 아이는 걸레가 된 내복을 들고 앉아 훌쩍거렸다. 철우는 삐쭉하게 드러난 정선아이의 누런 덧니가 싫고 기분 나빴다.

"넌, 걸핏하면 질질 짜니, 사내새끼가."

철우의 고함 소리에 파랗게 질린 정선아이는 내복을 품에 안고 이불 속으로 기어들었다. 철우는 다시 누웠지만 정신이 말짱해 잠이 오지 않았다. 손에 잡힌 '굶주림'을 펼쳤지만 글자가 눈에 들어오지 않고 아무런 의미가 없는 짓거리 같아 덮어 버렸다. 몸을 잔뜩 웅크린 정선아이는 곧 코를 골았다. 얼굴에 눈물이 말라 얼룩졌고 두어 번 흐느끼며 잠꼬대를 했다. 꿈을 꾸는 모양이었다.

철우는 조금 전에 보인 맹목적인 적의가 당혹스러웠다. 추운 방에서 웅크리고 떨며 결국 세상 미워하는 법을 먼저 배웠구나 하는 자괴감이 머리를 쳐들었다. 갑작스레 까칠까칠하고 씁쓸한 맛을 본 기분이어서 잠이 오지 않았다. 학원에 간 삼척 아이들은 저희끼리 한 잔 하는지 돌아 올 시간이 훨씬 지나도록 나타나지 않았다. 바람이 드센 모양으로 전

선줄 우는소리가 점점 커졌다.

철우는 바깥의 인기척에 삼척 아이들인가 하고 내렸던 스위치를 얼른 올렸다. 형광등 빛이 긴 꼬리를 그었다. 방안으로 바람이 훅 밀려왔고 기분 나쁜 숨결이 함께 느껴졌다. 고개를 들어보니 주인 집 아들이 입술 끝을 묘하게 비틀며 어둠 속에 서 있었다.

"너, 좀 나와."

섬뜩하게 음산한 목소리로 철우를 불렀다.

"빨리 나와. 이 새끼야."

철우가 몸을 일으키는 사이를 못 참고 녀석이 옴치듯이 다그쳤다. 그 소리에 놀라 벌떡 일어난 정선아이가 철우와 녀석을 뚜릿뚜릿 살피더니 울먹였다.

"형들요, 왜 이래요. 잘못했어요. 내가 잘못했어요."

정선아이는 부들부들 떨며 문에 기대고 있는 녀석과 철우 곁을 빙빙 돌며 어쩔 줄 몰라 했다.

"넌, 저리 빠져 병신 같은 새끼야."

녀석의 목표는 철우였지만 정선 아이는 얼른 비켜나지 않았다. 허리를 굽실거리며 두 팔을 앞으로 내젖고 있는 정선 아이를 귀찮은 벌레 보듯이 노려보던 녀석이 칼을 빼들었다. 칼끝이 정확하게 철우의 목을 겨냥하고 있었다. 철우는 헉 숨을 들이켰다. 칼끝의 살의가 살아 번득였고 그 앞을 막아 선 정선아이가 위태위태해 보여 물러나라고 소리쳤다.

정선아이는 막무가내로 녀석 앞으로 다가가며 헐겁게 웃었는데 장난이라도 하는 표정이었다.

"형요, 왜 이래요. 왜 이래요."

"너 이 새끼, 죽고 싶어 왜 자꾸 지랄이야."

녀석은 시퍼런 칼을 허공에 휘두르며 악을 썼지만 정선아이는 헐거운 웃음을 그치지 않은 채 자꾸 녀석 앞으로 다가갔다.

"이 새끼가 어딜 자꾸 기어들어……"

녀석이 말끝을 씹어뱉는 것과 동시에 정선 아이가 손으로 배를 감싸고 고꾸라졌다. 숨을 헐떡이며 서 있던 녀석이 칼을 버리고 뛰어나갔다. 쓰러진 정선아이는 무슨 일인지 영문을 모르는 얼굴로 피가 홍건하게 고이는 방바닥 위에서 히물히물 웃었다. 마치 유년시절 병정놀이에서 목검을 맞고 쓰러진 아이처럼 자꾸 웃었다. 눈을 부릅뜨고 서 있던 철우는 황급히 녀석의 뒤를 좇았지만 사라지고 없었다.

응급실에 실려 간 정선아이는 출혈이 너무 심해 다음 날 죽었다. 철우는 몇 번이나 경찰서에 불려 다녔다. 사건의 원인이 내복 때문이었다는 철우의 말에 담당 형사는 기가 찬 얼굴로 혀를 찼고 정선아이 아버지는 맨손으로 얼굴을 자꾸 문질렀다. 도망쳤던 주인 집 아들은 사흘 만에 잡혀 교도소로 갔고, 삼척 아이들은 짐을 꾸려 야간 업소에서 일을 하며 드럼과 색소폰을 배운다고 그 방을 떠났다.

철우는 모두 떠난 그 추운 방을 지키며 혼자 지냈다. 담당 형사는 조사가 끝날 때까지 그 방을 떠나지 못하게 했고, 주인 여자는 그 와중에서도 세차장 일을 쉴 수 없다며 직업소개소에서 다른 종업원을 데려 올 때 까지 철우를 붙잡아 놓았다.

철우는 두려움과 공포, 죄책감이 소용돌이치는 마음으로 빈방을 견뎠다. 정선아이의 핏물로 홍건했던 방은 아무 일도 없었다는 듯이 여전히 추웠고, 천장의 쥐새끼들이 싸우는 소리도 여전히 들렸고, 문밖에서 새벽을 깨우는 자동차 경적소리도 여전했다. 무엇하나 달라진 것이 없었다. 그 빈방에서 몇 번의 밤을 보내며 철우는 갑작스레 사회의 전부를 보아버린 것 같은 당혹감에 한동안 몸을 떨었다.

세상이란 놈은 위험하고 시끄러운 것, 흉측하고 포악한 것들을 모두 집어삼키고도 지극히 태연하고 느긋한 모습을 하고 있다는 것에 대한 당혹감이었다. 철우는 더욱 더 어이없는 당혹감에 눈을 질끈 감고 말았는데, 그 위험하고 시끄러운 것, 흉측하고 포악한 것의 상징이 세차장 주인 집 아들이 아니라 철우 자신일 수도 있다고 하는 것이었다.

정선아이가 피를 흘리며 죽은 방에서 태연하게 잠을 자고 밥을 먹고 세차를 하며 그럭저럭 살고 있는 사실이 자꾸 철우를 흔들었는데 그것은 안도감과 불쾌감이 뒤섞인 뻔뻔스러운 흥분 같은 것이었다.

꿈속에서 정선 아이는 환하게 웃으며 손을 흔들었고 그때마다 철우는 소리를 질렀다. 웃지 마. 제발 웃지 마라. 그렇게 웃을 수 있는 세상이 아니다. 하지만 정선 아이는 언제나 웃는 얼굴이었다. 철우는 가방을 꾸려 지독히 추웠던 그 방을 나오며 화로 속에 함순의 '굶주림'을 던져 버렸다. 잔뜩 흐린 하늘 위로 검은 연기가 한 가닥 피어올랐다가 사그라지는 것을 보며 철우는 세차장을 빠져 나왔다.

철우는 들고 있던 함순의 '굶주림'을 제자리에 꽂았다. 청계천 헌책방에서 우연히 발견하고 구입 한 것이었다. 순간적인 회한에 빠져 집으로 가져 왔지만 막상 책장에 꽂으려고 하자 내키지 않고 우중충한 재앙덩어리를 다시 끌어들인 것 같이 께름칙해서 버릴까 하다가 그냥 두었었다.

방안의 추위는 여전했다. 철우는 어깨에 걸치고 있던 파카에 팔을 끼우고 목까지 단추를 채웠다. 달력 옆에 붙은 온도계의 붉은 줄이 노란 스탠드 불빛 밑에서 선명하게 29도를 가리키고 있었다. 철우는 창문을 가린 두꺼운 커튼을 열었다. 어두운 창밖의 먼 끝자락이 뿌옇게 탈색되고 있었다.

철우는 새벽을 잊고 살았다. 학원 수업은 밤늦게 끝났고 개인 과외를 했다. 철우 쪽에서 시간만 되면 과외를 하겠다는 아이들은 얼마든지 있었다. 자정이 훨씬 지나 집에 돌아왔고 일어나면 창밖은 환한 세상이었다. 새벽에 깨어나 본 것은 아주 오래 전 일이었고 정선아이는 물론 추운 방 따위는 까맣게 잊어버리고 있었다. 선혜의 내복이 그 시절을 떠올리며 추위를 느끼게 한 것이었다.

내복을 벗어 놓고 간 선혜는 연락이 없었다. 벌써 나흘이 지났다. 아이들 시험기간이라 전화 할 틈조차 없었던 철우는 추위에 잔뜩 몸을 웅크리고 앉아 선혜를 만나야겠다고 생각했다. 창밖에 어둠이 차츰 걷히고 언덕 밑으로 뻗은 길이 환히 드러나자 몸을 감싸고 있던 추위는 거짓말처럼 사라지고 철우는 전, 후반을 막 끝낸 축구선수처럼 더위를 느끼며 파카를 벗어버렸다.

"그 아가씨 벌써 나흘 째 연락이 없어. 관두면 미리 얘기를 해야지. 오늘 겨우 일할 아이를 대신 구했어. 혹시 만나면 나올 필요 없다고 말해주게. 요즘 젊은것들은 한결같이 그 모양이야."

시계도매상 주인은 자꾸 가래를 뱉으며 선혜를 원망했다. 선혜가 서 있던 문 옆자리에는 파랑 파카에 빨강 바지를 입은 여자애가 껌을 씹으며 서 있었다.

선혜네 집으로 올라가는 봉천7동의 비탈길은 여전히 좁고 가팔랐다. 얼마 전에 화재가 났다는 이야기를 들었는데 불탄 흔적이 군데군데 남아 있었다.

철우는 3년 전 학원가에 처음 발을 들일 무렵 매일 이 길을 오르내렸었다. 걸핏하면 코피를 터트릴 정도로 힘겨운 나날이었는데 밤늦도록 기다리던 선혜가 어깨를 나란히 하고 함께 이 길을 오르며 많이 위로 해 주었다.

선혜는 여린 외모와는 달리 고등학생 때까지 유망한 투포환 선수였는데 체중이 불지 않아 운동을 관뒀다. 잘 먹어야 체중이 불어 쇠뭉치를 던질 수 있는데 선혜 집 형편으로는 힘들었다. 초등학교 때부터 운동을 한 선혜는 오른쪽 팔이 왼쪽 팔보다 더 길었다.

시계 도매상에서 일하는 선혜는 철우와 만나면 자주 시간을 물었다. 수 백 개의 크고 작은 시계의 시간이 제각각 달라 하루를 지배하는 실제적인 시간 감각을 되찾는데 애를 먹었다. 철우가 시간을 똑 같이 맞추어 놓으라고 하자 선혜는 벽을 둘러 싼 수 백 개의 시간이 똑 같다면 그건 더 참기 힘들 것이라고 했다.

선혜는 시계 도매상에서 퇴근하면 학원에서 구두 디자인을 배웠다. 사람들이 신으면 가장 편안한 구두를 만들고 싶은 것이 선혜의 꿈이었지만, 월남 전 참전을 훈장처럼 달고 사는 상이군인 아버지와 주먹도 못되고 동네 조무래기에 불과한 두 오빠가 선혜의 노력을 지지부진하게 만들었다.

선혜는 3년 째 디자인 학원을 다니고 있었지만 진전이 없었다. 철우는 선혜를 안타까워하면서도 어깨를 감싸며 위로해 주지도 못했다. 꿈이라는 게 어쩐지 구질구질해 보이고 터무니없는 사기극 같고 선혜를 더 초라하게 하는 것 같아 싫었다. 선혜는 건 버짐이 핀 피곤한 얼굴로 가끔 철우에게 하소연했다.

"돈 버는 나, 공부하는 나, 아버지와 오빠 밥해주고 빨래 해주는 나를 각자 시간대로 맞춰놓고 시계처럼 한꺼번에 작동시킬 수 있었으면 좋겠어."

철우는 그때마다 선혜를 위로하기보다는 집을 나와 버리라고, 익숙한 모든 것들과 결별하라고 종용하며 꿈 따위는 버리라고 했다.

철우는 선혜도, 정선 아이도, 심지어 그 자신조차도 모두가 도시의 어둠 속을 배회 할 수밖에 없는 도시의 정령이라 생각했다. 도시가 먹고사는, 도시 때문에 먹고사는 게 아닌, 도시의 거대한 아가리에 먹히는 도시의 정령들에게 꿈이란 한낱 허깨비에 불과했다.

돈만 있으면 꿈 따위는 아무런 상관없다는 철우의 말을 선혜는 슬픈 표정으로 들었다. 비가 새는 판자촌에서 기름 보일러가 있는 지하 셋방, 도시가스가 설치 된 단독 주택 이층 방으로, 단칸방에서 거실과 방이 두 개있는 전셋집으로, 자신의 이름으로 된 신축 빌라 투룸으로 옮겨오는 동안 철우는 도시의 힘에 절대 복종하며 살았다. 하지만 선혜는 여전히 시계와 시간의 무덤 속에 파묻혀, 사람들이 편안하게 신을 구두를 꿈꾸며, 버러지 같은 아버지와 오빠에게 욕을 먹으며 살고 있었다.

선혜의 집에는 아무도 없었다. 부엌 앞에 박혀 있는 목이 떨어진 펌프 위에 깨진 바가지가 얹혀 있는 모습이 여전하듯이 아무 것도 변하지 않았다. 선혜 아버지가 짚고 다니는 목발이 두 동강 난 채로 마당에 쓰러져 있었다. 문 앞에 놓인 다리가 하나 없어 기우뚱한 의자에 기우뚱하게 앉아있는 철우를 고지서 뭉치를 든 반장 아줌마가 보며 반색 했다. 반장 아줌마는 철우 신수가 훤해졌다며 이놈의 동네를 떠나는 사람들은 모두 신수가 좋아진다고 너스레를 떨었다.

"너무 늦었어. 어제 화장을 했어. 새벽에 뺑소니에 치어 돈 한 푼 없이 간신히 장례를 치렀어. 선혜 아버지 앞으로 어떻게 살까 걱정이야 걱정."

철우가 선혜 행방을 묻자 반장 아주머니는 죽은 사람보다 산 사람 걱정이 태산이었다. 적십자회비 고지서를 방안에 들여놓은 반장 아주머니는 혀를 끌끌 차며 사라졌다. 철우는 부러진 목발만 보고 있었다.

철우는 세차장 추운 방에서 느꼈던 뻔뻔스러운 흥분을 선혜도 가지기를 바랐다. 눈을 부릅뜬 채 살인을 지켜보았고, 그 현장 속에서 일주일 동안이나 뒹굴며 느꼈던 흥분, 그럭저럭 살아갈 수 있다는 안도감과 불쾌감이 혼재 된 그 흥분을 선혜 역시 느끼기를 원했지만 선혜는 지나치게 감상적이고 착했다.

내복을 벗어두고 나간 날, 선혜는 무슨 생각을 하고 바람이 매서운 새벽거리를 걸었을까? 내복을 벗은 선혜는 많이 허전하고 아주 추웠으리라. 철우는 부러진 목발을 매몰차게 외면하고 얼음이 깔린 비탈길을 급하게 내려왔다.

　철우는 다른 날처럼 강의를 하고 밤늦게 퇴근을 했다. 헤드라이트 광선을 창끝처럼 찌르며 집으로 가는 버스가 왔다. 늦은 밤 신도시에서 서울로 가는 버스는 언제나 빈차였다. 철우는 오늘도 네 번째 좌석 창 쪽에 앉아 높이 치솟은 아파트가 뿜어내는 불빛을, 불나비가 불을 바라보는 것 같은 눈으로 바라보며 차가운 창에 머리를 기댄 채 서울로 왔다. 버스는 막힘없이 달렸고 철우는 그렇게 선혜를 잊고 싶었다.
　건널목에 서서 신호등을 기다리는데 건너편 속옷 가게 간판이 눈에 띄었다. 철우는 걸음이 혼란스러워졌다. 정선아이와 함께 문이 열리지 않은 교회 앞에서 돌아설 때처럼 걸음이 혼란스러웠다. 무엇에 떠밀리듯이 속옷 파는 가게 문 앞까지 와서 망설이다가 셔터에 갈고리를 거는 주인 모습에 허겁지겁 안으로 들어갔다.
　"여자 내복 한 벌주세요."
　"사이즈가 어떻게 되죠?"
　목장갑을 낀 가게 주인이 물었다. '사이즈'란 말에 철우는 당황했다. 선혜의 모든 것이 생각나지 않고 생소했다. 깡마르고 긴 팔만 생각났다. 주인이 낮고 빠르게 다그쳤다.

"사이즈를 말씀하세요."

"제일 작은 것으로."

제일 작은 사이즈의 내복을 들고 철우는 쫓기듯이 속옷가게를 나왔다. 철우는 점차 나은 조건의 방으로 옮겨가며 도시를 지탱하는 힘의 정체를 알게 되었다. 학원 수업 후에도 일거리가 생기면 수단과 방법을 가리지 않고 붙잡았다. 늘 초죽음이 되어 돌아왔지만 냉, 온방이 완벽한 방에 돌아와 누우면 안온했다. 그럭저럭 도시의 일원으로 자리 잡아가는구나 싶은 안도감에 이따금 몸을 떨곤 했는데 내복 한 벌 때문에 안온하던 방에 구멍이 숭숭 뚫려 일찍이 겪어 본 적이 없는 추위를 느끼는 것이 억울했다.

언덕을 올라와 빌라 정문에 선 철우는 불 꺼진 방을 바라보았다. 철우는 지난 며칠 동안 저 방에서 추위와 싸우며 말할 수 없이 두려웠다. 추위 때문만이 아니었다.

추위가 몸서리치게 싫으면서도 정선 아이와 뒹굴던 그 추운 방을 그리워하는 자신을 보았기 때문이다. 본능이 정돈된 규범 저편에 도사리고 있는 마음의 황야를 확인 한 것이었다. 거친 비바람이 사납게 몰아치는 황야. 그 황야가 그리운 것이었다.

철우는 그런 자신을 인정하기 싫었다. 추위에 시달리면

서도 그것을 부정하려고 안간힘을 썼지만 번번이 실패하고 그 존재를 인정해야 했다.

철우는 알고 있었다. 마음속 깊이, 황야를 그리워하고 인식하며 살아가는 한 그 역시 하천과 시장 바닥, 음습한 뒷골목을 떠돌며 혼잣말을 중얼거리는 도시의 정령일 수밖에 없다는 것을.

세차장 추운 방을 빠져 나오며 느꼈던 뻔뻔스러운 흥분을 유지하는 것이 무엇보다도 지금 절실했다. 어떤 상황에도 그럭저럭 살아갈 수 있다는 안도감과 불쾌감이 혼재 된 그 뻔뻔스러운 흥분이 선혜가 죽은 지금, 무엇보다도 철우에게 필요했다.

야박하더라도 새 내복 속에 선혜를 묻어버리는 수밖에 없었다. 옆구리에 낀 내복이 스르르 바닥에 떨어졌다. 철우는 허리를 구부려 내복을 집어 옆구리에 단단히 끼고 계단을 올랐다.

방문에 열쇠를 꽂으며 철우는 오늘 밤 겪어야 할 추위가 끔찍하게 느껴졌다. 어쩌면 죽은 선혜의 정령이 더 매서운 추위를 몰고 올지도 몰랐다. 설혹 그렇다 해도 철우는 문을 열지 않을 수 없었고 감당해야 했다. 오장육부를 꽝꽝 얼게 만드는 추위가 안팎으로 몰아쳐 얼어 죽는 한이 있더라도 방안으로 들어가야 했다. 철우는 추운 방의 주인이었다. 내복 꾸러미를 낀 옆구리에 힘이 불끈 들어갔다. 안도감과 불쾌감이 혼잡하게 뒤섞인 예의 그 뻔뻔스러운 흥분이 몸을 뒤덮었다.

철우는 내복을 꽉 껴안고 추운 방의 문을 열었다. 순간 어둠 속에서 선혜의 깡마르고 긴 팔이 앞을 가로막았고 정선아이가 누런 덧니를 드러내고 웃으며 서 있었다. 내복을 든 철우 손등 위에 차가운 눈물방울이 떨어졌다.

배설, 요설

배설, 요설

하필이면 그날따라 내가 왜 그런 사람들을 만났는지 지금 생각해 봐도 불가사의하다.

그날은 바닥을 모르고 내려앉던 주가가 치솟아 그동안의 하락을 단숨에 만회한 날이었고, 공권력 투입이 임박했다던 대기업 노사 대립이 정부의 개입과 함께 그야말로 자율적으로 원만히 해결 된 날이기도 했다. 또 제 2건국에 걸림돌이 되는 파렴치한 공무원 1만 명이 색출되었고, 내가 좋아하는 가수 조용필의 노래 30주년 기념 공연이 세종문화관에서 열렸고, 50년 만에 찾아 온 길일이라 결혼식장은 신랑 신부로 미어터진 그런 날이었다.

가깝게 내 주변을 대충 둘러봐도, 사촌 동생이 힘겨운 경쟁을 뚫고 울릉도 9급 공무원 시험에 합격했고, 누나가 2천만원짜리 계를 탔고, 자가용을 굴리는 작은아버지가 생활 보호 대상자가 되었고, 아들을 기다려 딸을 셋이나 낳은 둘째 형수가 적십자 병원에서 3.8 킬로그램 아들을 무 뽑듯이 뽑았고, 만년 계장이던 큰형이 승진을 한 날 이었다. 그뿐이랴 노모는 장롱 속에서 꽁꽁 꿍쳐 두고 잊어버렸던 돈 뭉치를 발견했고, 큰형수는 백화점 사은 행사에서 20킬로 쌀 한 포대를 얻어 왔고, 하다못해 내 동생은 공중전화 박스에서 수화기를 내려놓자, 집어넣은 것의 수십 배가 넘는 동전이 쏟아져 주머니가 두둑해진 그런 날이었다.

물론 밤사이 거리의 노숙자가 늘었고 친구들의 '왕따'를 견디다 못한 여고생이 아파트 옥상에서 떨어져 죽은 불미스러운 일이 있었지만 그런 일이 사람들 눈에 띌 리 없었다.

하필이면 그런 날 나는 이혼을 했다. 자그마치 열두 식구가 같이 사는 우리 집에서는 내 이혼 따위는 범상한 일이었다. 처음부터 반대하던 결혼인데다 워낙 많은 식구들이 일으킨 이런 저런 문제 때문에 일찌감치 초죽음이 된 노모는 이제 자식들에게 문제가 생기면 팔자소관으로 돌리고 전국의 물 좋은 온천을 찾아다니기에 열중이었다. 이런 집안 분위기에 익숙하던 터라 식구들이 내 이혼 문제에 무관심한 게 되레 고마웠지만 막상 이혼을 하려고 집을 나설 때 아무도 아는 체 하지 않아 조금 섭섭하기는 했다.

나는 이혼하는 부부가 그렇게도 많은 것을 그날 처음 알았고, 이혼하는 당사자들은 하나같이 죽을 상판대기를 하는 줄 알았는데 의외로 밝고 환한 것도 처음 알았다. 억지로라도 울상을 해야 하나 싶어 고민했던 내가 옆 사람과 이야기를 나눌 정도로 분위기는 괜찮았다.

금테 안경 사내에게 왜 이혼을 하느냐, 참고 살지 했더니 아파트 때문에 그런다고 했다. 아파트 따위가 뭔 대수냐 다시 잘 생각해 보라고 하자 사내가 발끈 화를 냈다. 누군 좋아서 이러는 줄 아느냐, 아파트 하나 더 갖고 싶은데 안 된다고 하니 서류상으로 이혼해서라도 가질 수밖에 없다며 내가 그런 법 규제를 만든 당사자인 것처럼 눈을 부라렸다.

옆에 앉아 있으면서도 남처럼 냉냉하게 굴던 아내가 보다 못해 내 옆구리를 콕콕 쥐어박으며 잠자코 있으라는 신호를 보냈다.

법정에 들어가니 새파랗게 젊은 판사가 내 이름과 아내 이름을 불러 확인하더니 히죽히죽 웃으며 합의 이혼이 되었으니 그만 나가라고 했다. 세상에서 가장 싱거운게 합의 이혼 판결이었다.

법정을 나오는데 판사의 웃음이 자꾸 마음에 걸려 혹시 아내가 이혼 사유란에 이상한 이유를 쓴 것이 아닐까 하는 의구심이 들었다. 아내는 이혼 서류에 '성격 차이'라는 점잖은 표현을 썼지만 사실은 내가 배설 구멍이 두 개밖에 없다고 이혼을 요구 한 것이었다.

　아내에게 처음 그 말을 들었을 때 나는 영문을 몰라 머리를 싸매고 고민했다. 인간에게 똥, 오줌을 내놓는 구멍 외에 또 배설 구멍이 있다는 말을 나는 서른다섯이 된 지금까지 듣도 보도 못했다. 아내는 그것 때문에 결혼 생활을 지속 할 수 없다는 것이었다. 난감했다. 아내를 보내기 싫거나 미련이 남아서가 아니었다. 차라리 아내에게 딴 남자가 생겼다거나, 내가 능력이 없다거나, 하는 이유를 내세웠으면 흔쾌히 이혼에 동의했을 것이다. 이혼 따위는 아무래도 좋았다. 중요한 것은 내게 배설 구멍이 하나 부족하다는 아내의 말이었다. 만일 그게 사실이라면 나는 큰 결격사유를 안고 평생을 살아야 하고 그것은 생각만 해도 불행한 일이었다.

　나는 모든 일을 팽개치고 고민 했는데도 불구하고 내 몸에서 또 다른 배설 구멍을 찾는데 실패하고 눈에 띄게 야위어 갔다. 측은해 보였던지 지방 세미나에서 일주일 만에 돌아온 아내가 나를 불러 조용히 말했다.

　"나는 머릿속에 배설 기관이 있는데 당신은 없어."

　나는 하마터면 까무라칠뻔했다. 머릿속에 똥, 오줌을 내놓는 것과 흡사한 배설구멍이 있다니! 놀라서 눈만 슴벅이는 내 꼬락서니를 보며 아내는 입을 다물었다고 나는 더 어려운 숙제를 짊어진 더러운 기분이었다.

　나도 오기와 자존심이 있는 놈이었다. 살기 싫다는 사람을 억지로 붙잡고 살기 싫었고 더군다나 머릿속에 배설 구멍을 하나 더 가지고 있는 사람이라니, 두말없이 이혼에 동의했다.

법원 주차장에서 아내는 고개를 까닥 하고 빨간 승용차를 타고 가 버렸다. 나는 지난 두 해 동안의 경험으로 아내가 인정머리 없는 여자라는 것을 뼈저리게 느꼈지만 그 모습에서 새삼 확인하며 등을 돌렸다.

법원에서 전철역까지는 꽤 멀었고 올 여름은 엘니뇨현상 때문에 후텁지근한 날씨가 계속되고 있었다. 전철역까지 걷는 동안 땀에 푹 젖어 버렸다. 너무 더워서 그런지 이혼 했다는 실감이 나지 않았고 우울하지도 않았지만 콘크리트 바닥 위를 오랫동안 걸었더니 몸이 걸레처럼 늘어졌다.

지하 역사로 내려오니 아무데나 앉아 쉬고 싶었다. 나는 아침에 집을 나오며 노트북 가방을 메고 나왔다. 머릿속 배설 구멍 찾는데 몰두하느라고 고장 난 것을 그냥 방치하두었다가 모처럼 외출 길에 고쳐 볼 요량으로 들고 나왔는데 여간 무거운 게 아니었다. 덕분에 성치 않는 오른쪽 무릎 관절이 삐걱삐걱 비명을 내질렀다.

나는 꽃가게와 빵집, 그리고 공중전화 박스가 머리를 맞댄 구석에 만들어 놓은 동그란 쉼터에 주저앉았다. 쉼터에는 꽤 많은 사람들이 있었는데 내가 앉은 곳에는 노파 혼자 앉아 있었다. 나는 기둥에 등을 붙이고 잠시 쉬다가 친구를 찾아 갈 생각이었다. 나른한 피로가 몰려와 저절로 눈이 감겼다.

"내 앞에서 작작 처먹어."

설핏 잠이 들었나 싶은데 고함소리에 얼른 눈을 떠보니 내 옆에 앉은 노파가 소리를 지르며 부들부들 떨고 있었다. 나는 조금 어이가 없어지면서도 주눅이 들었다. 나이 든 사람을 보면 공연히 주눅이 들고 공손해졌는데 집에 계시는 노모 때문이기도 하지만 그 분들의 흰머리가 무서웠다. 왜 무서운지 모르지만 그냥 무서웠다.

나는 아무것도 먹지 않고 있어서 느긋하게 주위를 둘러보았다. 쉼터에 있는 사람들이 모두 무엇인가를 열심히 씹고 있었다. 팝콘 봉지를 든 다정한 연인, 빵과 우유를 급하게 씹고 마시는 정장 차림의 사내, 둘러앉아 사발 면을 먹는 청년들, 아이스크림 빨아먹는 아이, 껌을 씹으며 자꾸 시계를 보는 군인, 모두가 부지런히 턱 근육을 움직이는 중이었다. 나만 먹지 않고 있어서 안심이 되었다. 나와 상관없다는 생각에 다시 눈을 감으려는데 노파가 또 고함을 질렀다.

"왜 하필이면 내 앞에 앉아 처먹어. 사흘 굶은 내 앞에서."

노파가 아무래도 섬뜩해서 나는 등을 세우고 앉았다.

"내가 사흘 굶은 게 억울해서 이러는 줄 알아. 천만의 말씀이다. 내 보는 앞에서 처먹지 말란 말이다. 이렇게 부탁하는데도 보란 듯이 주둥이에 아구아구 처넣고 있구나. 이 흉악한 새끼."

노파의 눈에서 파란 불꽃이 빠지직 타올랐다. 그때서야 나는 이상한 생각이 들어 주위를 찬찬히 둘러보았다. 내가 앉은 곳이 제법 넓은 자리인데도 불구하고 이상하게도 노파와 나 둘만 앉아있었다. 사람들은 더러운 것을 피하는 것처럼 서너 걸음 떨어져 앉아 흘끔흘끔 이쪽을 쳐다보는가 하면 노골적으로 웃기도 했다.

나는 노파를 자세히 살피기 시작했다. 얼굴과 몸이 하나같이 갸름하고 강퍅해 마치 칼날을 연상시켰다. 잔주름이 거미줄처럼 걸린 얼굴은 뼈만 앙상했다. 옷차림은 정갈하지만 표 나게 남루했다. 노파 옆에는 자줏빛 보자기 꾸러미가 있고 그 위에 하얀 고무신 한 켤레가 뒤집혀 있었다. 노파는 발에 새파란 플라스틱 슬리퍼를 신었는데 새것이었다. 나는 미친 것이 무엇인지 모르면서도 노파가 미쳤다고 단정했다.

"그만 처먹어 이 새끼야. 사흘 굶었다. 내 앞에서 제발 처먹지 마."

자꾸 고함을 지르는 노파 때문에 나는 짜증이 났다. 쉬려고 하는데 난데없이 배고픈 이야기를 하는 노파가 측은하긴 했지만 되풀이되자 듣기 지겨웠다. 피곤이 어느 정도 가시고 약속 시간이 가까워져 그만 일어서려고 옆에 내려놓았던 노트북 가방을 집어 들었다. 그 순간 노파가 대추나무처럼 깡마른 손으로 내 한쪽 팔을 움켜잡고 악을 썼다.

"숭악한 새끼. 숭악한 새끼. 굶주린 할망구 앞에서 고만 처먹으라고 부탁 부탁했는데 기어코 가방 속에 든 것까지 처먹으려고. 염치라고는 없는 새끼."

그런 경우 누구나 주위부터 휘딱 둘러보듯이 나 역시 화끈거리는 얼굴을 들어보니 이쪽을 주시하는 사람들의 눈빛이 흥미진진한 영화를 볼 때처럼 빛나고 있었다. 나는 심장이 가슴을 뚫고 나올 듯이 쿵쾅거려 빨리 일어나고 싶었지만 싸늘하게 엉겨 붙은 노파의 손을 탈탈 털어 낼 용기가 없었다. 나는 똥 마련 놈처럼 안절부절이었다.

"할머니, 전 아무것도 먹은 게 없어요."

나는 통사정했다. 말짱한 노파가 실수나 오해로 그런 말을 했다면 무지무지하게 화를 냈을 게 분명했다. 나는 어떤 식의 오해에도 민감하고 잘 수용하지 못하고 걸핏하면 화를 내는 사람이었다. 지금도 화가 치미지만 정신이 온전치 못한 노파에게 차마 그럴 수 없었다.

나는 그런 놈이었고 그래서 내가 불만이었다. 귀찮은 벌레처럼 간단히 탁탁 털고 제 갈 길을 가야 하는데 미친 노파를 간단히 털어 내지 못하고 잡혀 버렸다. 그런 내가 불쌍해 보였던지 아니면 노파와 같은 부류로 보았는지 주위 사람들은 노파보다 내 쪽에 부쩍 관심을 보였다.

나는 내키지 않았지만 가방 속에 든 것을 노파 앞에 몽땅 털어놓았다. 노트북과 볼펜 그리고 공책 한 권이 전부였다. 가방 속을 까뒤집는 것을 뚜릿뚜릿한 눈으로 지켜보던 노파는 내가 노트북을 가방에 집어넣으려고 하자 잽싸게 가로채며 또 소리 질렀다.

"이게 빵이 아니고 무어냐. 이렇게 큰 빵덩어리를 손에 들고도 뻔뻔스럽게 나를 속이려고. 욕심 많은 놈."

노파가 두 손으로 역기 들듯이 노트북을 쳐들고 주위를 둘러보자 열심히 턱을 움직여 음식을 씹고 있던 사람들이 약속 한 듯이 한꺼번에 입을 다물고 노파의 주장에 고개를 끄덕였다.

나는 아주 파렴치한 놈이 되어 머릿속이 반으로 쩍 갈라져 바람 한줄기가 지나가는 기분이었다. 여기 모인 사람들이 작당하고 나를 놀리는가 싶기도 하고, 연극처럼 이 장면을 연출하는 누군가가 따로 있는 것 같았다.

나는 이들 모두가 사실은 아내처럼 머릿속에 배설 구멍을 가진 족속들이 아닌가 하는 생각에 혼란스러웠다. 의심스러운 눈초리로 노파와 주위 사람들을 쳐다보았지만 아무도 손에 먹을 것이 들려 있지 않았다. 아주 완벽한 전환이었다. 마치 정지 된 화면처럼 미세한 움직임도 없었고 물속처럼 고요한 정적이 짧은 순간 흘렀다. 노파가 숨 막히는 고요를 깨뜨렸다.

"빵덩어리는 갈기갈기 찢어 버려야 해. 항상 빵덩어리가 화근이야."

노파의 끝이 갈라지는 음성이 내 귓등에서 미처 빠져나가지도 전에 여기저기서 "그래, 찢어" "밟아"하는 외침이 들불처럼 번졌다. 나는 기가 막히면서도 한편으로는 와락 두려웠다. 혹시 이들이 내가 배설 구멍이 두 개밖에 없는 것을 알고 이러는 것이 아닌가 싶었다. 나는 아내에게 머릿속 배설 구멍 이야기를 들은 후부터 열등감에 시달렸다. 남들이 가진 것을 가지지 못한 것은 어쨌든 열등감을 가지게 했다. 그것이 뭔가 하고 실체를 아는 것은 나중 일이었다.

사람들의 동조에 고무된 표정으로 나를 흘끔 노려보던 노파는 미련없이 노트북을 바닥에 던졌다. 시멘트 바닥 위를 서너 번 튕긴 노트북은 의자 밑으로 쑥 들어가 버렸다. 사람들은 요란하게 박수를 치며 좋아했지만 나는 펄쩍 솟구쳤다가 천장에 머리를 박고 주저앉았다.

머리카락이 곤두서는 살기를 느꼈다. 노트북은 다큐 작가인 내게 참으로 중요한 물건이었다. 하루 스물 네 시간 중 잠잘 때를 뺀 거의 모든 시간을 함께 하는 노트북은 노파의 말처럼 내 빵덩이였다. 나는 개처럼 네발로 의자 밑에 기어 들어가 노트북을 찾았다. 덮개가 깨진 노트북에서 뼈를 후벼 파는 기계음이 계속 흘러나왔다.

"다시는 내 앞에서 검은 빵을 처먹지 말아 이 흉악한 새끼야."

노파는 의기양양하게 종주먹을 들이댔고 이성과 자제의 핸들과 브레이크를 놓쳐버린 나는 노파를 때려죽일 듯이 날뛰었다.

　"닥쳐, 닥치란 말이야. 빌어먹을 할망구 같으니라고."

　나는 노파뿐만 아니라 방금 전 까지 턱 근육을 탐욕스럽게 움직이던 주위의 모든 것 들을 파괴해 버리고 저희들끼리 의미 있는 웃음을 주고받은 놈들의 허리를 폭폭 분질러 놓고 싶을 만큼 화가 나고 분했다.

　"내가 우습게 보여. 내가 그렇게 우습게 보여 이것들아."

　나는 날카로운 이빨을 드러내었다. 거친 목소리가 허공에서 윙윙 맴돌았고 점점 미쳐가고 있었다.

　내가 고함을 지르는 순간부터 노파는 입을 다물었고 주위 사람들은 내게서 고개를 돌리고 제 일을 찾아 부지런히 움직이는 중이었다. 나는 혼자 미친놈이 되어 사흘 굶은 불쌍한 노인네를 모질게 학대하고 있었다. 노파는 천연덕스레 앉아 나를 쳐다보았다.

　나는 갑자기 거둬들이기 힘든 눈물이 쏟아졌는데 스스로에 대한 연민 때문이었다. 나는 어린애처럼 훌쩍훌쩍 울며 깨진 노트북을 가방에 넣고 일어섰다. 말끄러미 바라브는 노인의 백내장 덮인 눈이 탁하고 흐렸다. 그 흐린 눈빛을 보는 순간 노파도 나와 같이 배설 구멍이 둘 밖에 없는 인간이 아닐까 하는 생각이 들었고 어쩐지 그럴 것만 같았다.

나는 빵집에 들어가 우유와 빵을 사 들고 노파에게 다가 갔다. 주위의 사람들은 여전히 턱 근육을 우람차게 움직이 고 있었지만 누구하나 노파 쪽은 거들떠보지 않았다. 그들 은 머릿속으로 배설을 하는 사람들이 틀림없었다. 그들의 턱 근육은 악어처럼 왕성하고 맹렬했다. 노파는 쭈그리고 앉아 있었다.

노파 쪽으로 다가서던 나는 멈칫거리고 말았다. 역사 바 닥에 쭈그리고 앉은 노파는 천연덕스럽게 똥을 싸고 있었 다. 누런 노파의 엉덩이에서 새카맣게 마르고 가는 똥덩어 리가 툭 떨어지며 표현 할 수 없는 악취가 사방에 풍기기 시 작했다. 턱 근육을 악어처럼 왕성하게 움직이던 사람들이 얼굴을 찡그리고 침을 뱉으며 그곳을 떠났다. 그들은 밑으 로 하는 배설을 참기 힘든 얼굴이었다.

나는 들고 있던 빵과 우유를 노파 앞에 놓아두고 악취 속 에서도 자리를 뜨지 않고 노파를 지켜보았다. 새카만 똥이 한 조각 바닥에 떨어지자 노파가 나를 보며 웃었다. 나는 공범자 처럼 뒷목이 선득해지면서도 말할 수 없이 속이 후련했다.

노파는 오랫동안 똥을 쌌고 그사이 값비싼 향수를 풍기 며 악어가죽 핸드백을 든 중년 여자가 노파 옆에 놓아 둔 우 유와 빵봉지를 들고 갔다. 나도 노파도 가만히 보고 있었다. 당당한 모습이 너무나 당연했기 때문이었다. 코를 찌르는 똥 냄새가 역사 안을 진동했고 턱 근육을 부지런히 움직이던 사람들은 모두 쫓기듯이 떠났다. 나 역시 결국 악취를 견디지 못하고 그곳을 떠났다.

나는 그 악취가 노파의 똥 때문인지, 중년 여자가 흘리고 간 값비싼 향수 때문인지, 턱 근육만 발달 된 족속들의 입냄새 때문인지 구분 되지 않았다. 하지만 그 악취는 두 번 다시 생각하기 싫을 만큼 대단했다.

그날 내가 찾아 간 친구는 고등학교를 졸업하자 사장 명함을 가지고 다닌 녀석인데, 지금까지 그 직함은 변한 적이 없지만 업종은 수도 없이 바뀌었다. 동대문에서 양말 장사를 하는가 싶더니, 한창 호황을 누리던 생수 대리점을 개설했다가 금방 엎어 버리고, 국가가 감당하지 못하는 아이들 교육 사업에 평생 헌신한다며 동창회에 나와 학습지를 강매한 것이 엊그제 같은데, 얼마 전에는 정보화 시대라는 국가적 대변화의 선봉에 섰다며 이동전화 가입을 권유해 별 쓸모가 없는 나까지도 차마 박절하게 거절하지 못하고 가입비 및 최신형 휴대폰을 마련 할 수 있다는 금액을 송금해 주었지만 여태껏 휴대폰은 구경도 못했다.

여기까지가 내가 아는 친구의 근황이었는데 며칠 전에 불쑥 전화를 걸어 와 용산전자상가에 컴퓨터 수리점을 열었으니 꼭 찾아오라고 했다. 때마침 10년 넘게 사용하던 노트북이 고장 나서 타자기를 두드리던 나는 큰 마음 먹고 친구를 찾아 갈 작정을 한 터라 이혼을 하는데도 불구하고 노트북을 들고 나온 것이었다.

소문으로만 듣던 용산전자상가는 생각보다 복잡했다. 서너 번 헛걸음을 한 후에야 간신히 친구 사무실을 찾았을 때 내 몸은 더위와 피곤 거기에다 허기까지 겹쳐 와락 구겨질 판이었다. 사무실 문 앞에서 노크를 하자 소리 없이 문이 열리고 낯선 사내가 내 아래위를 재빠르게 훑어보더니 별거 아니잖아 하는 표정을 지었다. 나는 별거 아닌 사람이라 아주 공손히 친구 이름을 부르며 잠시 만날 수 있느냐고 물었다. 잠시 후 얼굴이 둥글넓적한 친구가 나타나 어쭈 이 자식 봐라 그래 그깟 돈 기십 만원 때문에 찾아와 하는 눈빛으로 나를 노려보며 사무실 안으로 밀어 넣었다.

컴퓨터 본체와 부속품이 흩어진 탁자가 하나 있고 그와 전혀 어울리지 않는 우람하게 큰 붉은 소파가 사무실 집기 전부였다. 붉은 색 소파에는 사내 셋이서 화투를 치고 있어 컴퓨터 수리점 보다는 해결사 사무실 쪽이 그럴듯해 보였다. 친구는 컴퓨터 부속품이 잔해처럼 뒹구는 탁자 모서리에 나를 앉히고 담배를 권하며 노모의 안부와 식구들의 안부를 일일이 물었는데 놀랍게도 그 많은 내 형과 누나들 이름을 모두 기억하고 있었다. 안부를 죄다 챙긴 친구는 대뜸 용건을 물었는데 마치 투견장의 투견 같은 기세에 나는 더럭 겁이 났다. 이마에 비질비질 흐르는 땀을 손등으로 씻으

며 나는 엉겁결에

"나 오늘 이혼했어."

라고 해 버렸다. 어처구니없는 짓이었지만 뱉은 말은 이미 내 것이 아니었다. 친구는 한동안 동정 어린 눈으로 나를 쳐다보더니 등을 툭툭 치며 살다 보면 그럴 수도 있다, 그런 게 인생이다, 기죽지 마라, 필요하면 당장 여자를 붙여 주겠다며 제법 숙지막한 표정을 했다. 그러면서도 네 놈도 별 수 없지 하는 표정을 숨기지 않았다. 이혼이 삼풍백화점이 무너진 일보다 더 놀라운 것처럼 장황하게 나를 위로하던 친구는 고장 난 노트북 앞에서 갑자기 머쓱한 표정이 되어 화투패거리 중에 제일 젊은 사내를 불렀다.

"어쩌다 이지경이 됐수. 여기선 불가능하고 종로 4가 전자 상가 쪽에 기술 좋은 친구가 있는데 한 번 찾아 가 보슈."

나는 젊은 사내가 건네준 명함 한 장을 받아들고 그곳을 나왔다. 약속이 있다며 같이 나오던 친구가 갑자기 너털웃음을 터뜨렸다.

"임마 너도 참 맹하다. 내가 정말 컴퓨터 따위나 만지는 줄 알았어?"

"응"

"자식 맹하기는. 하긴 솔직히 그래서 네놈이 좋다."

"그럼?"

"그건 간판이다. 사채업자들이 겉으로 무슨무슨 실업, 무슨무슨 화재보험, 하는 것과 같아.”

"그럼 너도 사채업자냐?”

"이 새끼, 정말 미치겠네. 그런 팔자 좋은 짓거리나 한 번 해봤으면 원이 없겠다. 그런 것 말고 사고팔고 하는 게 있는데 중간 브로커야. 불법이야. 그래서 후배 사무실을 빌린 거야.”

"무얼 팔고 사는데?”

"넌 몰라도 돼.”

"혹시 밀수품이냐?”

"관심 끊어 임마. 너 같이 나약한 녀석은 알고 나면 가슴 아프고 심장에 통증 온단다.”

나는 더 이상 묻지 않았다. 친구가 심장에 통증 느끼는 얼굴을 했기 때문이었다. 좁고 가파른 계단을 내려온 친구와 나는 각자 오른쪽과 왼쪽으로 헤어졌다.

나는 배가 고파 식당에서 갈비탕 한 그릇을 시켜 허겁지겁 먹었다. 버스를 타기 위해 어쩔 수 없이 친구 사무실 앞을 재차 지나가다가 나도 모르게 계단을 흘끔 올려 보았다. 돌연 낯선 사내와 눈길이 마주쳤다. 나는 불에 덴 듯이 몸을 움츠리며 걷지 못했는데 왜 그랬는지 모르겠다. 친구를 다시 만날까 봐 그랬을 수도 있고, 그곳이 싫은 내 마음이 얼떨결에 그렇게 표출되었는지 모르지만 부자유스런 태도가 사내에게 어떤 확신을 준 모양이었다.

"당신은 뭘 팔러 왔수."

양복 차림의 사내가 계단에서 뛰어 내려와 내 옆에 바싹 붙어 서서 은밀하게 물었다.

"팔 다뇨?"

나는 무슨 뚱딴지같은 소리냐 싶어 사내를 마뜩찮게 쳐다보았다. 사내가 대범하게 웃었다.

"사실 오래 전부터 당신을 지켜봤소. 당신이 저 계단을 올라가서 잠시 후 책임자와 나란히 내려오는 것까지. 솔직히 전 처음이거든요."

사내는 거침이 없었다.

"난 친구를 만났어요."

"압니다 알아, 나에게도 보안을 단단히 강조했거든요. 사실 이런 일은 비밀이 생명 아닙니까. 난 수술 날짜까지 잡혔어요. 당신은?"

"수술이라뇨?"

"이 양반이 보자보자 하니 너무하는구먼. 까놓고 얘기해서 우리 한 배 탄 처지 아닙니까? 나도 처음에는 내키지 않았어요. 그렇지만 마누라가 중도금 치른 아파트 때문에 징징 울고 다니는데 앞이 막막했어요. 정리 해고 된 나 같은 놈에게 누가 돈을 빌려주겠어요. 궁리하다 못해 여기까지 온 것이요. 댁은 그래 무슨 딱한 사정이 있기에……"

"노트북 때문에……"

"하긴 요즘 젊은이들 컴퓨터나 노트북 없으면 인간 축에도 못 들지. 원시인이지, 원시인."

사내와 나는 이런 밑도 끝도 없는 이야기를 주고받으며 계속 걸었다.

"그래, 무얼 팔기로 했소. 나는 콩팥인데."

"콩팥요?"

나는 심장에 통증을 느낀다던 친구의 얼굴이 눈앞에 아른 그렸다.

"생각보다 싸지만 어쩔 수 없지 뭐. 아파트 잔금만 해결되면 어떻게 되겠지. 그 다음에는 그 나름으로 또 부딪히면 되니까요."

사내는 자꾸 대범한 표정을 지었지만 눈에는 두려움이 가득했고 나는 막연한 속에서 선연한 기분이 들었다. 피디수첩에서나 볼 수 있었던 장기 매매가 눈앞에서 현실로 벌어지고 있었다.

"이제 당신이 말해 봐요. 대체 무얼 판 거요. 얼마나 받고."

자꾸 다그쳤지만 나는 할 말이 떠오르지 않아 진땀을 흘리면서도 사내를 실망시키고 싶지 않았다.

"아내입니다."

"부인이요? 장하시군요. 우리 여편네는 너무 악착같아요. 내가 콩팥 팔 생각을 얼핏 비쳤더니 보건소에 달려가 콩팥이 하나 밖에 없어도 씩씩하고 건강하게 천년만년 살 수 있다는 책을 가져와 읽어보라는 것입니다. 서글프더군요. 그러나 서글픔은 서글픔이지 그 서글픔이 무슨 책임을 질 수 있습니까? 또 그것은 내 서글픔이지 마누라의 서글픔은 아니잖아요. 세상의 그 무엇과도, 그 누구와도 관계없는 나만의 서글픔이었어요. 그래서 나온 것입니다. 얘, 전 그렇게 된 사연입니다. 부인께서 그런 결정을 하다니, 그것도 선생의 노트북을 위해서 그런 결단을 내렸다니 이건 현대판 심청전 입니다."

사내는 부러워했지만 그런 아내가 없기에 오래 전부터 내 입과 머릿속에서 똬리 틀었던 말이 불쑥 튀어 나왔다.

"사실, 아내를 팔러 나왔어요."

사내의 얼굴이 꿈틀거리며 이상하게 번들거리는 눈으로 나를 바라보았다. 좀처럼 닫을 것 같지 않던 사내의 입이 좀처럼 열릴 것 같지 않았다.

사내의 침묵이 길어질수록 나는 평온해지고 입으로 밀려 나오는 말을 억제할 수 없었다. 말을 하고 싶은 욕망이 가슴에서 부글부글 들끓어 불빛을 찾아 달려드는 하루살이 같은 말을 만들어 내기 시작했다.

"아내는 아주 비싼 값에 팔렸습니다. 예쁘고 많이 배우고, 똑똑하기 때문에 아주 많이 받았습니다. 전 아내가 어디로 가는지, 무엇을 하는지, 앞으로 어떻게 되는지, 하는 것들은 관심 없었습니다. 다만 아내를 내 곁에서 청산하는 것이 목적이었습니다. 하지만 아내는 계약서에 도장을 찍고 팔리는 순간까지도 흡족한 미소를 지었습니다. 아내는 나를 판 걸로 알고 있거든요. 사전에 친구와 말을 맞추었습니다. 당신도 만나 보았다는 내 친구는 오래 전부터 이 일을 해 왔기 때문에 의뢰인의 눈빛만 보아도 무엇을 요구하는지 압니다. 하물며 우린 친구거든요."

나는 통쾌하게 웃으며 담배를 권했지만 사내는 사양했다. 나는 사내의 기분 따위는 상관없었다.

"아, 제가 왜 아내를 팔아버렸냐고요. 좀 창피한 이야기입니다만 솔직히 말씀드리겠습니다. 그대신 놀라지 마십시오. 제 아내는 머릿속에 배설 구멍이 있는 여자입니다. 똥, 오줌을 내놓는 것과 흡사한 구멍이 머릿속에 있는데 아내는 그곳을 통해서만 배설하려고 했어요. 제가 똥, 오줌을 머리가 아닌 곳으로 내놓으면 더럽고 구역질난다고 그런 난리가 없었습니다. 저는 많이 노력했지만 아내를 이해할 수 없었어요. 사실 결혼 후 똥, 오줌을 시원하게 배설 해 본 적이 없습니다. 아내에게 또 무슨 핀잔을 당할까 싶어 지독한 변비에 시달렸고 친구도 그런 내 고통을 이해하고 아내의 청산에 흔쾌히 협조해 주었습니다."

나는 헤죽헤죽 웃으며 즐겁게 떠들었다. 진짜 아내를 팔아 버린 듯이 마음이 가볍고 상쾌했지만 사내는 유쾌하지 않은 딱딱한 얼굴로 입을 다물고 있더니 하천 다리 위에서 걸음을 멈추었다.

"머릿속에 배설 구멍이 있다니 나 더러 그걸 믿으란 거요?"

사내는 거친 눈으로 나를 노려 보았다.

"그렇습니다."

내가 뱉은 많은 이야기 가운데 사내가 묻고 있는 그것만이 유일한 사실이었다.

"미친 새끼."

사내의 주먹이 내 얼굴을 쳤는데 끓어오르는 적의를 몽땅 담아서 아주 매웠다. 나는 비틀거렸지만 다행이 허리 위까지 오는 다리 난간 덕분에 하천에 처박히는 수모는 피할 수 있었다. 흥분한 사내는 내 얼굴에 침을 뱉었다. 나는 사내의 그런 흥분이 싫었다. 세상은 저런 보편의 기준을 가진 놈들이 망쳐 놓았다는 생각이 들어 갑자기 우스운 생각이 들었다.

"집을 위해 콩팥을 파는 것이나, 배설을 위해 아내를 파는 게 뭐가 다릅니까?"

나는 진심이었다. 때론 세상의 종말보다 내 손가락의 상처가 더 고통스러울 수도 있는데 사내는 그렇지 않은 모양이었다.

"양아치 같은 새끼가, 감히 누구와 누구를 비교 해."

사내의 주먹이 또 얼굴을 후려쳤고 나는 고통스런 통증에 시달리며 간신히 난간에 기대었다. 하천에서 올라오는 악취 냄새가 역했다. 지하 역사에서 맡았던 것과 흡사했는데 너무 지독해 통증을 마비시켰다. 나는 갑자기 웃음이 터져 나와 몸을 걸레처럼 비틀며 웃었다. 눈물까지 흘리며 나를 웃게 하는 것은 지독한 슬픔이었다.

나는 미친 듯이 웃으며 나를 때린, 곧 콩팥이 하나밖에 없을 사내를 찾아 두리번거렸지만 어디에도 없었고 그가 서 있던 자리에 똥뭉어리가 쌓여 있었다. 오래되어 딱딱하게 굳은 검은 똥무더기였다. 그것을 보고서야 나는 웃음이 멎었고 사내를 생각하며 천천히 그곳을 떠났다. 콩팥을 팔아 집을 사는 사내와, 아내를 팔아 노트북을 사고 싶은 나는 어쩌면 머릿속에 배설 구멍이 없는 같은 족속 일 수도 있다고 중얼거리며 종로로 가는 버스에 올랐다.

종로 4가 전자상가에 도착했을 때 주위는 제법 어두워지고 있었다. 상가에서 흘러나오는 불빛이 곳곳에 쌓아 놓은 물건들을 한결 그럴듯하게 비춰 주었지만 그 물건 근처를 오가는 사람들을 더욱 초라하게 만들었다. 중고 제품을 취급하는 가게들은 옥상에 밀집해 있었다. 가전제품에서 포르노 비디오를 파는 다양한 가게들이 모여 있는 그곳은 어둠 속에 웅크려 있으면서도 꿈틀꿈틀 살아 움직였다. 상가 옥상에서 처음 만난 것은 모자를 눈썹까지 눌러 쓴 젊은 호객 꾼이었다.

"아씨, 좋은 물건 있어요. 빨간 마후라, 탤런트, 일본, 국내, 무얼 원해요."

친구 후배가 준 명함 속의 수리점을 찾기까지 여러 번 호객꾼들부터 곤욕을 치렀다.

"버리세요."

흐릿한 불빛 아래 앉아 노트북을 뜯어 본 사내는 작은 키에 머리가 지나치게 컸다. 모욕을 당한 것 같이 속이 상했지만 애가 타는 것은 내 쪽이었다.

"어떻게 안 되겠습니까?"

사내는 귀머거리처럼 돌아앉았다. 나는 난감해서 일단 노트북을 들고 수리점 밖으로 나와 별이 돋아나는 옥상 난간에 등을 기댔다. 맥이 빠지고 막연히 서글펐다. 멀리서 자동차 급정거하는 소리가 성교처럼 숨막히게 들렸다.

"아저씨, 뭐해요."

금속성 굉음의 끝을 타고 들려 온 소리는 먼별에서 온 듯했다. 난간 밖으로 향하고 있던 고개를 돌리자 검은 색 바지와 배꼽이 살짝 드러나는 검은 티를 입은 여자 애가 수첩과 볼펜을 들고 다가왔다.

"아저씨 심심하죠. 저 좀 도와주세요. 우리 학교 교수님 연구를 위해 필요한 몇 가지 설문을 해야 하는데, 사람이 없어요."

여자 애의 말투는 거침없었지만 모호하게 과장되어 있었다. 나는 이런 곳에서 설문을 하고 있는 여자애보다 교수라는 작자가 더 한심해 보였지만 내용이 궁금했다.

"설문내용이 뭔데?"

"아저씨, 정말 심심하구나. 좋아요. 그럼 제가 묻는 말에 솔직하고 진실하게 바른 자세로 말해요. 알겠죠? 첫째, 내가 아저씨 앞니를 하나 뽑아버린다면 얼마나 보상하면 될까요?"

"무슨 그런 질문이 있어?"

"우리 교수님이 원래 짐승 같은 분이라서 그래요."

"한 번도 생각해 보지 않아서 모르겠는데."

내가 솔직하고 진실하게 바른 자세로 말하자 여자애는 '한 번도 생각해보지 않아서 모름'이라고 쓰고 두 번째 질문을 했다.

"내가 아저씨의 오른쪽 손목을 잘라버리면 얼마나 보상해드리면 될까요?"

생각만 해도 섬뜩한 질문을 여자애는 꺼리낌없이 속사포처럼 쏘았고 나는 질문이 황당하고 어이가 없어 고개를 절래절래 흔들었다. 여자애는 '고래를 절래절래 흔들었다'고 쓰며 세 번째 질문을 던졌다.

"살아있는 뱀을 씹어 삼키는 대가로 얼마나 보상 받고 싶어요?"

"나는 세상에서 뱀이 제일 싫다."

여자애가 '세상에서 뱀을 제일 싫어함'이라고 쓰며 네 번째 질문을 했다.

"아저씨가 지금부터 죽을 때 까지 남은 인생을 세상과 격리시킨 대가로 보상을 해준다면 얼마나 받아야 할까요?"

나는 이상한 질문이 이상하게 구색까지 맞는다고 생각하며 많으면 많을수록 좋다고 대답했다. 여자애는 수첩에다 '많으면 많을수록 좋다'고 썼다.

여자애는 내가 솔직하고 진실하게 바른 자세로 말한 것이 흡족한 듯이 웃으며 마지막 질문을 할 테니 신중히 생각해서 답을 하라고 했다.

"아저씨가 얼마를 지불하면 나랑 잘 수 있을까요?"

이 질문은 앞의 질문들과 달리 상당히 사적이고 내밀한 분위기를 풍겨 답을 말할 수 있을 것 같아 나는 여자애를 할끔할끔 쳐다보았다. 그런 나를 빤히 쳐다보던 여자애가 수첩을 팔랑 접으며 말했다.

"아저씨 나랑 할래?"

느닷없는 질문에 나는 여자 애가 몇 살인가 궁금해 찬찬히 얼굴을 훑어보았다. 짙은 화장 뒤에 감춰진 모습이 생각보다 앳되어서 여자 애가 한쪽 다리를 내 하반신에 밀착시켰을 때 웃음이 터지며 생뚱맞게도 새파랗게 젊은 판사 녀석의 웃음이 이해되었다. 여자 애는 그런 내 웃음을 제 멋대로 해석한 모양이었다. 땀이 끈적거리는 손이 내 아랫도리에서 꼼지락거렸다.

"이봐, 질문에 답을 하지 않았는데?"

나는 이골이 난 것처럼 유들거렸다.

"아저씨, 여기 단골이구나. 카드 대금만 결제 해 줘. 옷 한 벌 값."

"옷 때문에 ……"

"아저씨 새삼스럽게 왜 그래. 나는 그 옷을 꼭 입고 싶었어."

여자 애는 금방이라도 나를 덮칠 듯이 조급해 했다.

"뭐해, 아저씨, 빨랑 해."

"조금 전의 설문은?"

"짐승 같은 교수님이 시킨 알바."

"짐승같은 교수가 누군데?"

"포주"

나는 서두르는 여자 애를 진정시키고 수리점에 들어가 사내에게 아주 헐값에 노트북을 팔았다. 옆에서 그 모습을 지켜보던 여자 애가 활짝 웃으며 내 팔을 끼었다.

"아저씨, 보기보다는 화끈하네."

나는 바보처럼 웃었다. 여자 애는 불빛이 비치치 않는 옥상 구석으로 나를 데려갔다. 군데군데 휴지와 콘돔, 생리대가 뒹굴고, 사람 하나가 누울 크기의 신문지가 깔린 그곳에서는 악취가 코를 찔렀다. 그 악취는 아침부터 줄곧 내 코를 자극하던 그것이었다.

"여기서?"

"응, 다들 여기서 해."

여자는 너무도 당연한 듯이 깔린 신문지를 가리켰다. 바지를 내린 여자 애가 내 허리끈을 잡았다. 나는 급하게 여자 손을 뿌리쳤다.

"잠깐."

"왜?"

여자 애가 신경질적인 반응을 보였다.

"설문지에 문제를 하나 더 만들어 사람들에게 물어 봐."

"뭘?"

"당신 머릿속에 배설 구멍이 있습니까? 없습니까?"

"머릿속에 배설 구멍이 있냐고? 아, 그건 대단히 난해한 질문인데."

여자 애는 마치 머릿속의 배설구멍을 잘 알고 있는 투로 말하며 덧붙였다.

"좋아, 돈을 더 주면 할게. 그까짓 배설구멍이 머릿속에 있든 말든 나랑 무슨 상관이야."

"그리고?"

"그리고?"

"내 앞에 쭈그리고 앉아 배설을 해 봐."

"오줌, 똥을……"

여자 애는 어이가 없는 듯이 웃었고 내 입에서 욕지거리가 튀어 나왔다.

"이년아, 옷이 필요하다며. 시키는 대로 해."

"그렇지만 그건……"

"싫으면 관둬라."

등을 돌리자 발목에 바지를 건 여자 애가 황급히 소리쳤다.

"할게, 시키는 대로……"

여자 애는 쭈그려 앉아 안간힘을 썼고, 나는 그런 여자 애를 쳐다보았다. 여자 애는 얼굴을 가슴 깊숙이 파묻고 있었다. 시간이 자꾸 흘렀지만 여자 애가 앉은 곳의 바닥은 멀쩡했고 달이 구름 사이에서 불쑥 나타났다. 옥상 가게들의 희미한 불빛이 하나 둘 사라지고, 드문드문 이어지던 행인들의 발길도 뜸했다. 호객꾼들은 벌써 자취를 감추고 없었다. 여자가 갑자기 울먹였다.

"그렇게 쳐다보지 마."

"왜?"

"부끄러워."

그 소리에 나는 미친 듯이 웃었다. 내장 속에 벌레가 기어들어가 스멀거리며 끊임없이 만들어 내듯이 멈추지 않고 웃었다. 안간힘을 쓰던 여자 애가 고개를 들고 나를 노려보더니 벌떡 일어나며 팬티를 올렸다.

"변태 새끼. 미친 새끼. 머릿속에 배설 구멍이 있다고 지랄을 하더니 완전히 돈 새끼 아냐. 차라리 그냥 한 번 달라고 해라 이 새끼야. 변태 새끼야."

침을 두 번 탁탁 뱉은 여자 애는 어둠 속으로 휑하니 사라졌지만 나는 계속해서 낄낄낄 웃었다. 오물 덩어리 바닥 위를 뒹굴며 웃었는데 눈에서는 또 눈물이 났다. 나는 배설 구멍이 두 개밖에 없는 미개인이고 변태였다. 마누라를 팔아먹은 인신 매매 범이었다. 미친놈이고 사디스트였다.

나는 들고 있던 몇 푼 안 되는 돈을 옥상 밑으로 뿌렸다. 가난한 지폐가 너울너울 춤을 추며 가라앉았다. 노트북은 그렇게 춤추었고 내 10년도 그렇게 춤추었다. 나도 그렇게 밑으로, 바닥을 모르는 심연의 밑바닥으로 가라앉고 싶었지만 춤출 용기가 없었다. 나는 갑자기 속이 들끓어 바지를 내리고 여자 애가 앉았던 자리에 앉았다. 똥구멍에서 똥이, 오줌 구멍에서 오줌이 쏟아져 마음껏 배설을 했다.

아내와 함께 사는 동안 마음대로 배설 할 자유가 없었다. 모두 잠든 한밤중에 도둑고양이처럼 화장실에 들어가 배설을 했지만 실패하거나 미진해서 뱃속에 오물 덩어리를 넣고 다니는 느낌이었다. 아내는 머리로 배설하라고, 배설하는 방법을 배우라고 했지만 난 그렇게 되지 않았다. 점점 밑으로 하는 배설도 어려워졌다.

나는 세상의 종말을 앞당기고 싶었다. 똥, 오줌을 부인하는 잘난 놈들이 살아가는 세상은 정말 흥미없었고 배설의 쾌감까지 머릿속에 가두려는 억압 속에서 살기 싫었다. 마음껏 배설을 하고 나니 살 것 같았다. 나는 한참 동안 그렇게 쭈그리고 앉아 있었다.

상점은 철시를 했고 드문드문 남아 있던 불빛마저 모두 꺼진 전자상가는 폐선 덩어리처럼 을씨년스러웠다. 나는 옥상에서 내려 와 건널목을 건너다가 빈 박스 무더기 앞에서 술 취한 사내와 흥정을 하는 여자 애를 보았다. 돈을 주려고 주머니를 뒤졌지만 한 푼도 없었다. 술 취한 사내가 여자 애 위로 쓰러지는 것을 보며 건널목을 건넜다.

그날 이후, 한동안 나는 화장실을 편히 드나들었고 배설도 쉬웠다. 하지만 시간이 지나면서 화장실 변기에 걸터앉기만 하면 사흘 굶은 노파와 콩팥을 판 사내, 옷 때문에 몸을 파는 여자 애의 얼굴이 하나로 합성된 기묘한 영상이 떠올라 배설 구멍이 막혀 버렸다. 요즘 들어 그 증세가 더욱 심해졌다. 아내만 청산하면 배설의 자유가 마음껏 주어지리라고 장담했다. 난데없이 노파, 사내, 여자 애가 내 배설을 방해 한 탓에 다시 우울해졌다.

나는 날씨가 억세게 화창하거나 억수같이 비가 오는 날, 밖으로 나가 아무나 잡고 이런 내 사정을 이야기 해 볼 참이다. 노파를 만났던 지하 역사, 사내를 만났던 용산전자상가, 여자 애를 만났던 종로 4가 상가 옥상에도 다시 가 볼 참이다. 그런 곳이라면 내 막힌 배설 구멍을 시원하게 뚫어 줄 사람이나, 혹은 그 무엇인가가 반드시 있을 것이기 때문이다.

해바라기 심는 여자

해바라기 심는 여자

"경수야. 너 내가 그렇게 좋으냐?"

"그럼."

"왜?"

"내 첫 여자잖아."

서른여섯 살의 사내, 경수 입에서 '첫 여자'라는 말이 나오자 영애는 참을 수 없다는 듯이 웃었다. 점심시간이 지난 지가 한참인데 다방 안은 여전히 한산했고 덕분에 경수는 영애와 마주 보고 있는 시간이 많아 기분이 좋았다. 영애도 오늘은 어쩐 일인지 마주 앉아 경수 얼굴과 창밖으로 보이는 건널목을 번갈아 쳐다보며 질문 하나 불쑥 던지고 저 혼자 비시시 웃곤 했다.

"그럼 부탁 하나 들어 줘."

"부탁 하세요."

"오후에 강 노인네 아파트에 좀 가줘."

"강 노인네 아파트를?"

아침부터 영애가 일하는 다방으로 쫓아 와 구석에 자리를 잡은 경수였다. 영애를 만난 후 새로 생긴 버릇이었다. 한동안 눈길조차 주지 않던 영애는 뻔질나게 드나드는 경수가 딱해 보였던지, 다방에 손님이 뜸하면 잠깐 와서 앞에 앉긴 했지만 말이 없었다. 모처럼 이렇게 마주 앉아 웃고 이야기 할 수 있어 흐뭇하기 이를 데 없었는데 하필이면 강 노인네 아파트를 찾아가라는 부탁을 하니 경수는 난감할 따름이었다.

강 노인은 경수가 자서전을 대필해 준 노인이었다. 자원봉사 단체 간사로 있는 친구가 봉사하는 삶의 아름다움 어쩌고 하며 자서전 대필을 권유하는 바람에 만나게 된 노인은 11평 임대 아파트에서 혼자 살며 일흔이 넘었는데도 우람한 체구에 젊은이처럼 등이 곧았다. 얼굴엔 붉은 기운이 정정하게 돌고 새카맣게 염색한 머리는 항상 포마드기름을 발라 단정했다.

실향민이지만 애오라지 통일을 염원하지도 않았고 서북청년단에서 활동 할 때 이승만 박사가 써 준 친필을 지금도 애지중지 간직한 채 남쪽에서 북쪽에 쌀을 보내고, 소를 끌고 가는 행동을 '정신 나간 짓거리'로 폄하했다. 노인의 이런 전력이나 태도 때문에 경수가 노인 이야기만 나오면 고개를 흔드는 것이 아니었다. 노인의 개인 이력을 보면 충분히 그럴 수 있으리라 이해되었다. 문제는 경수를 월급 주고 고용한 개인 비서처럼 시도 때도 없이 부리는 노인의 무례한 태도였다. 노인은 하루에도 수차례 경수에게 전화를 걸어 지금 쓰고 있는 부분을 읽어 주기를 요구 해 읽어 주면 수정, 보완, 심지어 다시 쓰라고 강요하는가 하면, 작업 속도가 너무 느리다고 채근했다. 그것으로도 성이 차지 않은 듯 툭 하면 경수를 아파트로 불러 넌더리를 칠 지경이었다.

경수는 수단과 방법 가리지 않고 노인을 피하고 싶은데 영애 부탁이니 매정하게 거절 할 수도 없는 노릇인데다 하필이면 그 노인의 아파트에서 20년 만에 영애를 다시 만났던 것이었다.

그날도 원고 마감이 임박한 경마장 르뽀 기사를 써놓고 새벽녘에야 겨우 잠자리에 드는가 싶었던 경수는 노인의 전화에 잠을 깨고 말았다. 노인은 경수에게 '조소앙 사건'에 관해 자세히 알려 줄 테니 아침 먹고 바로 아파트로 달려오라고 했다. 집어 던지듯이 수화기를 내려놓은 경수는 이번에야말로 일을 끝장내야겠다는 결심을 칼날같이 벼루며 손끝이 저릿한 찬물에 세수를 했다.

경수는 일부러 노인이 오라고 일러준 시간을 훨씬 넘겨 아파트 초인종을 눌렀다. 문을 열어 준 노인은 경수를 보며 당황한 눈빛이었지만 곧 특유의 우렁우렁한 활기를 되찾으며 출입문을 활짝 열었다. 노인은 혼자가 아니었다. 웬 여자가 비스듬히 등을 돌리고 앉아 있었고 그 옆에 빨간 색 커피 포트가 심심하게 놓여 있었다.

"이럴 때도 있어야지. 쓸쓸해서 말이지. 미스 서, 이분은 내 일대기를 써 주시는 작가 선생이야. 얼른 한잔 가득 타 드려. 꽉꽉 눌러서."

노인이 변명과 농을 섞어 지껄이는 사이 여자가 식은 커피 한 잔을 경수 앞에 내 놓았다. 여자를 힐끗 쳐다보던 경수의 시선이 머뭇거렸다. 여자의 얼굴이 낯설지 않았다. 경수의 눈이 여자 얼굴에 박혀 움직이지 않았다.

커피 잔을 든 경수의 손이 가늘게 떨렸다. 영애였다. 키 큰 영애가 틀림없었다. 경수는 호흡이 가빠졌다. 쌍꺼풀이 없지만 시원하게 눈이 큰 얼굴은 화장을 했지만 유년의 모습을 음영처럼 또렷이 간직하고 있었다. 이쪽의 이상한 낌새를 눈치 챘는지 여자도 경수를 빤히 쳐다보았다.

경수와 달리 여자는 별다른 표정 변화를 보이지 않은 덤덤한 얼굴로 커피 잔을 챙기고 노인에게 돈을 받아 들고 밖으로 나갔다. 여자의 행동을 하나도 놓치지 않고 지켜보고 있던 경수는 튕기듯이 자리에서 일어나 밖으로 뛰었다. 뒤에서 '조소앙, 조소앙' 하는 노인의 악다구니 쓰는 소리가 들렸지만 경수는 뒤도 돌아보지 않았다.

영애는 이미 파란색 스쿠프에 올라타고 막 시동을 거는 중이었다.

"영애야. 영애야. 너 영애 맞지"

급히 양팔을 벌려 앞을 막아서며 소리를 질렀지만 스쿠프는 이미 경수의 오른쪽 겨드랑이에 간지러운 바람만 한 자락 흩어놓은 채 저 만큼 멀어지고 있었다.

"영애야."

아파트가 떠나갈 듯이 소리를 지른 경수는 영애가 눈앞에서 사라지는 것을 보자 이빨을 악물고 스쿠프 뒤를 쫓아 달리기 시작했다. 다행히 영애는 초보인 듯이 속력을 많이 내지 못했다. 경수는 죽을힘을 다해 뛰었지만 스쿠프를 앞서지 못 했다. 3미터 정도의 거리를 유지하고 앞서 달리던 스쿠프는 갑자기 빠라빵 빠빠라빵 하는 경적 소리를 경쾌하게 울리더니 속도를 높여 눈앞에서 사라졌다.

창자가 끊어질듯이 아픈 배를 움켜잡고 거친 숨을 토한 경수는 영애가 자신을 알아 본 것이 틀림없다고 생각했다. 경수가 뒤를 쫓기에 적당한 거리를 유지하며 일부러 천천히 달리다가 다방이 가까워지자 앞서간 것이라는 확신이 들었다.

숨을 진정시킨 경수는 느긋한 마음으로 스쿠프가 사라진 쪽으로 걸음을 옮겼다. 도로 건널목 건너편 2층에 다방이 있고 그 앞에 파란색 스쿠프가 서 있었다. 이튿날부터 경수는 다방 문이 열리기 무섭게 들어가 자리를 잡고 앉았고 그 사이 가을이 샛노랗게 짙어가고 있었다.

"노인네 아파트에는 왜?"

경수는 영애의 부탁을 들어주기로 마음을 굳히고 이유를 물었다. 경수는 영애를 노인네 집에서 만난 것이 불쾌하고 마음에 걸렸다. 영애에게 노인네와는 어떤 관계인지 물어볼 마음을 먹고 있던 터였다.

"우리 남편이 그곳에 간다고 해서."

"남편?"

영애의 입에서 '우리 남편'이라는 말을 듣는 순간 경수는 갑자기 몸에서 기운이 쑥 빠졌다.

"그래. 남편이 노인을 협박해 돈을 뜯어내겠데."

"협박해 돈을 뜯어?"

"응, 내가 노인 아파트에 드나드는 것을 본 모양이야."

"남편이 뭐 하는데."

"깡패야."

너무도 유들유들한 영애 말투 때문에 경수는 하마터면 킥 웃을 뻔 했지만 곧 이유를 알 수 없는 못마땅함이 몰려 얼굴이 붉어졌다. 곱지 않은 시선으로 영애를 훔쳐보았다. 혹시 신문 가십거리로 심심찮게 등장하는 부부 공갈단이 아닐까 하는 방정맞은 생각까지 고개를 쳐들었다.

"경수야. 너무 이상하게 생각하지 마."

"이상하게 생각 안 하는 게 이상하지. 그래 넌 노인네 아파트에서 뭘 했니?"

경수의 잣바듬한 말투에 영애가 갑자기 준엄한 표정으로 말했다.

"웃으며 커피 탔다."

경수는 할 말을 잃고 허둥대다가 겨우 입을 열었다.

"내가 거기서 뭘 하면 돼?"

"그냥 있어주면 주기만 하면 돼. 걱정 말아. 남편 나쁜 사람 아니야."

경수는 '나쁜 놈이 아닌데 남의 등을 처먹고 살아'하는 말이 목구멍까지 치밀었지만 간신히 참았다. 뭔가 미궁 속으로 빠져드는 느낌이었지만 부탁 하는 영애의 말 속에 이상한 힘이 들어 있어 뿌리칠 수 없었다. 그 힘은 간절함 같은 것이 아니라 어떤 단단함 같은 것이었다. 순리나 의지와 상관없는 본능이 뿜어내는 단단함이었다.

이야기를 하는 동안 영애는 시종일관 담담해서 한 오백 년을 살아 온 느티나무 같은 느낌이었다. 허공에 던진 영애의 눈빛은 아무것도 보지 않으려는 듯, 피사체를 잡으려는 의지 따위는 아랑곳없이 그저 뻥 뚫려 태고의 어둠이 고즈넉하게 깔린 오래 된 동굴 입구 같았다.

"알았다. 가보지 뭐."

경수는 영애의 남편이 어떤 사람인지 눈으로 확인하고 싶었다.

"경수야, 손 내 밀어 봐."

영애가 쑥스러운 듯이 나지막하게 말했다. 경수가 손바닥을 앞으로 내밀자 영애가 오른 손을 경수 손바닥 위에 올려놓고 천천히 주먹을 폈다.

"기억하니?"

"아, 해바라기 씨."

갑자기 다방 출입문 쪽이 수선스럽더니 예닐곱 명의 노인들이 안으로 몰려들어 영애는 자리에서 일어났고 경수는 해바라기 씨를 손바닥에 움켜쥐고 다방을 나왔다.

밖은 한층 짙어진 가을오후의 햇살 기세가 사뭇 드세었다. 경수는 해바라기 씨를 하나 입에 넣었다. 오랜만에 느끼는 입안의 해바라기씨 맛이 경수의 기억 속에서 먼지를 하얗게 뒤집어쓰고 방치되어 있던 장면 하나를 쏘옥 당겨 오는 것이었다.

가을과 겨울의 경계가 애매해서 학교 화단에 핀 노란 국화꽃이 밤새 내린 서리에 무참히 스러진 날 이었다. 신작로 위 뽀얀 먼지 사이로 아이들이 달리고 있었다. 곧 진학 할 중학교 예비 소집일 이었는데 담임선생님은 무슨 꿍꿍인지

십 오리나 떨어진 그곳까지 뛰어 가라고 하면서 당신도 하얀 운동화에 하얀 모자까지 챙겨 쓰고 나섰다.

새로운 학교에 대한 기대와 설렘 그리고 두려움을 가지고 기세 좋게 출발한 아이들은 오 리도 못가 가쁜 숨을 내뿜었다. 60여명이 한꺼번에 뛰며 날리는 흙먼지 때문에 숨을 제대로 쉴 수 없었다. 오랫동안 비가 오지 않아 땅은 종잇장처럼 바삭거렸다. 자전거를 타고 앞서거니 뒤서거니 하며 아이들을 독려하던 선생님도 난감한 모양이었다.

괜한 짓을 했구나 하는 얼굴로 경수를 불렀다.

"모든 책임을 반장인 너에게 맡긴다. 소집시간까지 반드시 도착하도록 해라."

자전거를 탄 선생님이 산모퉁이를 돌아 눈앞에서 사라지자 아이들은 대열에서 이탈하여 논두렁으로 내려가거나 산 위로 기어올랐다. 아이들은 순식간에 흩어져 버리고 신작로를 걷고 있는 것은 경수를 포함해 불과 사, 오명에 불과했다. 뾰족한 수가 없어 속만 끓이던 경수 머릿속으로 번쩍 섬광처럼 무엇이 스치고 간 것은 앞에서 걸어가는 영애의 궁둥이를 본 순간이었다.

영애는 경수 반에서 키가 제일 컸다. 키 만 큰 것이 아니라 궁둥이가 처녀처럼 실팍하고 몸매도 부풀 곳은 부풀었고 들어 갈 곳은 잘록하게 들어가 달력에 나오는 수영복 차림의 여자들처럼 풍만 했다. 남자 아이들은 그런 영애의 몸을 한번 만져 보는 게 소원이었고, 여자 애들은 영애에 비해 턱없이 빈약한 자신들의 몸을 숨기며 영애를 향해 질투의 눈길을 보냈다. 경수는 나뭇가지 하나를 집어 들고 옥희와 나란히 걷는 영애의 뒤로 다가갔다.

"영애야."

"왜?"

걸음을 멈춘 영애가 쌍꺼풀이 없지만 시원한 큰 눈을 가늘게 뜨고 돌아보았다.

"이렇게 해서 소집시간에 닿기 힘들다. 나, 좀 도와주라."

"뭘 도와 줘?"

"네가 먼저 뛰어 줘."

"뛰어?"

"그래, 뛰기만 하면 된다."

"모두 뛰지 않는데 왜 영애만 뛰라고 해?"

옥희가 고개를 쳐들고 간섭했지만 경수는 외면하고 영애만 다그쳤다.

"영애야. 뛰어. 어서 뛰어."

경수가 들고 있던 나뭇가지로 엉덩이를 찌르자 영애는 기다렸다는 듯이 뛰기 시작했다. 그 바람에 옆에 서 있던 옥희도 엉겁결에 뛰었고 경수도 덩달아 뛰었다.

"영애야 빨리 뛰어. 더 빨리."

경수는 영애의 뒤에 바싹 붙어 달리며 주위에 흩어져 걷고 있는 아이들이 들을 수 있도록 고함을 크게 지르며 손에 들고 있는 막대기를 채찍처럼 휘둘렀다. 달리는 영애의 궁둥이가 크게 출렁이고 봉긋하게 부푼 가슴도 출렁출렁 마치 집 앞 모래사장을 쉼 없이 드나드는 파도처럼 물결의 파고를 이루었다. 얼마 지나지 않아 경수의 예상대로 논두렁과 산비탈에 흩어져 있던 아이들이 영애 주변을 에워싸며 달리기 시작했다.

"영애야, 달려. 달려. 달려라. 영애야, 빨리 달려."

열광한 남자 아이들은 숨을 헐떡이며 고함을 질렀다. 손에 든 나뭇가지로 영애의 몸을 쉬지 않고 염탐하고 집적거렸다. 무엇에 홀린 분위기 속에서 아예 막대기를 던져버리고 손으로 영애의 몸을 만지는 녀석들도 있었다. 경수는 그만 하고 싶었지만 아이들은 이미 제정신이 아니었다. 사냥감을 쫓는 사냥꾼처럼 잔뜩 흥분하고 고양 된 아이들의 모습에서 경수는 통제할 수 없는 두려움을 느끼며 뒤로 빠졌다. 뭔가 하지 말아야 할, 해서는 안 될 짓을 한 불안과 근심이 갑자기 가슴에 꽉 차며 우울해졌지만 선생님의 지시를 지키고 싶어 일이 굴러가는 대로 가만히 지켜보았다. 다행히 아이들은 더 이상의 광폭한 행동을 하지 않았다. 영애 덕분에 소집 시간보다 훨씬 이르게 목적지인 중학교에 도착할 수 있었다.

그날 저녁 영애가 경수네 집에 왔다. 영애는 무당의 딸이었다. 집 대문 앞에 빨간 깃발이 붙어 나부끼는 대나무 장대가 서 있는 영애네 집은 말미산 산자락에 외롭게 떨어져 있었다. 동해의 조그마한 포구에서 배를 세 척이나 부리던 경수 아버지는 무슨 일만 생기면 영애네 집에서 굿판을 벌였고 영애는 그때마다 경수네 집으로 와 할머니 방에서 자고 이튿날 아침 일찍 돌아가곤 했다.

그날도 아버지가 먼 바다로 나가는 어선들의 만선과 사고 없이 돌아오기를 기원하는 굿을 벌인 터였다. 경수 할머니가 부엌에서 일을 하는 칠성댁을 시켜 경수와 영애에게 밥을 차려주라 하고 영애네 집으로 가버리고, 밥을 차려준 칠성댁 마저도 그곳으로 가 버린 뒤라 집안에는 경수와 영애 둘만이 남았다.

다른 날과 달리 경수는 영애가 어려웠다. 둘이 마주 앉아 밥을 먹고 나란히 엎드려 숙제를 한 것이 헤아릴 수도 없이 많았는데 경수는 이렇게 진땀이 나고 영애와 눈이 마주치는 게 두려운 적은 없었다.

밥을 먹고 나란히 엎드려 숙제를 할 때 경수는 낮에 있었던 일에 대해 사과해야 한다는 생각이 폭우 뒤의 시냇물처럼 가슴에서 소용돌이 쳤지만 입 밖으로 나오지 않았다. 영애가 가방을 뒤적여 종이에 싼 것을 펼쳐 놓았다. 해바라기 씨였다.

영애 집 마당에는 가을이면 항상 노란 해바라기 꽃이 가득했다. 영애 엄마는 노란 색 해바라기 싫어 뽑아버렸는데 그때마다 영애가 기를 쓰고 다시 씨를 뿌리고 심었다. 비교적 엄마 말에 고분고분 하는 영애가 해바라기에 관해서는 제 고집을 꺾지 않아 영애네 집은 해바라기 집으로 불릴 정도로 집 안팎이 해바라기로 넘쳐났다.

가을이면 영애는 배가 불룩하도록 가방에 해바라기 씨를 넣고 다니며 아이들에게 한주먹씩 나눠 주는 게 일이었다.

"경수야. 너 해바라기 꽃말이 뭔지 아냐?"

해바라기 씨 껍질을 벗겨 경수 앞에 자꾸 놓아주며 영애가 물었다. 낮에 일 때문에 조마조마하던 경수는 얼른 고개를 저었다.

"숭배야."

"숭배?"

"그래 숭배. 해바라기는 태양의 꽃이거든. 어떤 나라에서는 태양을 모신 태양신전의 여제사장들은 황금으로 만들어진 해바라기 관을 쓰고 제사를 지낸데. 그래서 엄마가 좋아할 줄 알았는데 싫데. 난 해바라기 꽃의 노란 색깔과 꽃말이 너무 마음에 들어 넌 어때?"

"마음에 들어."

경수도 '숭배'라는 해바라기의 꽃말이 마음에 감겨들었다. 영애가 좋아하기 때문이었다. 해바라기 덕분에 긴장이 풀리자 경수가 입을 열었다.

"영애야, 낮에 말이야······

"됐어, 그건 지난일이잖아. 난 아무렇지도 않고 괜찮아."

영애는 이미 경수의 마음을 다 알고 있다는 표정으로 웃었다.

엎드린 채 한참동안 입을 다물고 해바라기씨 껍질을 까서 한쪽에 쌓고 있던 영애가 경수를 보며 물었다.

"경수야 너 나를 숭배할 수 있겠어?"

"널 숭배할 수 있냐고?"

"응."

"그럼. 할 수 있어."

경수의 말은 거짓이 아니었다. 두 살 때 병으로 어머니를 잃고 할머니 품에서 자란 경수는 집안에 누나는 물론 젊은 여자라고 눈을 씻고 찾아보아도 없었다. 비록 동갑이지만 여고생처럼 성숙한 영애의 몸을 보면 경외감 같은 찌릿한 감정을 느껴 어떨 땐 눈을 뜰 수가 없었다. 사실 경수는 오래 전부터 영애와 나란히 엎드려 숙제 하는 것을 엄청난 행운으로 생각하며 내심 영애를 숭배하고 있었다.

"정말 그렇다 말이지?"

"그럼, 정말 그렇다니까."

"그럼 여길 한 번 만져봐."

영애가 갑자기 제 가슴을 코앞에 바싹 들이미는 바람에 경수는 벌떡 상반신을 일으켰다. 봉긋하게 솟아 오른 영애의 가슴을 보자 숨이 막하고 눈앞이 흐려져 아무것도 보이지 않았다. 손을 뻗을 엄두가 나지 않아 머뭇거리자 영애가 다시 말했다.

"경수야. 만져봐. 괜찮아."

경수는 눈을 감고 손을 내밀었지만 손끝이 바르르 떨렸다. 영애가 살그머니 경수의 손을 잡아 제 가슴위로 당겼다. 뭉클한 감촉이 손에 잡히는 순간 경수는 너무 놀라 방귀를 뀌고 말았다. 영애가 까르르 웃었지만 그 순간 경수는 터양을 숭배하는 해바라기처럼 영원히 영애를 숭배할 것이라고 태양의 신에게 맹세했다.

노인의 아파트를 향해 뻗어있는 도로 위에는 은행잎이 노랗게 깔려 있고 그 위를 오후의 가을 햇살이 눈부시게 반짝이고 있었다. 지난밤 밤새도록 창문을 덜컹덜컹 흔들던 바람이 은행나무가 앙상하도록 잎을 흩어 놓았다. 경수는 새삼스럽게 가을이 벌써 이렇게 깊어져나 하고 주위를 두리번거리며 해바라기 씨를 자꾸 입에 넣었다.

세월이 많이 흐르긴 했지만 경수가 숭배를 다짐하고 가슴을 만졌던 그 순간부터 영애는 경수의 '첫 여자'였다. 멀리 노인이 살고 있는 딱딱한 회색 아파트가 모습을 보이기 시작하자 경수는 눈에 띄게 걸음이 무거워졌다.

부성부성한 얼굴로 누워 있었던 노인이 경수를 보며 반

색을 했다. 그날은 뭐가 그리 급한 일이 있어 뒤도 돌아보지 않았으냐고 힐난 섞어 묻는 노인은 감기 기운이 있다며 연신 코를 펑펑 풀고 숨을 헐떡이면서도 경수가 그동안 쓴 원고를 보자고 대들었다.

노인의 모습에 뜨끔해진 경수가 지나는 길에 안부가 궁금해 잠시 들렀다고 둘러대며 찾아 온 사람이 없었느냐고 물었다. 노인은 누가 찾아오겠느냐는 소리를 입 끝으로 꾹꾹 눌러 뱉었다.

"감기에는 뜨거운 쌍화차가 좋은데요."

경수가 슬쩍 비아냥거리자 노인은 붉은 잇몸을 활짝 드러내며 질겁하는 표정을 지으며 손사레를 쳤다.

"이 사람아 내가 무슨 돈이 있어 매일 차를 시켜 먹어."

"차만 마시면 그게 몇 푼이나 한다고……"

경수는 공연히 노인이 얄미워 자꾸 이죽거렸다. 노인이 대답 대신 웃으며 라디오를 켜자 부산 동삼동에 사는 김 모 씨가 억대의 보험금을 노려 정부와 짜고 남편 박 씨를 살해한 후 인근 야산에 암매장 했다 발각되어 구속됐다는 뉴스가 흘러 나왔다. 경수는 묵묵히 뉴스를 듣고 있었지만 초조했다. 노인을 협박하러 오는 영애의 남편이라는 작자가 궁금하면서도 이 자리에서 무슨 일이 벌어질까 내심 불안했다.

"딩동."

초인종 소리에 경수는 숨을 멈추었다. 자울자울 조는 듯이 누워있던 노인도 갑작스러운 초인종 소리가 귀찮다는 듯이 얼굴을 찌푸리며 눈을 떴다.

"강대수씁니까?"

노인이 문을 열자 회색 잠바에 카키색 바지차림의 키가 작은 사내가 쭈빗거리며 물었다. 노인이 뜨악한 얼굴로 고개를 끄덕이는 동안 경수는 들썩이는 엉덩이를 간신히 누르고 앉아 있었다.

"선생님, 서영애 남편입니다."

바짝 긴장한 경수와는 달리 노인은 대체 서영애가 누구냐고 다그치듯이 물었다.

"선생님 죄송하지만 들어가서 말씀 드려도 되겠습니까?"

사내는 몹시 당황한 얼굴로 말을 더듬으며 얼굴에서 땀을 흘렸다. 사내를 맞아들이는 노인의 태도에는 여유가 넘쳤다. 상대가 어떤 일로 찾아왔던 제압 할 수 있다는 자신감이 넘치는 얼굴이었다.

사내는 협박 하러 온 사람치고 지나치게 공손하고 어색했다. 경수는 이상하다 싶으면서도 사람은 끝까지 겪어 봐야지 싶어 나름으로 사내를 요모조모 뜯어보았다. 경수를 쳐다보며 맞은편에 앉은 사내는 숱이 적은 머리카락이 귀를 덥수룩하게 덮었고 얼굴이 전체적으로 가느다랬다. 옆으로 보다 위아래로 길게 찢어진 듯이 보이는 눈과, 긴 인중위에 얹힌 가느다란 코, 얄팍한 입술이 여린 분위기 이면서도 혼란스러운 느낌이었다.

"21세기 다방의 미스 서가 제 집사람입니다."

"그런데 어쩐 일로 오셨소."

노인은 벌써부터 일의 기미를 눈치 챘으면서도 의뭉을 떨었다.

"선생님께 대단히 죄송하지만 제 집사람이 이곳에 자주 드나드는 걸 알고 있습니다."

사내는 바람에 나긋나긋 흔들리는 봄풀처럼 깍듯해서 옆에서 지켜보는 경수는 어이가 없었다. 돋보기안경을 썼다 벗었다 되풀이 하던 노인은 순간적으로 입이 쫙 찢어지는 표정을 지었다.

"그게 무슨 소린가. 다방에서 차를 시켜 먹을 수도 있지. 그게 무슨 죄인가?"

노인의 이마에 시퍼런 힘줄이 불끈 드러나며 조금 전까지 아파 누웠던 사람으로 보이기는커녕 적지 탈환을 눈앞에 둔 분대장 같은 기세였다. 노인의 모습에 사내는 하얗게 질려 금방이라도 땅바닥에 쓰러질 것 같이 동요하며 간신히 말을 이었다.

"선생님, 제가 혹시 오해 할 수도 있겠지요. 그렇지만 뭔가 이상한 냄새가……"

"냄새라니? 이 사람이 지금 무슨 소리를 하는가. 냄새라니. 그런 천박한 소리를 하다니. 이 나이에 혼자 있기가 적적해서, 다방 같이 침침한 곳은 어쩐지 죽음이 생각나서 커피 몇 잔 시켜먹은 걸 가지고 이상한 냄새라니. 자네 이렇게 막나가도 되는가. 다방에 일하며 커피 심부름 하는 것은 당연한 것인데, 그런 곳에 마누라를 내 보낸 당신이 문제이지, 내가 무슨 문제란 말인가. 응?"

노인의 집중 포화 앞에 사내는 눈길 둘 곳을 몰라 허둥거리며 금방 울 듯한 표정이었다. 옆에서 쭉 지켜보던 경수는 일시에 긴장이 풀려 허탈한 기분이 들었다. 애초에 영애가 말한 그런 협박이 아니었다.

경수는 어처구니가 없어 사내를 똑바로 쳐다보았다. 약점을 잡아 돈을 갈취하는 깡패라는 작자가 저런 꼴이라니 한심하기 그지없어 내가 해도 저 보다는 나을 성 싶다는 생각이 들었다. 협박이 아니라 숫제 애원이었다. 경수는 사내가 어서 돌아가 주었으면 싶었다. 경수는 애초에 이곳에 올 때와는 전혀 다른 이유로 여기에 온 것을 후회했다.

"예, 선생님 말씀이 맞습니다. 그렇지만 아무도 없는 아파트에 남자와 여자 단 둘이 있으면, 혹시 그런 일이 있을 수도, 있을 수도 있겠다 싶어서……"

"당신이 생각하는 그런 일이 대체 어떤 일인지 구체적으로 말해 봐. 그리고 단 둘이라니, 여기 계신 작가 선생도 함께 마실 때가 많았네. 그렇지 않은가 작가 선생……"

노인은 노회한 웃음으로 경수를 슬쩍 끌어들였다. 노인 말처럼 자주는 아니고 동석 한 것은 사실이라 경수는 고개를 끄덕였다. 옆에 팔짱을 끼고 앉아 있던 경수까지 거들고 나서자 사내는 전의를 상실한 모습으로 단박에 고개가 꺾였다.

노인은 한껏 기고만장해져 사내를 쥐 잡듯이 다루었고, 누가 협박을 하고, 누가 협박을 당하는지 오락가락 하더니 마침내 사내가 처참하게 일그러진 얼굴로 노인에게 깍듯이 절까지 하고 물러났다. 사라지는 사내를 보며 경수는 마치 제가 당한 듯이 얼굴이 붉어지며 뜨거운 기운이 머리위로 치솟았다.

"저런 물렁한 것들 다루는 법은 내가 손바닥 보듯이 잘 알지."

노인은 운동화를 신고 출입문 뒤로 사라지는 사내의 등 위에 차가운 냉소를 던지며 중얼거렸다. 경수는 승리감에 기고만장 한 얼굴이 된 노인을 내버려두고 서둘러 자리에서 일어났다. 노인이 뒤에서 '조소앙, 조소앙' 하고 또 악을 썼지만 정말 안녕입니다! 하며 서둘러 걸었다.

사내는 빈 놀이터 그네 위에 앉아 있었다. 경수는 그냥 지나치려다가 발길을 사내 쪽으로 돌려 흔들리는 그네 위에 걸터 앉았다. 사내얼굴에는 아직까지도 굵은 땀방울이 달려 있었다. 놀란 기색이 가시지 않은 사내의 얼굴을 보자 경수는 원인모를 짜증이 치밀었다.

"도대체 그게 뭐요. 장난이요? 협박이요?"

"……"

"마누라 앞세워 돈 뜯어내려고 작정했으면 그 빌어먹을 노인네의 다리를 분질러 놓던가, 모가지를 비틀어 돈을 뜯어야지. 그게 뭐하는 거요."

사내는 경수가 모지락스러운 소리를 하는 동안에 입을 비죽비죽 내밀었지만 결국 한마디도 하지 못한 채 얼굴빛간 심하게 검어졌다. 숨을 거칠게 내뱉으며 고통스럽게 몸을 뒤틀기도 했다.

경수는 사내의 그런 모습조차 싫었다. 영애가 다방에서 차를 팔며 노인에게 웃음을 파는 것이 사내 탓이라고 여겨졌다. 사내 때문에 영애의 현재가 더 고통스러울 것이라 생각하니 경수는 더럽고 얄궂은 기분이었고, 그런 속내를 숨기지 않고 드러내 사내를 야료하고 조롱했다. 건들건들 흔들리는 그네에 앉은 채 사내는 노인 앞에서보다 더 심한 수치를 당하면서도 끝내 말이 없었다. 잠시 후 사내가 일어서며 조용히 물었다.

"당신은 누구시죠?"

사내는 해질녘의 그림자처럼 조용히 경수 앞에서 멀어져 갔다. 사내가 걸어가는 아파트 입구에 파란 스쿠프를 탄 영애가 서 있었다.

경수는 시종 게임을 리드 하다 갑자기 카운터펀치를 맞은 복싱선수처럼 정신없이 앉아 있다가 주위의 나무 위로 짙은 어둠이 내릴 즈음에 간신히 자리에서 일어났다.

　해바라기 꽃말을 가르쳐주고 가슴을 만지도록 허락한 후
에도 굿이 벌어지면 영애는 경수네 집에 와서 밥을 먹고 할
머니 방에서 잠을 잤다. 하지만 경수에게는 예전의 그 영애
가 아니었다. 경수가 수컷으로 세상에서 경험한 첫 여자로
가슴에 들어 와 있었다. 오직 영애 생각만 나고 영애 꿈만
꾸고 영애만 기다렸다.

　겨울 방학이 시작되었고 곧 심한 폭우와 함께 시작된 태
풍이 닷새째 계속 되었다. 경수는 폭우 속을 뚫고 말미산 산
자락에 홀로 서 있는 영애네 집 앞까지 수도 없이 왔다 갔다
했다.

　일주일을 넘기도록 이어지던 태풍이 잦아들며 폭우도 점
점 위력을 잃어가고 세상이 다시 제 모습을 되찾고 있었지
만 태풍이 남기고 간 흔적은 마을에 엄청난 상처를 남겼다.
인근 항구에 피신한 줄 알았던 경수네 배 가운데 두 척이 태
풍과 함께 바다 속으로 사라졌고 선원 모두 목숨을 잃었다.

　마을에 큰 굿판이 벌어졌지만 예전의 축제 같이 왁자하
던 분위기는 온데간데 없고 죽은 이들의 침울하고 서글픈
넋두리가 영애 엄마의 입을 통해 흘러나와 보름 동안 음산
하게 마을 안팎을 떠돌았다. 한꺼번에 많은 사람이 목숨을
잃어 항구 어판장에 큰 천막을 치고 굿을 했다.

굿이 벌어지는데도 영애는 경수네 집에 오지 않았다. 경수는 할머니의 눈치를 살피다 집을 나와 영애네 집으로 갔다. 영애는 꽃이 지고 꽃대만 남은 바싹 마른 해바라기가 태풍에 뿌리 뽑힌 마당에 서 있었다. 대문 앞에서 그 모습을 본 경수는 어떤 슬픔덩어리가 울컥 목을 차고 올랐다.

"영애야."

경수는 울음이 타는 목소리로 영애를 불렀다. 영애는 대답대신 긴 팔을 흔들어 경수를 불렀다. 영애는 대궁이 꺾이고 쓰러진 해바라기 사이에서 경수를 가만히 안아 주었다. 한마디 말이 없었다. 경수는 눈물이 주르륵 흘렀다. 외롭고 두려웠었다.

목숨을 잃은 어른들은 경수 친구의 아버지들이었다. 동네 사람들은 경수네 집을 향해 증오를 여과 없이 드러냈다. 굿이 벌어지는 동안에도 죽은 선원 식구들이 경수네 집에 뛰어들어 사람 살려내라고 울부짖었다. 경수는 두려움에 몸을 떨며 주위를 두리번거렸지만 어디에도 의지할 곳이 없었다. 영애의 품에 안기어 봉긋 솟은 가슴 사이에 얼굴을 묻자 비로소 안심이 되고 두려움이 진정되었다. 영애는 오랫동안 경수의 얼굴을 가슴 사이에 묻고 있었다.

보름 동안의 굿이 끝나고 중학교 입학식이 다가오며 마을은 점차 예전의 모습을 되찾고 있었다. 경수는 영애가 보고 싶었지만 곧 중학교 교복을 입은 모습으로 만날 수 있으리라는 기대 속에서 입학식만 기다렸다. 새로운 교복을 입고 한껏 멋을 낸 입학식날 경수는 아이들 틈에서 영애를 찾을 수 없었다. 입학식이 끝나고 곧장 영애네 집으로 뛰어 갔지만 문이 굳게 잠겨 있었다. 할머니에게 매달렸지만 영애의 행방에 대해 아는 게 없다는 대답만 돌아왔다. 영애와 영애 엄마가 느닷없이 사라졌지만 마을 사람 누구도 이유를 몰랐다.

영애가 거짓말처럼 사라진 후 경수는 전부를 잃어버린 상실감과 얼굴을 포근하게 묻었던 그 가슴을 다시 볼 수 없는 아쉬움, 덩어리로 엉켜 있는 영애에 대한 그리움 때문에 철 이른 불면증을 겪으며 힘든 중학교의 첫 해를 보냈다.

경수가 영애를 다시 본 것은 고등학교 3학년 가을이었다. 몸이 아파 학교 기숙사에서 잠시 나와 집에서 몇 달 동안 요양을 하고 있을 때였다. 친구들과의 경쟁에서 낙오자가 되었다는 자괴감 때문에 한사코 집 밖 출입을 꺼리다가 오랜만에 나선 산책길의 발끝이 말미산 자락으로 향하는 것을 깨달았을 때는 이미 영애네 집 앞이었다.

주인 잃어 퇴락한 줄 알았던 영애네 집은 생각보다 멀쩡했고 낡고 바래긴 했지만 빨간 빛이 여전한 당 깃발이 대나무 끝에 달려 천연덕스럽게 나부끼고 있었다. 높아보이던 영애네 집 담장은 경수 어깨에 닿을 정도여서 뒤꿈치를 들고 애를 쓰지 않아도 마당이 내려다보였다. 마당에는 노란 해바라기가 가득 피었고 장대에 줄을 연결한 빨래줄 앞에서 아이 업은 여자가 눈부시게 흰 기저귀를 널고 있었다.

경수는 첫눈에 영애라는 것을 알았다. 영애는 하얀 기저귀를 탈탈 털어 빨래 줄에 널고 잠시 눈물겹도록 파란 가을 하늘을 보고, 또 하나를 들어 탈탈 털어 널고, 하늘을 우르러 보는 동작을 되풀이 하며 자장가를 불렀다. 영애의 등에 업힌 아이가 경수를 보고 소리 없이 방글방글 웃었다.

경수는 반가운 마음보다는 태풍이 끝나고 해바라기가 뿌리 뽑힌 마당에서 영애의 봉긋한 가슴에 얼굴을 묻고 느꼈던 그 타는 울음이 먼저 목 언저리를 메우고, 손끝을 미세하게 따라 흐르는 놀라운 질투가 신경 세포를 꽉 조이는 느낌에 등을 돌리고 말았다.

저녁 밥상머리에서 영애에 관해 묻자 할머니는 1년 전 쯤 무당 어미 없이 만삭의 몸으로 혼자 나타난 영애가 혼자서 애를 낳고 빈집에서 아이를 키우고 있다며 뭐가 못마땅한지 혀끝을 차며 인중에 굵은 주름을 새겼다. 그날 저녁부터 경수는 꼬박 일주일을 앓아누웠다. 갑자기 치솟은 고열은 이제 겨우 진정이 되는가 싶던 폐에서 긁어 올리는 기침을 다시 불러냈고, 헛소리와 어지러운 꿈속으로 곤두박질 쳤다.

경수는 가슴속에 소중하게 간직하던 무엇인가 깡그리 깨어진 느낌이었다. 막연히 억울한 기분에 사로잡혀 아무것도 먹을 수 없었고 아무것도 생각할 수 없었다. 고열에 시달리며 영애를 찾았고 영애 꿈을 꾸었다. 일주일 후에 자리에서 일어난 경수는 해쓱한 얼굴로 서둘러 영애네 집을 찾아갔지만 중학교 입학식날처럼 문이 잠겼고 마당에는 노란 해바라기가 태양을 향해 고개를 높이 들고 있을 따름이었다.

색이 바랜 노란 스웨터와 베이지색 치마를 입은 영애가 골목에 서 있었다. 문을 열면 맞은 편 집의 방안이 보일 정도로 좁은 골목길이었다. 좀처럼 감정이 보이지 않은 맹맹한 얼굴로 경수를 맞은 영애는 서너 걸음 앞서 미로처럼 얽힌 골목 속으로 들어갔다. 경수는 묵묵히 영애의 뒤를 따랐다.

영애 남편과 헤어지고 줄곧 편편찮았다. 그 편편찮음이 불쾌하고 싫어 영애를 만나러 다방에 갔으나 나오지 않았다. 며칠 동안 출근하기 힘들다는 연락을 받았다는 주인 마담은 영애의 집을 몰랐다. 경수는 매일 다방에 나가 앉아 영애의 전화를 기다렸다. 일주일 만에 다방으로 전화를 한 영애와 통화가 되었다. 꼭 봐야겠다는 경수의 말에 영애는 집을 비울 수 없으니 시간이 되면 찾아오라고 약도를 알려 주었다.

영애가 사는 곳은 축대 끝에 아슬아슬하게 걸린 단칸방인데 앞에 제법 큰 마당이 있었다. 대문 안과 집의 가운데 있는 그런 흔한 마당이 아니라 골목의 사각지대를 마당처럼 가지고 있는 구조였다. 축대 끝을 막아 놓은 철조망이 덛처럼 둘러 싸인 마당 가운데에 노란 장판이 깔린 평상이 놓여 있었고 단칸방 문 앞에 뒤축이 꺾인 남자 흰 운동화가 놓여 있었다.

영애와 나란히 평상에 걸터앉은 경수는 마당 둘레에 촘촘히 심어 놓은 해바라기를 보았다. 경수의 허리까지 오는 노란 해바라기였다. 영애네 집 마당에 가을이면 키기 큰 해바라기가 불쑥불쑥 수도 없이 고개를 담 밖으로 내밀곤 했던 기억이 새로웠다.

"남편은?"

"잠들었어."

파란 하늘위로 비행기가 하얀 흔적을 남기며 지나갔다. 영애는 그 흔적을 쫓아 고개를 잠깐 들었다가 놓았다.

"너 결혼 했니?"

영애가 물었다.

"아직."

"그랬구나. 경수야. 넌 내가 어떻게 살았는지 궁금할 거야. 서른여섯의 나, 솔직히 지금까지 몇 명의 남자를 남편으로 두었는지 몰라. 하얀 웨딩스레스 입고 결혼 한 적도 없어. 그냥 살 붙이고 살다 헤어지곤 했어. 내 쪽에서 싫어 남자를 버린 적은 없어. 항상 남자 쪽에서 떠나더라. 짧게는 열흘에서 길게는 오년까지 살았어도 한결같이 떠났어. 새벽에 눈을 떠 보면 혼자 남은 거야. 우습지.”

영애는 입을 다물었고 침묵이 빗물처럼 고였다. 그때 어디선가 한패거리의 아이들이 마당 안으로 뛰어 들었다. 술래잡기를 하는 모양인지 쫓는 쪽과 쫓기는 쪽이 뒤엉켜 평상 밑으로 기어들고 영애의 치마폭으로 뛰어들고 해바라기 사이로 숨어 다녔다.

경수의 유년도 저런 모습이었다. 마당에서, 운동장에서, 방파제에서 웃고 떠들었다. 넘어져 엉키고 싸우고 와와 함성을 지르며 남자 여자 할 것 없이 한 묶음으로 뛰어 다녔다. 매일 보는 바다 빛처럼 싱그러운 아이들이 모인 자리는 환했고 그늘이라고는 없었지만 항상 곁을 따라 다니는 검은 점 하나가 아이들을 불편하게 했다.

검은 점은 영애였다. 영애는 한 번도 아이들이 공유하는 환한 빛 가운데로 들어오지 못했다. 무당의 딸은 재수 없는 아이였다. 특히 키가 크고 처녀처럼 성숙한 몸에 얼굴이 예쁜 무당 딸을 아이들은 용서 할 수 없었다. 태양의 꽃 해바라기에 탐욕스럽게 집착하는 것은 더욱 용서 할 수 없었다.

아이들은 영애가 가을 빛 아래 정성스럽게 말린 해바라기 씨 한 움큼씩을 책상위에 올려놓아도 고마워하기는커녕 재수 없다며 입으로 후후 불어 날려버렸다.

경수는 항상 해바라기를 후후 불어 버리는 아이들 속에 끼어 있었다. 영애에게 숭배를 맹세한 후에도 아이들이 모인 자리에서는 언제나 냉랭하고 차가운 태도로 외면했고 영애는 무표정한 얼굴로 해바라기 씨를 씹었다.

영애가 딱 한번 환한 조명 빛 아래로 나 온 것은 중학교 예비 소집을 위해 신작로를 달리던 그날이었지만 모욕과 수치를 뒤집어 쓴 고약한 주연이었다.

경수는 자신을 위해 영애를 그 자리에 세웠고 영애는 그역을 훌륭히 해 냈다. 경수는 영애를 거쳐 간 남자들이 모두 경수처럼 그랬을까 하는 생각에 마음이 무거워졌다.

"경수야. 난 그 남자들 원망하지 않아. 모두 외롭고 서러운 남자들이야. 경수야. 내가 왜 해바라기를 심는지 알아?"

경수는 영애에게 그 까닭을 물어 본 적이 없었다. 해바타기와 영애가 한 몸이어서 구분이 불가능했기 때문이었다.

"태양을 간절히 숭배하는 해바라기의 마음을 닮고 싶었기 때문이야. 경수야. 난 그동안 서럽고 외로운 사람들을 내 방식대로 숭배해 왔고 앞으로도 또 그렇게 숭배하며 살아 갈 거야. 활짝 핀 해바라기도 아름답지만 스러지는 해바라기가 숭고하게 아름답단다. 나는."

굶주린 사람처럼 많은 이야기를 쏟아내면서도 영애는 목소리를 높이거나 표정이 바뀌지 않았다. 건조하고 차분한 모습은 냉정하거나 냉소적인 것과는 다르게 정제 된 느낌이었다.

"경수야. 내가 지금의 남편을 어디서 만났는지 아니?"

"영애야!"

경수는 영애 입에서 어떤 이야기가 또 튀어 나올지 몰라 전전긍긍했다.

"비둘기호 기차 안에서 만났다. 목포에서 같이 살던 남자가 노름 빚 때문에 나를 다방에 넘겨 서울로 오던 길이었어. 우연히 좌석 옆에 앉아 조는 듯이 꼼짝 않고 있던 어떤 남자가 불쑥 자신을 깡패라고 한 번만 불러 달라는 거야. 깡패가 누가 불러 준다고 되는 것이 아니지만 무슨 사정이 있겠지 싶어서 선선히 그렇게 해 주었어. 남자는 너무 좋아하며 눈물까지 글썽이는 바람에 나도 덩달아 기분이 좋더라. 남자는 깡패짓 하러 서울에 가는 길이라는 거야. 서울역에 도착하니 비가 내리고 있었어. 막막하게 서 있는 남자 손에 비닐우산을 들려주었는데 갈 곳이 없다며 힘없이 중얼거리는 거야. 그래서 같이 가자고 그랬지.

그 남자 너도 보았다시피 깡패짓 못해. 예전에는 화순에서도 알아주는 깡패였는데 교도소 벌방에 갔다 온 뒤로 그렇게 되었데. 남자 소원이 예전처럼 멋지게 깡패짓 해보는 것인데 도와주고 싶었어. 다방 손님 중에 집적거리는 이가 있으면 남자에게 알려주고 협박을 하든 두드려 패든 하고 싶은 데로 하라고 충동질 했어.

그러면서도 몽둥이에 스러진 남자의 본성이 드러나 돌이킬 수 없는 일을 저지를까 봐 노심초사 했어. 한편으로는 남자를 부추기고 한편으로는 남자를 지켜야 했어. 그래서 네게 그런 부탁을 했던 거야."

무섭도록 평정을 유지하던 목소리가 약간 떨린다 싶더니 영애는 입을 다물었다. 옆으로 비껴 세운 영애의 얼굴에서 차갑도록 자신을 억제하는 모습이 흘낏 엿보였다.

"남편이 노인의 아파트를 갔다 온 후부터 집 밖에 나가지 않아. 남편에게 무슨 일이 있었는지 짐작이 가. 너나 노인을 탓할 생각은 없어. 경수야 중학교 입학을 앞두고 엄마와 내가 왜 갑자기 고향을 떠난 줄 알아?"

영애는 경수가 오랫동안 궁금해 하던 쪽으로 이야기 방향을 돌리며 잠깐 한숨을 돌렸고 그 틈에 경수는 숨을 크게 토해냈다.

"태풍 때문에 죽은 사람들 굿을 한 후 엄마가 이상해졌어. 태풍이 아니라 엄마의 신력이 부족해 사람들이 죽었다고 괴로워하며 절망하던 엄마는 공동체 생활을 하던 종교 집단에 들어가면서 나를 그 집단 교주에게 여자로 바쳤어. 나를 바치고 엄마의 예전 신력을 되찾기를 원한 것인지, 아니면 내 팔자를 고칠 수 있다는 교주의 말을 믿었는지 몰라. 예전의 신력을 되찾기를 갈망하던 엄마는 곧 죽었는데 아무도 그 이유를 몰라. 5년 후에 난 그곳에서 간신히 도망쳐 줄곧 떠돌아다니며 살아 왔어. 경수야 난 엄마를 원망하거나 비난하지 않았어. 누구든 함부로 상대를 비난 할 자격이 없어. 난 엄마를 숭배했어. 나를 버린 남자들도 모두 그렇게 숭배하고 있어. 경수야 내 말이 우습지. 그렇지 우습지."

무엇인가를 확인하려는 듯이 '우습지'라는 말을 두 번이나 뱉으며 영애가 입을 다물었다.

영애는 살아온 지난 이야기를 제 방식대로 진솔하게 털어놓았지만 솔직히 경수는 영애의 삶을 온전히 납득 할 수 없었다. 더 많은 시간이 지나야 영애를 이해 할 수 있을 것 같았다. 설령 이해하지 못해도 어쩔 수 없는 노릇이었다. 영애의 삶이기 때문이었다.

"경수야 난 아무것도 후회하지 않아. 그러니 그만 가 봐. 남편 깰 시간이야. 미안해."

영애가 자리에서 일어나며 해바라기처럼 노랗게 웃었다.

"영애야. 해바라기를 다시 볼 수 있어 좋았어."

경수는 영애의 얼굴과 투명한 가을 햇살아래서 태양처럼 빛나고 있는 샛노란 해바라기를 번갈아 처다보며 말했다. 영애는 허리까지 자란 해바라기 가운데에 서서 경수에게 손을 흔들며 소리쳤다.

"경수야, 잘 가."

경수는 빠른 걸음으로 좁은 골목을 빠져 나오며 영애의 집 마당에 심어놓은 해바라기가 어서 영애 키만큼 자라, 첫 여자 영애가 변함없이 그 자리를 지켜주기를 빌었다. 가파른 골목을 벗어난 경수는 며칠 전부터 바지주머니 속에 들어있던 해바라기 씨를 푸른 허공을 향해 힘껏 뿌렸다.

마루밑에서

마루 밑에서

새벽마다 안개가 골짜기를 따라 흘렀다. 골짜기 아래 남향으로 앉은 폐교 교실 마루 밑은 매일 안개에 잠겼다. 그속에서 잠이 깬 사내는 바깥을 향해 귀를 기울였다. 잠을 털어낸 투명하고 맑은 새 울음소리가 새벽 정적을 흔들었다. 사내는 안도의 숨을 내 쉬었다.

폐교로 들어 온 후 사내의 하루는 이렇게 시작되었다. 마루 밑의 습기가 밴 등이 축축했다. 새벽안개가 유난히 자욱한 며칠 동안 마루 밑의 눅눅한 습기는 사내의 내장과 뼈마디에 차곡차곡 스며들었다.

사내는 마루 밑에서 기어 나와 교실 출입문을 열었다. 아침 일찍 밭으로 가는 마을 사람들보다 먼저 일어나 숙소로 돌아가야 했다. 사내가 마루 밑에서 기어 나온 것을 보면 마을 사람들 입에서 입으로 어떤 소문이 떠돌지 알 수 없는 노릇이었다. 밖은 촘촘한 안개 그물이 한치 앞을 분간할 수 없게 눈앞을 가로 막았다.

사내는 지난밤 자정이 지나자 방을 나와 전나무와 은행나무, 느티나무가 빽빽하게 숲을 이룬 폐교 운동장과 교실, 관사 주변을 돌아다녔다. 숲은 어둠 속에서 더 깊은 어둠으로 존재하고 있었다. 사내는 미동도 않는 어둠이 좋았다.

사내는 밤만 되면 숙소로 사용하는 폐교 관사 문틈으로 새어드는 바깥의 희미한 빛이 견디기 힘들었다. 더 어두운 장소가 필요했다. 청소를 하다 우연히 발견한 교실마루 밑의 낮고 좁은 어둠속에 몸을 누이면 편안했다.

한 달 전 아내를 화장(火葬)한 사내는 전화와 핸드폰을 받지 않고 사람을 피했다. 밤새 잠을 못 이룬 핏발선 눈으로 일어나 가방을 메고 집을 나섰다. 목적 없는 일상의 지속이었다. 아내가 없지만 똑 같은 하루하루가 매일 되풀이 되었고 주변은 아무것도 달라지지 않았다.

빈 사무실에 출근한 사내는 문을 걸어 잠그고 하루 종일 앉아있었다. 어디로 갈까? 어디로 가면 쉴 수 있을까? 어디에서 다리를 펼 수 있을까 생각했다.

아내가 죽은 후 부터 자려고 누우면 다리를 펼 수 없었다. 펴지지 않았다. 억지로 폈는가 싶으면 어느새 무릎이 가슴을 눌렀다. 가슴이 아플 정도로 다리를 웅크리고 잠들었다.

마루 밑은 사내의 웅크린 다리를 펴게 해 주는 유일한 곳이었다.

안개 속에 잠겼던 골짜기가 모습을 드러냈다. 골짜기 아래 둔덕을 따라 펼쳐진 고추밭에 유씨의 모습이 보였다. 동이 트기 전부터 밭에서 일을 한 모양이었다. 골짜기 아래로 뻗은 고추밭과 담배 밭 사이사이 일하는 사람들이 보였다. 태양은 대지를 점령했던 안개 입자 싹을 말짱 말리듯이 강렬하고 눈부셨다.

밭 가장 자리 길을 따라 걸어오던 유씨가 운동장에 서 있는 사내를 발견하고 걸음을 멈추었다. 집이 폐교 앞에 있어 폐교 관리를 맡은 유씨는 술을 좋아해 가끔 밤이 이슥해질 때 까지 사내와 소주잔을 기울였다.

내년에 환갑인 그는 폐교의 낡은 관사 한 칸을 임시로 빌려 살고 있는 사내에 관해 꼬치꼬치 캐묻거나 넘겨짚으려는 의도를 보이지 않아 편했다.

"잘 잤나? 박 반장이 기어이 야반도주를 한 모양이야."

"예에……?"

사내는 아침부터 갑작스런 이야기에 당혹스러웠다. 유씨의 표정이 심각했다.

"시간 나면 그 집에 올라가 보게. 혹시 가져 올 게 있는지, 집 사정이 어떤 꼴인지 둘러보게. 일하는 사람을 열둘이나 샀어. 빠져 나갈 시간이 없네."

"네, 그러죠."

담배를 피워 문 유씨는 심란한 얼굴이었다. 박 반장과 상당한 돈이 오간 모양이었다. 유씨는 부탁한다는 말을 거듭 남기고 고추밭으로 걸어갔다. 사내는 유씨의 부탁에 고개를 끄덕이긴 했지만 야반도주 한 집에 가 본다는 것이 썩 내키지 않았다. 하지만 유씨에게 크고 작은 도움을 받고 있는 터라 거절하기 힘들었다.

운동장 가운데 서 있던 사내는 교실로 걸어가며 밤새도록 울어 잠을 설치게 한 도둑 고양이 집이 어딘가 살폈다. 폐교를 감싸고 있던 안개가 걷히며 교실 창문 위로 밝은 햇살이 반짝였다.

사내는 교실의 창문을 모두 열었다. 밤 사이 갇혀 있던 실내의 눅눅한 공기가 기다렸다는 듯이 밀려 나왔다. 사내는 아침이면 폐교의 여섯 칸 교실 창문을 열고 저녁이면 닫았다.

틈틈이 교실 창틀마다 쌓인 오래 된 먼지를 털어내고 썩은 마룻장과 깨진 유리를 갈아 끼우고 마룻바닥과 복도에 두껍게 쌓인 먼지를 물로 닦았다. 무엇인가에 몰두하고 싶었다. 등을 구부리고 엎드려 교실 바닥에 주저앉은 세월의 흔적을 지우려 애썼다. 오래된 낙서나 색 바랜 표어와 마주치면 오랫동안 그 앞에 서 있었다. 날이 흐리거나 바람이 불어 교실의 함석지붕이 덜컹덜컹소리를 내는 날은 칠판위에 무엇인가를 쓰려고 하다 등을 돌렸다.

　아내가 시위를 하겠다고 했을 때 사내는 농담인 줄 알았다. 거실 탁자위에 천연염색을 배울 때 사용하던 무명천과 홍화 꽃으로 만든 붉은 색 염료를 펼쳐놓은 아내는 사내에게 뭐라 쓰면 격조 있게 주장을 나타낼 수 있는 지 물었다. 사내는 그만두라고 소리치고 싶었지만 아내의 진지한 태도 때문에 입을 다물었다. 사내의 침묵이 길어지자 아내는 피곤한 모양이니 쉬라고 하며 무명천 앞에서 맴돌았다. 한참 후 아내가 들어 보인 것은 '대기업 횡포 너무해요!' 라는 붉는 글씨였다. 글이 적힌 무명천 양쪽 가장자리에 자신의 키보다 작은 나무막대를 엮어 펼침 막을 만든 아내는 무명천을 잘라 앙증맞은 머리띠도 만들었다.

　이튿날 아침 출근길에 사내는 아내를 대기업 본사 앞에 내려주었다. 사내가 10여 년 동안 거래한 기업은 유달리 분규와 분쟁이 많았다. 사내는 운 좋게도 오랜 시간 큰 부침 없이 납품을 할 수 있었다.

　본사에서 납품 단가 30%인하를 통보해 온 것은 추석연휴 직후였다. 현실적으로 불가능한 조건이었다. 본사에서는 이미 값싼 동남아에 하청공장을 가동하고 있었다. 수백 명의 하청업자가 동시에 당한 일이었다.

　아내는 아침 9시부터 저녁 6시까지 대기업 정문 앞에서 1

인 시위를 했다. 그곳에는 시위하는 사람들이 많아 항상 어수선했다. 어떤 이들은 텐트를 치고 장기 농성을 벌이고 어떤 이들은 인간 사슬을 만들어 구호를 외쳤다.

사내가 근처 볼일이 있어 갔다가 먼발치에서 기웃거려보면 아내는 언제나 정문 가장자리 후미진 곳에 혼자 서 있었다. 보일 듯 말 듯 존재감이 미미했지만 아내 손에 들린 붉은 홍화 빛 글씨는 파란 가을 하늘과 기묘하게 어울렸다.

며칠 전 본사에서 하청업자들에게 계약해지 통첩을 했지만 사내는 아내에게 알리지 않았다. 아내의 마음이 이렇게라도 위로가 되었으면 싶었기 때문이다. 사내는 아내가 시위를 하는 동안 어깨를 두드려주거나 격려의 한마디도 하지 못했다.

아내가 시위에 나선지 열흘 째 되던 날이었다. 다른 날 보다 늦게 돌아온 아내 얼굴에 몇 개월 동안 좀처럼 찾아보기 힘들던 웃음이 걸려있었다.

"여보, 내가 오늘 뭘 한 줄 알아요?"

"뭘 했어?"

"회사를 붉게 물들였어요."

순간 사내는 심장이 덜컥 떨어지는 소리를 들은 것 같았다.

"어디에?"

"본사 정문 앞 돌에 새겨놓은 회사 이름 있잖아요. 그곳에."

"좀 심하지 않아?"

이상하게 벌렁거리는 가슴을 누르며 사내가 말하자 아내는 가방에서 붉은 색 스프레이와 스프레이로 붉게 물든 흰 장갑을 꺼내놓으며 대수롭잖게 말했다.

"남들도 다 그렇게 하던걸요. 뭘?"

농성한 사람들이 모두 함께 한 모양이었다.

사내가 교실 문을 열고 있는 사이 무성했던 안개입자는 흔적을 찾을 수 없었다. 햇살은 오늘도 화염덩어리였다. 벌써부터 등과 목의 굴곡진 선을 따라 굵은 땀이 흘렀다.

창문을 모두 연 사내는 내장과 뼈마디에 차곡차곡 쌓인 마루 밑의 습기를 씻어버리듯이 햇살 아래 서 있었다. 새벽마다 마루 밑에서 나온 사내는 행사처럼 몸에 쌓인 습기를 털었다. 마루 밑의 공간은 몸을 눕히기에 안성맞춤이지만 오래된 습기는 사내의 몸을 갉아먹는 해충처럼 곤혹스러웠다.

숙소로 사용하는 관사에 돌아온 사내는 찬밥을 물에 말아 된장에 풋고추를 찍어 아침을 먹었다. 혼자 먹는 아침도 점점 익숙해지고 있었다.

마을은 인기척을 찾아 볼 수 없었다. 사내는 산책자처럼 마을 가운데 오르막길을 천천히 걸어 올라갔다. 주인을 대신해 집을 지키던 개들이 사내를 발견하고 서너 번 짖다가 혀를 길게 빼물고 고개를 돌렸다. 박 반장의 집은 언덕을 배

경으로 자리 잡은 20여 호 집 가운데에 있었다.

인적이 끊긴 박 반장의 집은 마당부터 을씨년스러웠다. 마당에 뒹구는 푸른색 베게가 생뚱했고 그 옆의 두 조각난 빨간 바가지가 어쩐지 자연스러웠다. 사내는 마당을 둘러보았다. 성난 사람들의 험한 발걸음을 한바탕 견딘 집치고는 비교적 온전했다. 마루에 쓰러진 쌀독 주위에 쌀알이 몇 줌 흩어져 있었다. 안방과 작은방의 방문은 비스듬히 열려 있고 뚜껑이 열린 밥솥엔 밥이 남아 있었다.

사내는 정수리를 태울 듯이 강렬한 태양빛 아래서 마당을 빙빙 돌았다. 화장실 앞에 몇 장의 사진이 흩어져있었고 사내는 그 가운데 한 장을 집었다. 박 반장과 여자가 함께 웃고 있었다. 여자는 젊고 예뻤다. 한손을 여자 어깨에 걸친 박 반장은 붉은 치열이 드러나도록 웃었다.

사내는 박 반장에 관해 아는 것이 없었다. 우연히 유씨 집에서 함께 술을 마셨고 그 뒤 두어 번 스치듯이 술잔을 주고받았다. 농고를 졸업하고 20여 년 동안 농사를 지은 박 반장은 동네에 빚이 많았고 부모를 차례로 여읜 후 마흔이 지나도록 혼자였다. 박 반장 집에는 쓸 만한 것이 아무것도 없었다.

빈 집 마당에 푸석한 바람 한 점 없었다. 뜨겁고 강렬한 햇살아래의 마당은 쓸쓸했다. 이 쓸쓸함은 사내가 사무실 집기를 하나씩 중고가게에 넘기고 그때마다 빈자리를 바라보는 것과 같은 것이었다.

사무실 집기가 모두 사라질 때까지 사내는 사무실을 지켰다. 공고를 졸업하고 화장품 케이스를 만드는 프레스 공장에 취직한 사내는 성실하게 일했다. 서른 살에 직원 스무 명이 일하는 공장의 공장장이 되었고 자수성가한 회사 사장은 사내의 됨됨이를 믿고 셋째 딸을 맡겼다. 키가 작고 얼굴이 동그란 여자였다. 서른 두 살에 독립해 회사를 차린 사내는 눈에 띄게 드러난 성과는 없어도 큰 실수 없이 회사를 운영하며 야간 대학에 적을 두고 경영학 수업을 틈틈이 들었다. 가끔 본사 과장들과 술을 마시고 공장 직원들과 회식을 했고 주말이면 아내 손을 잡고 영화를 보러갔다. 1년에 한 번 휴가 때면 서해나, 동해 바닷가를 찾거나 산사(山寺)를 찾기도 했다. 결혼 10년이 넘도록 아기가 생기지 않는 게 서운했지만 인력으로 어쩔 수 없는 노릇이었다. 아내도 애면글면 아기를 바라지 않았다. 식탁에 마주 앉아 익숙해진 동그란 아내의 얼굴을 보면 안심이 되고 흐뭇했다. 사내는 눈을 뜨면 아침이 오듯 평생 그렇게 살 줄 알았다.

　사내는 습기 한 점 없이 쓸쓸한 마당에 쪼그리고 앉았다. 앉자마자 건조한 울음이 목구멍을 메웠다. 사내는 울었다. 더워서 오랫동안 울 수 없었다. 수도꼭지에 머리를 박았다. 미지근한 물이 울음 끝을 미지근하게 흩어 놓았다. 머리를 감고 싶었다. 며칠 전부터 그런 생각을 하고 있었다. 폐교에는 물이 나오지 않았다.

사내는 수돗물을 세게 틀어놓고 머리카락이 까맣게 엉겨 붙은 빨래비누로 머리를 감았다. 사내는 박 반장이 돌조각처럼 딱딱한 빨래비누로 머리를 감았고 앞으로도 그렇게 할 거라는 생각이 들어 쓸쓸했다. 사내는 빨래 줄에 걸린 바싹 마른 수건으로 머리를 털고 마루에 앉았다.

잠시 고개를 숙이고 있던 사내는 엉덩이를 들고 마루 밑을 내려다보았다. 먼지를 뒤집어 쓴 고무신 한 짝과 녹슬은 도끼가 뒹굴고 있었다. 사내는 박반장이 자신보다 나은 인간이라는 생각에 또 쓸쓸해졌다.

그날도 사내는 지치고 맥이 빠져 퇴근시간보다 일찍 아파트 엘리베이터에서 내렸다. 납품을 대신 할 업체를 찾아 다녔지만 소용이 없었다. 일거리를 찾는 하청업체는 많았고 해외로 눈길을 돌린 기업들은 급할 것이 없었다. 50년 동안 공장을 운영해 온 장인도 거래처를 잃고 평생 이런 경우는 처음이라며 실의에 빠져 공장을 포기했다. 배운 것이라고는 종류별로 크고 작은 화장품 용기를 만들어 납품해온 것 밖에 없던 사내는 어디서 어떻게 무엇으로 돌파구를 찾아야 할지 몰랐다.

멀쩡하게 중소기업을 운영하던 사장이 노숙자가 되어 집과 소식을 끊고 여름에는 역과 지하도 주변을 전전하고 겨울이면 쪽방을 얻어 라면만 먹고 산다는 신문 기사를 읽었을 때는 먼 나라 이야기 같아 실감 나지 않았다.

거래처를 찾아다니는 사이 사내는 신문기사가 남의 일이 아닌 것을 몸으로 느끼기 시작했다. 하루하루가 피곤하고 혹시 하고 품었던 희망이 겨자씨만큼 작아지는 시간들 앞에서 몸도 마음도 지쳐가고 있었다.

하루 종일 목을 옥죄던 넥타이를 풀어헤치며 복도로 들어서던 사내는 흠칫 놀라 걸음을 멈추었다. 눈앞에 펼쳐진 광경에 몸이 뻣뻣하게 굳었다. 아파트의 벽과 출입문은 온통 붉은 색, 붉은 욕이었다. 이름난 욕쟁이의 붉은 혓바닥을 잘라 그린 것 같은 낙서와 욕설, 난삽한 그림이 빽빽하게 덧칠되어 있어 있었다. 배설 하듯이 여기저기 쏟아 놓은 욕설은 입에 담기 민망했고 그림은 조잡했다.

벽과 출입문을 뒤덮은 붉은 욕설과 음담패설 앞에 아내가 파랗게 질린 얼굴로 서 있었다. 아내의 발 옆에 쓰러진 시장바구니에서 쏟아진 붉은 토마토가 바닥에 깨져 뒹굴었다. 아내는 붉은 공포가 가득한 얼굴로 울고 있었다. 동그란 얼굴이 파괴된 것처럼 일그러져있었다. 사내는 공포로 얼어버린 아내를 부축해 아파트 안으로 들어갔다. 본사 머릿돌에 붉은 스프레이를 뿌린 아내가 아무렇지도 않게 장갑을 벗은 지 사흘째 되던 날 이었다.

소파에 앉아 무릎사이에 얼굴을 묻은 아내는 와들와들 떨었다. 사내는 아내가 괜한 일을 해 일을 이 지경까지 만들었구나 하는 원망이 가슴을 쳤다. 적극적으로 아내를 말리지 못한 것이 한이 되어 발등을 찍었지만 때늦은 후회였다. 눈에는 눈. 이에는 이. 거래하던 재벌기업 창업주의 경영원칙이었다. 그들다운 응징이고 보복이었다.

사내는 찬물만 거푸 들이키며 아내의 울음이 그치기를 바랐지만 좀처럼 그치지 않았다. 질기게 이어지는 아내의 울음소리가 휘발유처럼 사내의 원망에 불을 붙였다. 사내의 입에서 발작적으로 고함이 터져 나왔다.

"그만 울어, 뭐 잘했다고 울어. 당신 때문이야. 당신이 일을 이렇게 만든 거야."

눈물로 얼룩진 얼굴을 번쩍 쳐든 아내의 동그란 얼굴이 두 배로 커진 것 같았다. 놀라움 때문에 부릅 뜬 눈과 벌어진 입은 닫히지 않았고 한순간 그 위를 스치듯이 지나는 깊은 절망감을 사내는 눈치채지 못했다.

사내는 밤새도록 흰 페인트와 붓을 들고 욕설과 증오로 날카롭게 벼루어진 붉은 경고를 지웠다. 하늘에 붉은 기운이 얼비치기 시작하는 새벽녘에야 벽을 모두 지울 수 있었다. 아내는 이튿날부터 밖에 나가지 못했다.

사내가 저녁에 집으로 돌아와 보면 붉은 욕설과 음담패설, 붉은 경고문은 벽과 출입문위에 고스란히 되살아나기를 며칠 동안 계속했다. 사내는 눈물을 철철 흘리며 밤새도록 붉은 경고를 지웠다. 아내는 눈에 띄게 수척해져 잠을 자지 못했고 어쩌다 안으려 하면 화들짝 몸서리를 쳤다.

    온종일 마루를 뜨겁게 달구던 태양빛이 마루 끝에 걸려 가볍게 흔들리고 있었다. 햇살이 빠져나간 마룻바닥이 시원했다. 사내는 마루에 등을 붙이고 누웠다.

    거꾸로 보이는 방문 위쪽 벽에 오래 된 가족 사진이 붙어 있었다. 사람 손길이 닿지 않은 사진틀 유리에 파리똥과 먼지가 까만 점을 만들었다. 흑백사진은 누렇게 변색되었고 사진 속의 얼굴은 희미했다. 아이들은 어렸고 아버지와 어머니는 지나치게 근엄한 얼굴이었다. 가족 사진 속의 브모 모습이 모두 닮아 보이는 것은 웃음기를 찾아 볼 수 없는 근엄한 얼굴 표정 때문이라고 사내는 생각했다. 사내는 마루에 등을 붙이고 누워 박 반장의 가족 사진을 거꾸로 바라보았다. 스산한 바람이 등짝을 서늘하다 못해 춥게 하는 걸 느끼며 잠이 들었다.

    사내가 잠에서 깨어났을 때 맞은 편 골짜기가 그림자를 길게 늘이며 어둠속으로 잦아들 채비를 하고 있었다. 오랜만에 맛본 꿈 없는 맑고 서늘한 잠이었다. 사내는 기지개를 켜고 하품을 했다.

    산그늘이 덮이는 밭에서 일하는 사람들의 손끝이 빨라지는 시간이었다. 멀지 않아 그들은 고단한 몸을 끌고 돌아와 마을 깊숙이 싸고도는 정적을 흔들며 하루를 마감할 것이었다.

사내는 머리를 흔들어 잠의 여운을 털어 내며 마당을 한 바퀴 돌았다. 마당으로 기어든 그림자는 더욱 길어졌고 맞은 편 폐교를 안고 있는 골짜기 속으로 서늘한 어둠이 빠르게 잦아들었다.

박 반장네 집 대문을 빠져 나오던 사내는 갑자기 걸음을 멈추었다. 폐교 운동장 안으로 들어서는 승용차를 보았다. 검은색 승용차는 관사로 올라가는 길 앞에 멈추었다. 문이 열리고 다섯 명의 검은 양복이 내렸다. 둘이 관사를 향해 빠르게 걸어가고 나머지는 승용차 주변에서 담배를 피우거나 오줌을 뿌렸다.

사내는 자신도 모르게 주춤주춤 뒷걸음쳐 박 반장네 집 마당에 들어가 몸을 가렸다. 관사로 올라간 검은 양복 둘이 급한 걸음으로 승용차 쪽으로 내려왔다. 승용차 앞에서 뚱뚱하고 키가 큰 검은 양복이 손으로 폐교 주변을 가리켰다. 검은 양복이 사방으로 흩어졌고 사내는 대문 안으로 몸을 웅크렸다.

회사 문을 닫던 날 사내는 신도시 호숫가의 조그마한 선술집에 앉아 소주를 마셨다. 노인 부부가 하는 술집인데 밤에 호숫가로 운동을 나온 길에 가끔 아내와 마주 앉아 맥주나 소주를 나눠 마셨던 집이었다. 안노인이 아내의 안부를 물어 사내는 어색한 웃음으로 대신했다. 바깥노인이 조는 것을 보며 사내는 자리에서 일어났다. 호숫가 벤치에 한참 동안 앉아 폐업의 아픔을 곱씹은 사내가 아파트 초인종을 누른 것은 밤이 꽤 깊어서였다.

아내는 인기척이 없었다. 몇 번이고 초인종을 눌렀지만 문을 열어주지 않았다. 그날 이후 아내는 외출 하는 일이 없었다. 낮이나 밤이나 아파트 문을 잠그고 보조 장치 잠금까지 단단히 확인한 후에 사내가 돌아 올 때 까지 거실에 앉아 드라마를 보거나 퍼즐을 맞추었다.

사내는 지갑 깊숙이 넣어두었던 보조키를 꺼내 문을 열었다. 아파트 안은 깜깜했다. 문이 열리고 닫히는 순간 잠깐 빛난 샌스등은 어둠속에 잠겼다. 사내는 갈증을 느끼며 손을 더듬어 전등 스위치를 찾았다.

눈앞이 환해지며 거실 가운데에 수북이 쌓인 마른 빨래가 보였다. 그 옆에 가지런히 접은 빨래가 포개어져 있고 아내의 모습은 보이지 않았다. 사내는 닫힌 안방 문을 열어 볼까 하다 갈증이 너무 심해 냉장고 쪽으로 몸을 돌렸다.

심상하게 바라보던 아파트 베란다가 눈에 확 들어 온 것은 아내가 즐겨 입는 남색 추리닝 바지가 건조대에 걸려 있기 때문이었다. 사내는 무슨 일인가 하고 눈을 크게 뜨고 바라보았다. 아내가 탈수 된 빨래처럼 걸려 있었고 사내는 베란다를 향해 몸을 날렸다.

아내의 시체가 구급차에 실려 병원으로 옮겨지는 동안

사내는 두려움과 힘겨운 사투를 벌였다. 웅성거리며 모여든 사람들 속에서 붉은 색 스프레이를 손에 든 한 무리의 검은 양복을 본 것도 같았다. 아내의 몸이 영안실에 들어가는 순간까지도 사내는 두려움에 떨었다. 몸을 숨기고 싶었다. 붉은 욕설과 붉은 경고가 없으면 어느 곳이든 상관없었다.

골짜기 깊숙한 곳에서부터 흘러내리던 어두운 기운이 갑자기 멈춘 듯이 느리게 진행되었다. 밝음은 영원할 것처럼 눈앞을 떠나지 않았다. 박 반장집 마당 구석에서 사내는 어서 어둠이 와 몸을 가려주길 바랬다. 다행히 어둠은 대지를 착실하게 덮었고 검은 양복들은 승용차를 타고 떠났다. 화가 난 그들은 운동장을 빠져 나가면서 경적을 울리고 전조등을 번쩍이고 비상등을 깜박였다.

사내는 승용차가 국도를 완전히 빠져 나간 후에도 몸을 움직이지 못했다. 한참이 지나 사내는 박 반장네 집을 빠져나와 폐교를 향해 걸었다. 짙은 어둠이 앞을 막지만 어둠이 안온했다. 길 옆 도랑을 따라 흐르는 물소리가 무겁게 들렸다.

밭에서 돌아온 유씨가 대문 옆 수돗가에서 씻고 있었다.

"조금 전에 누가 왔던 모양이던데."

"예."

유씨가 사내를 붙잡고 집안으로 들어가 술잔을 건넸다.

"박 반장네 집에 가 보았습니다."

"어떻든가?"

"아무것도, 아무것도 남은 게 없더군요."

"그럴 줄 알았네. 작정을 한 게지. 어쩌면 그게 나은 건지도 모르지."

유씨는 담담하게 말했다. 거푸 마신 술이 사내의 의식을 저릿하게 조여 왔다. 사내가 회사 운전자금을 대출 받으며 담보로 잡힌 아파트는 곧 은행 소유가 되었다. 사내는 살림살이를 모두 처분하고 아파트를 비웠다. 그때의 빈 아파트 모습과 박 반장의 집 모습이 다를 바 없었다.

"웬만하면 여기서 자고 내일 밝아서 올라가게."

유씨가 사려 깊은 목소리로 말했지만 사내는 도리질을 치며 일어섰다. 사내의 상반신이 비틀거렸다. 유씨가 대문 앞 전등불을 밝혔다.

"불 켜지 마세요."

사내는 버럭 소리를 질렀다. 반짝 눈앞을 밝힌 불빛이 등 뒤편으로 사라지고 캄캄한 어둠이 다시 눈앞에 나타났다. 논에서 개구리가 시끄럽게 울었다. 내일은 하루 종일 비가 올 것이라는 라디오 일기예보가 생각났다.

사내는 비가 오는 내일 유씨는 모처럼 구두를 신고 아침 9시 30분 버스를 타고 시내에 나가 이발소에서 이발을 하고 약속이나 한 듯이 하나 둘 그곳에 모인 동네 사람들과 함께 근처 국밥집이나 칼국수 집에 앉아 소주 한잔 곁들인 점심을 먹고 집에서 기다리는 아주머니 몫의 닭 한 마리를 튀겨 들고 오후 3시 차를 타고 집으로 돌아오겠지 하는 생각이 들었다.

사내는 유씨가 누리는 턱없이 단순하고 말없이 평범한 일상 속으로 자신이 돌아갈 수 없다는 것을 알고 있었다.

아내의 유골함을 챙긴 사내는 아파트를 비우기 위해 짐을 정리했다. 아이가 없는 집의 짐은 단출했다. 검소한 아내는 물건 사는 것을 좋아하지 않았고 사내 역시 마찬가지였다. 아내가 입던 옷과 사용하던 물건은 화장을 하며 모두 태웠다.

짐을 정리하고 일어서니 아내에 관한 것이 아무것도 없었다. 추억이 아니라 15여 년을 함께 했던 내밀한 무엇을 구체적으로 가지고 싶었지만 없었다.

쓸쓸한 기분으로 아파트를 나서는 데 비스듬히 열린 출입문 뒤쪽에 놓인 것이 눈에 들어왔다. "남들도 다 그렇게 하던걸요. 뭘."하며 아내가 가방에서 꺼내놓던 붉은 스프레이와 흰 장갑이었다.

들고 있던 가방에 붉은 스프레이와 흰 장갑을 넣고 7년 동안 살던 아파트를 나온 사내는 철물점에 들러 붉은색 스프레이 한 묶음 열개를 구입했다.

사내는 차를 타고 아파트 주위와 아내와 함께 산책을 하던 호숫가를 몇 번이나 돌았다. 퇴근 무렵이 되어서 정신없이 자유로를 달렸다. 정신을 차리고 보니 사내의 차는 10여 년 동안 물건을 납품하던 공장 앞에 와 있었다.

사내는 차 안에 앉아 밤이 깊어지도록 기다렸다. 직원들이 퇴근을 하고 환하던 공장안의 불빛이 하나둘씩 사라지기 시작했다. 사내는 간단히 공장의 정문을 통과해 들어갔다. 사내는 누구보다 공장 지리에 익숙했다.

사내는 아내가 사용 한 흰 장갑을 꼈다. 손이 아프도록 작았지만 굳이 그 장갑을 끼고 붉은 스프레이 뚜껑을 열고 공장 벽과 출입문에 뿌리기 시작했다.

사내는 붉은 색 스프레이에 욕설을 얹어 분사했다. '반드시 응징한다!'는 섬뜩한 말부터 '개새끼들' 같은 육두문자를 거침없이 뿌렸다. 아파트 벽과 문을 도배했던 붉은 증오를 홍건한 핏자국으로 고스란히 돌려주었다.

아내는 남들도 하는 것을 했을 뿐이었다. 아내는 그것이 어떤 것인지 알지 못한 채 장난삼아 허공에 붉은 스프레이를 뿌렸을 것이다. 하지만 아내는 실체를 알 수 없는 붉은 공포 앞에 절망해 스스로 목숨을 거둬버렸다. 아내 장례에 참석하기 위해 장례식장으로 오던 장인과 장모는 한강에 차가 곤두박질쳐 함께 죽었다. 사내는 부모가 일찍 죽었고 형제가 없었다. 세상에서 혼자되는 것은 생각처럼 그렇게 어려운 일이 아니었다.

혼자 된 절망을 잊으려는 사내는 열 개의 붉은색 스프레이를 공장 구석구석에 뿌리고 다녔다. 사내는 '반드시 나를 찾아오라'는 치기덩어리 글을 끝으로 열 개째 스프레이 통을 허공에 던지고 공장을 나왔다.

차를 몰고 가던 사내는 문을 닫는 문방구에 뛰어가 빈 상자를 샀다. 상자 속에 붉은 스프레이가 피처럼 묻은 흰 장갑과 아내가 사용한 붉은 스프레이를 넣고 뚜껑을 닫았다. 사내는 상자를 아내 유골함이 들어 있는 가방에 함께 넣었다. 아내의 유일한 유품이었다.

사내는 무작정 차를 몰았다. 목적지도 없고 목적도 없었다. 흰 보자기 속의 유골이 마음에 걸렸지만 아무 곳에나 뿌리고 싶지 않았다. 며칠 동안 떠돌다 골짜기에 둘러싸인 폐교를 발견했다.

담 한쪽이 무너진 폐교 대문을 지나 운동장으로 들어선 사내의 걸음이 자꾸 비틀거렸다. 취기 같은 슬픔이 발을 걸었다.

어둠 속에 서 있는 교실의 열린 창문 속 어둠이 너무 깊어 속을 알 수 없었다. 사내는 그 속으로 몸을 던지고 싶었다. 검고 깊은 구멍이 사내를 자꾸 불렀다.

사내는 검은 구멍을 한참동안 바라보았다. 운동장에 바람 한 점 지나지 않았다. 사내 등을 타고 흘러내리는 것은 땀이 아니었다. 땀 같은 슬픔덩어리였다. 사내는 계단을 올라가 창문을 탁탁 소리나게 닫으며 지나갔다. 창문이 닫히자 검은 구멍은 사라졌다.

교실의 창문을 모두 닫은 사내는 관사로 걸어갔다. 관사 어둠에는 이상하게 붉은 기운이 서려 있었다. 사내가 부엌 문 앞에 달린 전등스위치를 올리자 주위가 밝아지는 동시에 온통 붉었다.

부엌문에 붉은 페인트를 통째로 쏟아 부은 것처럼 붉은 선혈이 낭자했다. 관사에 문이 하나밖에 없는 것이 다행이었다. '반드시 죽여 버리겠다'는 글자가 피를 뚝뚝 흘리고 있었다. 사내는 붉은 피투성이 글자를 외면하고 방안에 들어갔다.

덮고 자는 이불과 책상겸용으로 사용하는 밥상이 전부인 방이었다. 방문이 열려 있었는데도 그들이 방안에 들어 온 흔적은 보이지 않았다. 사내는 벽에 기대 놓은 배낭을 등에 메고 방을 나오며 전등을 껐다. 피투성이 글이 딸깍 사라졌다.

관사를 빠져 나온 사내는 운동장을 가로 질러 걸었다. 산에서 밤 뻐꾸기가 울고 어둠속에서 딱따구리가 부리로 나무를 쪼는 소리가 들렸다.

사내는 운동장 가장자리 느티나무 밑에 서 있는 자동차가 이상하다는 것을 느꼈다. 은회색 자동차가 붉은 색으로 도색을 마친 상태였다. 사내 입에서 붉은 웃음이 흘러 나왔다. 사내는 자동차에 앉아 라디오를 켜고 늘 듣던 주파수에서 흘러나오는 음악을 들었다.

사내는 마루 밑에 가기 전이면 이렇게 자동차에 앉아 음악을 듣곤 했다. 붉은 도색을 한 자동차 안에서 듣는 음악소리는 온통 붉었다. 두꺼운 구름을 밀고 나타난 달빛도 붉었다. 라디오를 끄고 자동차 밖으로 나온 사내는 자동차 키를 풀숲으로 던져버렸다.

운동장을 건너 교실로 올라온 사내는 마루 밑으로 내려갔다. 마루 밑의 붉지 않은 어둠은 더 이상 친숙하지 않았다. 사내는 배낭을 벗어 놓고 다리를 펴고 누웠지만 다리가 자동 스프링이 달린 것처럼 가슴 앞으로 오그라들었다.

사내는 배낭 속에서 흰 보자기에 싸인 상자를 끄집어냈다. 어둠속이지만 사내의 행동은 밝은 빛 속에 있는 것처럼 능숙했다. 사내는 상자 속에서 아내의 유품 상자를 꺼내 보았다.

"당신 때문이야. 당신이 일을 이렇게 만든 거야."

사내는 이 말 때문에 견딜 수 없었다. 순식간에 불행의 원인이 되고 결과가 된 아내의 마음은 어떠했을까? 사내는 자신이 뱉었던 이 말을 정작 본인은 기억하지 못하고 있었다.

스스로 목숨을 끊기 전날 아내는 사내에게 전화를 해 일찍 들어오라고 했다. 오랜만에 사내와 아내는 식탁에 마주 앉았다. 식탁에는 포도주 한 병과 케이크가 놓여있었다. 사내의 생일이었다. 마흔 다섯 살 사내는 힘겹게 45개의 촛불을 껐다. 사내의 모습을 안타깝게 바라보던 아내가 포드주를 따라주며 말했다.

"미안해요, 모든 게 저 때문이에요."

사내는 아니라고 그게 아니라고 말했다. 진심이었다. 아내는 아무런 잘못이 없었다. 하지만 당신만 곁에 있으면 된다는 말을 하지 못했고, 당신 잘못이 아니라는 말을 힘주어 하지 못했다.

사내는 붉은 스프레이가 묻은 흰 장갑 속에 얼굴을 묻었다. 마루 밑 환기통으로 갑자기 환한 불빛이 새어 들었다. 순식간에 운동장이 환하게 밝았다. 자동차가 운동장으로 빠르게 올라오는 소리가 헐떡거렸다.

소리에 귀를 기울이고 불빛에 시선을 두고 있던 사내는 가방 속에 든 아내의 유골함을 끄집어냈다. 교실 복도를 걸어오는 어지럽고 거친 발자국소리를 들으며 사내는 천천히 아내의 하얀 유골을 마루 밑에 뿌리기 시작했다.

산에서 밤 뻐꾸기가 울고 어둠속에서 딱따구리가 부리로 나무를 쪼는 소리가 들렸다.

저녁과 초저녁 사이

저녁과 초저녁 사이

    구름 한 점 없이 맑고 푸른 가을 하늘이 정오를 넘어서기만 하면, 서편 하늘로부터 거뭇거뭇 생기기 시작한 검은 구름에 조용히 잠기다가 저녁만 되면 기어이 자욱한 비를 뿌리는 날이 며칠 째 계속 이어지고 있었다.

    "낮에 웬 까치가 운담."

    싱크대 앞에 붙어 서서 설거지를 하던 수연이 베란다 쪽을 바라보며 중얼거렸다. 거실에서 신문을 뒤적이던 욱은 벌써부터 그 소리를 듣고 있던 터였다. 오랜만에 들어보는 까치 울음이었다.

    "엄마, 까치 울면 반가운 손님 온데"

    식탁에 앉아 가위를 들고 색종이를 오려 붙이던 아이가

고개를 들며 말했다.

"반가운 손님이 누가……"

수연이 말끝을 흐리자 아이는 발딱 일어나 베란다 밖으로 고개를 내밀었다. 욱은 그 모습을 물끄러미 바라보았고 수연은 쏟아지는 수돗물에 눈길을 두었다. 침묵이 흘렀다. 동그랗게 구부린 아이의 등에 초가을 여문 햇살이 하얗게 박혔다.

베란다 난간에 기대고 있던 아이가 현관 앞에 가서 신발을 찾아 신었다.

"어데 가려고?"

수연이 수도꼭지를 잠그며 물었다.

"반가운 손님 오는가 보려고."

아이가 욱을 힐끔 쳐다보며 대답했다.

"쟤는……."

수연이 젖은 손을 앞치마에 닦으며 가볍게 눈을 흘겼지만 아이는 아랑곳 없이 문을 열고 나갔다. 또 침묵이 흘렀다. FM라디오에서 흘러나오는 클래식 선율이 거실바닥에 맴돌았다.

수연이 욕실에서 빨랫감을 안고 나오고 욱은 다시 신문에 눈을 돌렸다. 세탁기를 돌린 수연이 욱의 옆에 와 무릎을 세우고 앉았다. 밝은 햇살 밑에서 보는 수연은 일주일 전보다 많이 수척해 보였다.

"아팠어?"

"아뇨."

수연이 싱그레 웃었다.

"거품이 빠진데."

욱은 신문을 놓고 수연을 바라보았다. 둘의 대화는 이렇게 시작되기 일쑤였다.

"거품이라뇨?"

"위기가 오면 경제에 거품이 빠지듯이 가정에도 거품이 빠진다네."

수연이 귀밑머리를 쓸어 올리며 말했다.

"그럼 우리도 거품 빠진 쪽이네."

욱과 수연 둘의 현실을 빗대는 말투였다.

"경제 위기가 어디 한 두 번이야. 그럴 때마다 거품이 빠지면 살아남을 가족이 몇이나 되려고."

무슨 큰 위안이나 되는 듯이 욱은 다소 큰 소리로 지껄였다. 수연도 '그런가?'하며 나지막하게 내뱉으며 따라 웃었다. 그때 바깥에 나갔던 아이가 현관문을 열고 들어 와 수연의 치마폭에 매달리며 울먹거렸다.

"엄마, 반가운 손님이 왜 안 올까?"

"괜한 기대 말고 숙제하던가, 책 읽어."

수연이 가벼운 책망을 섞자 아이가 새침하게 되쏘았다.

"반가운 손님 있어"

"누구?"

수연의 다그침에 아이가 또 욱을 쳐다보았다. 욱은 아이의 시선을 외면했다. 아이는 대답 대신 신발장에서 롤러스케이트를 꺼내 신고 밖으로 나갔다.

"기집애두."

수연이 아이의 뒤통수에 지청구를 보냈고 욱은 신문을 다시 집어 들었다. 수연은 소파에 털썩 주저앉으며 무릎사이에 얼굴을 묻었다. 머리카락 사이로 흰 목덜미가 드러났다. 수연은 아이 때문에 문득문득 지금처럼 난감해 했다. 욱은 수연의 하얀 목덜미를 오랫동안 바라보았다. 한참 후에 수연이 거실 바닥으로 내려앉으며 물었다.

"어떻게 한데요?"

"무얼?"

욱은 갑작스러운 물음에 고개를 들어 수연을 바라보았다.

"아이 참. 거품 빠진 가정의 애들?"

수연은 목소리에 괜한 짜증을 얹었다.

"글쎄……."

말끝을 흐리는 욱을 보며 수연은 별다른 반응을 보이지 않고 가만히 있었다. 한동안 어색한 침묵이 흘렀다. 그때 또 현관 출입문이 열리며 아이의 목소리가 들렸다.

"엄마! 반가운 손님 언제 와?"

"조용히 못해. 너 자꾸 왜 이래?"

아이를 노려보는 수연의 얼굴이 딱딱하게 굳었다.

"아냐, 아니라고."

얼굴이 발갛게 달아오른 아이가 수연의 품으로 달려들었다. 수연은 두 팔을 엉거주춤하게 벌린 자세로 아이를 감당했다.

"딩동"

갑자기 현관 벨이 울렸다. 순간 콘크리트벽 같이 딱딱한 침묵이 거실을 감쌌고, 아이가 내뱉는 거친 숨소리만 다급하게 들렸다. 욱과 수연 그리고 아이는 굳은 채 서로의 얼굴만 슬쩍슬쩍 훔쳐보았다.

'딩동'하고 초인종이 또 한 번 목을 비틀었다. 아이가 재빨리 뛰어가 인터폰을 집어 들었다.

"누구세요?"

아이의 목소리가 지나치게 컸다.

"요구르트 아줌마야. 엄마 계시니?"

아이가 문을 여는 동안 수연과 욱은 묘한 안도감으로 가슴을 쓸어내리며 급히 서로의 눈을 찾았다. 아이는 풀이 죽은 모습으로 제 방으로 들어갔다. 계산을 끝낸 요구르트 아줌마가 돌아가자 욱은 손등이 붉어지는 묘한 부끄러움 때문에 수연의 눈길을 외면했다.

수연이 탈수가 끝난 세탁물을 꺼내 탈탈 털고 있는 사이에 쫓기 듯이 서재에 들어간 욱은 손에 집히는 데로 책을 꺼냈다가 다시 꽂아 두곤 했다.

욱은 조금 전의 안도감과 손등이 붉어진 부끄러움에 관해 생각해 보았다. 언제까지 이렇게 서 있어야 하는가 싶었다. 욱은 한참 후에야 다시 베란다로 나갔다. 베란다에는 햇살이 충만했다. 수연이 오며 가며 사 모은 조그마한 황토 화분 위에, 꽃망울을 막 터뜨리는 노란 국화 꽃잎 위에, 밝고 흰 햇살이 눈부시게 반짝이고 있었다. 욱이 이렇게 베란다에서 바라 본 계절의 풍경이 여러 번 바뀌었다.

작년 가을, 거리가 짙은 노란색 단풍잎으로 물든 어느 날 욱은 수연을 다시 만났다. 수연은 공업전문대학교의 좁은 운동장이 내려다보이는 17평 아파트에서 딸과 둘이 살고 있었다.

초보 학습지 교사인 수연은 저녁 8시가 넘어서야 집으로 왔고 그때서야 아파트 베란다에 불이 들어왔다. 욱이 불 꺼진 아파트 베란다를 안타까운 마음으로 올려다보는 사이 은행잎은 자취를 감추었고 가을 역시 종적을 감추었다.

지독히 춥고 강한 바람이 가로수 가지를 뚝뚝 부러뜨리던 겨울 밤, 아파트 근처 찻집에서 만나 차를 마시고 돌아가려는 욱의 손을 수연이 놓치 않았다.

지금은 올망졸망한 화분들로 가득 하지만 그 겨울 베란다에는 토끼가 살았다. 흰 토끼는 커다란 귀를 곧추 세우고 낯선 이방인을 두려운 눈길로 쏘아보았다. 초등학교에 막 들어간 수연의 딸 역시 토끼 같은 눈빛으로 욱을 바라보았다.

그 토끼 털빛같이 희고 고운 눈이 쌓인 새벽길을 서 너 번 걸어가는 사이 연둣빛 봄이 왔고, 수연과 욱은 베란다를 통해 불어오는 시원한 바람 앞에 마주 앉아 차가운 캔 맥주를 마시며 그사이 부쩍 자라 냄새가 심한 토끼를 어떻게 처분할까 공모하며 여름을 보냈다. 결국 토끼는 수연의 오빠 집으로 보내 버리고 베란다를 청소하고 화분을 하나 둘 모으는 사이 가을이 노란 국화 꽃잎과 함께 눈앞에 와 있었다.

그동안 욱과 수연은 가끔 미래를 이야기하곤 했다. 시골로 가야겠다고 작정하기도 했고, 둘이서 함께 내일 당장 장사를 시작 해 볼까 하면서도 정작 아무것도 하지 않았다. 기다리다 보면 무엇인가가 저절로 와 줄 것 같이 막연히 앉아 있었다.

그 막연함 속에서도 유일하게 선명한 것은 주말이면 욱이 수연의 아파트를 찾는다는 사실이었다. 냉철하면서도 냉정하지 못한 수연과 냉정한 구석이 있으면서도 냉철하지 못한 욱의 성격이 둘의 관계를 전부이면서도 때론 전혀 상관없는 타인처럼 만들기도 했다.

"무얼 할까요?"

빨래 손질을 끝낸 수연이 욱의 옆으로 다가와 앉으며 물었다. 욱은 고요한 정적이 싫지 않았다.

"글쎄······"

수연 역시 이 시간이 싫지 않은 기색이면서도 한편으로는 침묵이 부담스러운 모양이었다.

"책 볼까요?"

욱은 고개를 저었다.

"그럼 영화 볼까요?"

어젯밤 아이가 잠 든 후 욱과 수연은 밤 거리를 산책했다. 공업전문대학교 대문 앞 도로 건너편 포장마차에 마주 앉아 말갛게 흔들리는 소주 한 병을 시켜 둘이서 나눠 마시고 아파트로 돌아오다 늦도록 불이 환한 비디오 가게를 지났다. 수연이 충동적으로 빌린 비디오테이프가 텔레비전 위에 그대로 놓여 있었다.

욱은 또 고개를 저었고 수연은 피식피식 웃었다.

"술 마실까요?"

이번에는 욱이 웃으며 고개를 저었고 수연은 작심 한 사람처럼 자꾸 다그쳤다.

"아이랑 체스 둘래요?"

"체스?"

"쇼핑 같다가 샀어요. 밤에 심심해서, 아이랑 마주 앉아 민화투를 칠 수 없는 노릇이고······"

수연은 변명처럼 말하며 체스 판을 욱 앞에 놓았다. 욱이 체스판위에 체스를 놓는 사이 수연은 굳게 닫힌 아이의 방

문을 열고 들어갔지만 쉽게 나오지 않았다. 욱은 팔짱을 끼고 앉아 기다렸다.

아파트 4층인데도 길을 지나다니는 사람들의 신발 끄는 소리까지 낭랑하게 들려왔고 머리 위로는 굉음을 내지르는 비행기가 어지럽게 지나다녔다. 주말이라 더욱 심한 모양이었다. 이곳에 이사 와서 비행기 소음에 적응이 되지 않아 수연은 한동안 베란다 문을 닫고 여름을 보냈다. 하늘의 비행기는 사라졌다가 다시 나타나기를 지루하게 반복했다. 욱은 얼굴을 찡그리며 베란다 밖의 해를 바라보았다. 입추를 지나며 하늘은 온통 파랗게 물들었지만 여전히 무더웠다.

입을 빼물고 나온 아이와 마주 앉았지만 체스는 싱겁게 끝나 버렸다.

"좀 져 주지 그랬어요. 애처럼."

발끈해서 제방으로 들어가는 아이의 등과 욱의 얼굴을 번갈아 쳐다보며 수연이 곤혹스러운 표정을 지었다. 욱은 실기죽 웃으며 거실에 다리를 뻗고 누웠다. 팔베개를 하고 올려다 본 하늘에 가무스름한 구름이 생겨났다.

올 여름에는 비가 자주 내렸다. 오전에 멀쩡하던 햇살은 오후가 되면 이상하리만큼 맥을 못 추며 사라지고 빗방울이 떨어지곤 했다.

거실이 갑자기 어두워졌고 수연이 욱 옆에 따라 누웠다. 욱이 밑으로 팔을 넣자 수연이 가만히 머리를 들었다.

"괜찮아요?"

"뭐가?"

"그냥, 이것저것."

"그렇지 뭐."

욱과 수연의 대화에는 특별한 화젯거리가 없었다.

"며칠 전에 피아노 조율사가 왔다 갔거든요."

"그런데?"

"참 안 됐더라."

"뭐가?"

"오십대 중반의 늙은 조율사 아저씨인데 처음에 음악 공부를 했대요. 그런데 집이 가난해서 그만두고 조율사가 되었대요. 황혼인데 아직도 가난한가 봐."

수연이 가볍게 한숨을 쉬었다.

"사는 게 그렇지 뭐."

늘 이런 식의 대화가 대부분이었다. 특별히 시사적인 것도, 달콤한 이야기를 주고받지도 않았다. 둘은 아직 그럴 만큼 나이를 먹은 것도 아니면서 이미 그 과정을 다 거친 사람들처럼 느껴졌다.

조용히 늙어 가는 지극히 통속적인 부부가 습관적으로 관계를 유지하는 것처럼 보이기도 했다. 둘은 무엇인가를 기다리는 것처럼 초조해하면서도 누구라도 먼저 그것을 입에 올리기 꺼려했다.

어제 밤에도 그랬다. 수연은 저녁을 먹지 않고 욱을 기다리고 있었다. 해물 탕을 올려놓은 식탁에 소주병이 나란히 있었다. 수연은 냉장고에 소주를 넣어두고 습관처럼 꺼내 마셨다. 욱은 소주가 정다우면서도 쓸쓸했다.

욱과 수연이 잠자리에 들었을 때는 자정이 지나 있었다. 수연은 쉽게 잠을 이루지 못하고 여러 번 뒤척였고 그때마다 어깨를 덮고 있던 이불이 흘러 내렸다. 욱도 마찬가지였다. 편편찮은 무엇이 잠을 방해했다. 상당한 시간이 흘렀지만 베개를 나란히 하고 누우면 여전히 서걱서걱 한 모래가 목덜미에 달라붙었다.

거실의 벽시계가 새벽 2시를 알렸다. 그 소리에 몸을 뒤척이던 수연이 숨소리까지 억제하자 욱은 더욱 잠이 올 것 같지 않았다. 나가서 담배를 피우고 올까 하는데 수연의 목소리가 나지막하게 들렸다.

"시간…… 시간이, 더 필요할 것 같아요."

욱은 마른침을 삼키며 다음 말을 기다렸지만 수연은 끝내 입을 열지 않았다. 수연의 얼굴에서는 체념과 인내가 끊임없이 교차하면서도 희망의 그림자는 보이지 않았다. 수연의 얼굴이 창으로 흘러드는 희미한 달빛아래서 음울하게 가라앉아 있었다.

수연은 자신의 과거에 대해 이야기 하지 않았고 욱 역시 마찬가지였다. 둘은 마주보고 앉아 있지만 각자 만들어 놓은 과거의 어둡고 큰 구멍 속에 빠져들기 일쑤였다. 그러면서도 서로를 간절히 의지했다. 그래서 그때마다 욱은 수연에게

"할 수 없지."

라고 했다. 그러면 수연은 또 욱에게

"그래요, 할 수 없어요."

라고 했다. 어젯밤에도 이야기가 그렇게 끝났다. 과거와 미래는 욱과 수연에게 늘 평행선이었다.

"태백산 솔바람 기억나요?"

아이는 잠이 들었는지 제 방에서 꼼짝 않았고, 일요일 오후의 권태가 나른하게 온몸으로 감싸는데 느닷없이 서늘한 바람이 밀려왔다. 바람은 아파트 구석구석 남아 있는 무더위 찌꺼기를 단번에 씻어 버릴 정도로 강했다. 수연은 시원한 바람이 반가운 듯이 반색하며 물었다.

욱은 천천히 고개를 끄덕였다. 2박 3일의 여행이었다. 정선 아우라지를 따라 간 발길은 어린 단종이 갇혀 밤마다 울부짖던 청령포를 지나 태백산 정음사에 이르러 멈추었다.

욱과 수연은 여행기간 내내 불안하고 절박했다. 욱이 집에 전화를 걸면 수연이 못마땅해 했고 수연이 집에 전화를 하면 욱이 화를 냈다. 지치고 힘들었다.

태백산 중턱에 앉아 고단한 다리를 달래는데 나무 잎 하

나 흔들리는 것을 용납하지 않을 것처럼 고요하던 주위가 갑자기 수런수런하더니 이내 곧게 뻗은 아름드리 소나무 사이로 시원한 바람이 폭포수처럼 쏟아져 내렸다.

"아……"

욱의 어깨에 얼굴을 얹고 있던 수연이 탄식인지, 감탄인지, 후회인지 모를 요령부득의 한숨을 흘리며 천천히 고개를 들었다. 말할 수 없이 서늘하고 쇄락한 바람이었지만 욱과 수연은 도리어 비감해져 사방이 캄캄한 어둠에 잠길 때까지 자리에서 움직일 수 없었다.

욱은 가볍게 한숨을 내쉬었다.

"무슨 생각해요?"

수연도 가벼운 한숨을 내 쉬며 물었다.

"아무것도……"

욱은 그날 태백산 솔바람 속에 앉아 수연에 대해 생각 했다. 수연과 처음 만나 한 이야기를 골몰히 되짚어 보았다. 욱이 수연에게 던졌던 첫마디는 흔한 인사치레였다. 길에서 모르는 사람을 만나도 그 정도 이야기는 얼마든지 할 수 있었다. 욱이 수연을 만난 곳은 사람들이 자유롭게 들락거리는 동호인 모임이었다.

수연과 처음 만나던 무렵의 대화를 하나하나 떠올리던 욱은 흠칫 몸을 떨었다. 놀랍게도 그 하나하나가 어떤 색깔도 지니지 않은 매우 담백한 것이었다. 그리고 투명했다. 욱은 그 담백했던 몇 마디가 미래를 이렇게 짙게 물들인 힘이 무엇인지 불가사의했다.

욱은 서늘하고 차가운 태백산 솔바람 밑에 앉아 그 힘이 무엇인가를 골똘히 생각해 보았지만 도무지 알 수 없는 어떤 것이었다. 수연은 종종 시간이 태백산에서 멈추어 욱과 수연이 그대로 화석이 되어 버렸으면 지금의 고통은 없었을 것이라고 했다.

여행에서 돌아오자 욱의 주변은 누구나 할 것 없이 의혹의 눈초리였다. 욱은 양심의 가책을 느끼기 전에 망연히 이게 확실한가를 의심했다. 욱의 눈에는 이미 결혼을 해 아내와 남편을 둔 자신과 수연이 부도덕한 남녀로 비추기 전에 불합리한 남녀로 비쳐졌다. 죄책감도 변명도 필요 없었다.

"꽝. 꽝. 꽝, 계세요."

갑작스런 노크소리에 욱이 눈을 떴고 수연은 화들짝 놀라며 몸을 일으켰다. 초인종이 있는데도 불구하고 문을 두드리는 기세가 사뭇 드세었다. 기척이 없던 아이가 어느새 현관문 앞에 서 있었다.

"누구세요?"

아이의 목소리에는 반가운 손님에 대한 설렘과 기대가 여전했다.

"통장 아줌마다. 엄마 있어?"

현관문으로 가는 수연을 보며 욱은 침실로 들어왔다. 아이가 욱의 뒷모습을 말끄러미 바라보았다. 침대에 수연이 읽다가 만 책이 놓여있었다. 꿈에 관한 책이었다. 수연은 이 곳으로 이사 한 후부터 매일 꿈을 꾼다고 했다.

아이가 욱이 있는 방안으로 고개를 쑥 드밀었다가 사라졌다. 우렁우렁한 통장 여자의 목소리는 쉽게 잦아들 기세가 아니었다. 간혹 드물게 수연을 찾아오는 손님이 있으면 욱은 지금처럼 침실에 들어와 버렸다. 꽤 오랜 시간이 지나서야 통장 여자가 돌아가는 기척이 들렸다. 집안은 다시 조용했다.

수연이 양손에 커피 잔을 들고 들어왔다.

"벌써 어둡네."

수연이 블라인드를 올리자 실내가 약간 밝아졌다.

"벌금을 내래요."

수연은 조금 어처구니없다는 말투였다.

"벌금?"

"반상회에 계속 빠졌더니……"

"그랬어?"

"통장 아줌마가 굉장히 궁금했던 모양이에요. 집안 구석구석을 마치 제 집처럼 기웃거려요. 기분 나빠서 혼났네."

부모는 물론 친 인척들과도 발을 끊어 버린 수연의 성격으로 충분히 그럴 수 있었다. 욱은 이해를 하면서도 한편으로 짜증이 났다. 아물기 시작한 상처가 갑자기 쿡쿡 쑤셨다. 쑤시면서 화끈화끈 달아올랐다. 상처가 터져 다시 독이 든 바람이 휘몰아치려 했다.

"이웃도 더러 만나고 해야지. 피하면 도리어 말이 많은 법이야."

수연은 잠자코 커피를 마셨다.

"이봐, 이봐."

욱은 수연이 멀리 있는 것처럼 자꾸 불렀다. 수연이 살피듯이 욱을 보았다. 욱은 무슨 말인가를 하고 싶었다. 일부러 모른 척 외면하고 있는 그 무엇을 탁 터트리고 싶었지만 차마 그렇게 하지 못했다.

"커피 한 잔 더 줘."

수연은 욱이 이상하다는 듯이 웃으며 일어섰다. 욱은 그것이 더 괴로웠다. 거실로 나오니 아이가 찡그린 얼굴을 하고 현관과 베란다 사이를 왔다 갔다 하고 있었다. 욱은 자꾸 짜증이 치밀었다.

"나가자."

"어딜?"

수연은 욱에게 행선지를 물으면서 눈길은 아이에게 주었다.

"그냥 아무데나."

"집에 있을래요."

아이의 대답이 비포장도로위의 바퀴처럼 덜컹 튀었고 수

연은 체념한 듯이 소파에 앉았다. 욱은 어찌할 바를 몰라 거실에서 어정쩡하게 서성였다. 간밤에 잠을 설쳐 수면 부족인 듯 머리가 아팠다.

벽에 걸린 검은 색 괘종시계가 종을 다섯 번 쳤다. 그 둔한 소리가 혜성의 긴 꼬리처럼 한참이나 귓전에서 윙하고 맴돌았다. 소리가 너무 쓸쓸했다.

욱은 대범하게 살아야 한다고 생각했다. 주말에만 나타나는 그를 염탐하듯이 비껴 보는 아파트 경비의 눈길도, 수연의 집에서 만나는 낯선 장롱과 소파 같은 살림 도구를 보면서도 평소와 다름없이 행동했다. 상처를 치유하는데 세월만큼 좋은 약이 없다는 말을 태산같이 믿어 볼 작정이었다.

시간이 흐르면서 그 대범함이 자꾸 무너지는 느낌이었다. 겉으로는 태평한 척 했지만 내심 뿌리를 내리지 못하는 표류 상태가 이렇게 오래 된다면 어떻게 해야 좋을지 몰라 불안했다. 이것은 수연에 대한 욱의 마음과는 별개의 것이었다.

초가을 오후가 막바지에 이르고 있었다. 소파에 앉아 있던 수연이 장식장위에 놓인 오디오 앞에 잠시 서 있더니 스님의 법문이 들리기 시작했다. 수연은 매주 스님의 육성 법문을 우편으로 우송 받아 들었다. '금강경'을 풀어 가는 스님의 낭랑한 목소리가 거실을 떠돌았지만 욱은 밖으로 나가고만 싶었다.

"어때요?"

"……"

욱에게 종교란 꽉 잡은 연기가 손을 벌리면 어느새 사라지는 것처럼 덧없었다. 욱은 교회의 의자에도 의지하지 않고, 절 문도 두드리지 않고, 오직 세월의 힘으로 살고 싶었다. 스님의 법문은 계속 되었다. 욱은 그 말을 음미하고 자각할 능력이 없었다. 수연이 욱을 안타까운 듯이 바라보며 법문을 들었다.

욱은 혼자서 문밖으로 나왔다.

상점들이 하나둘 불을 밝히는 시간이었다. 이따금 지나는 도로의 차들도 전조등을 밝히기 시작했다.

저녁과 초저녁 사이 시간이었다.

일요일이라 거리는 한산했다. 아파트 앞 건널목을 건너 길을 따라 걷다 보니 공업전문대학교 후문 앞에 와 있었다. 욱은 희고 낡은 건물이 서 있는 공업전문대학교 운동장안으로 들어갔다. 대학교 운동장이 초등학교 운동장 보다 작아 보였다. 어둠이 촘촘한 그물처럼 깔리는 운동장에 학생 서너 명이 농구를 하고 있었다.

욱의 고향집은 욱이 다니는 초등학교 바로 앞에 있었다. 욱은 학교 운동장을 제 집 마당처럼 들락거리며 놀았다. 어둠이 깔리는 저녁이 오면 친구들이 하나 둘 집으로 돌아가고 욱은 언제나 혼자가 될 때까지 운동장에 남아 학교 뒷산에서 내려온 짙은 어둠이 교실과 운동장 가장자리의 테니스 코트를 점령한 후에야 집으로 돌아갔다.

집을 향해 걸어가면서 욱의 눈은 언제나 굴뚝부터 찾았다. 집의 굴뚝에서 연기가 모락모락 피어오르면 안심이 되고 걸음이 빨라졌지만 그렇지 않으면 발걸음이 무거운 추를 단 것처럼 무거워졌다.

어린 욱에게 저녁과 초저녁 사이의 시간은 안심이 되면서도 긴장이 되는 묘한 시간이었다.

욱은 농구를 하던 학생들이 빠져 나가고 텅 비어 버린 운동장 한 가운데 서 있었다. 서른 중반이 된 지금까지도 욱은 저녁과 초저녁 사이의 이 회색빛 어둠이 두려웠다. 조금 전 수연과 아이 앞에서 짜증을 낸 것도 어쩌면 그래서였는지도 모른다고 생각하자 쓴 웃음이 나왔다.

공업전문대학교 정문 쪽으로 나간 욱은 다시 아파트 쪽으로 방향을 잡으면서 어릴 때 굴뚝을 찾던 것처럼 고개를 들고 주위를 두리번거렸다. 욱의 눈에 들어 온 것은 굴뚝이 아니라 수연과 함께 가끔 들르는 술집이었다.

욱은 시장 귀퉁이의 술집에 들어가 밖이 보이는 창가에 자리를 잡고 앉아 소주와 안주를 시켰다. 창밖에는 시장과 아파트를 구분 짓는 경계선처럼 도로가 주욱 그어져 있고 가운데 건널목에서 녹색 불이 깜빡깜빡 점멸 하는 중이었다.

욱은 소주를 마시며 회색빛 거리를 오랫동안 바라보았다. 회색빛 어둠은 쉽사리 바뀔 생각이 없는 듯 요지부동이었다. 욱은 취한 사람처럼 벽에 머리를 기대고 건널목의 빨간 신호등이 점멸하는 것을 보았다.

검정 머리카락 가운데서 흰 머리카락을 쏙 뽑듯 명확하게 설명 할 수 없는 그 무엇이 건널목의 빨간, 녹색 점멸등이 되어 욱을 자꾸 다그치고 윽박질렀다. 마시는 소주가 자꾸 목에 걸려 욱은 자리에서 일어나 술집을 나왔다.

거리는 시장에서 비치는 불빛으로 환했다. 불빛은 거리를 지나는 사람들의 얼굴 표정을 그대로 비췄다. 모두 평온한 모습이었다.

그 평온한 모습들이 욱을 보며 금방이라도 정색을 하고 '남이 되어라' '남이 되어라' 소리칠 것만 같았다. 욱은 이 마음에서 벗어나려고 빨리 걸었다. 욱은 가슴을 짓누르는 이 압박감에서 벗어 날 수 있는 방법을 생각하며 걸었다. 지금까지와 다른 무엇인가가 필요하다는 생각이 들었다.

고개를 들어보니 수연의 아파트 앞이었다. 거실에 불빛이 환했다. 욱은 묘한 안도감을 느끼며 4층까지 걸어 올라갔다. 아파트 복도를 따라 일정한 규격의 회색 문이 나란히 서 있었다. 욱은 문 앞에 섰지만 선뜻 안으로 발을 들일 수 없었다. 욱은 고개를 숙여 문에 이마를 붙였다. 금속성 차가움이 이마를 쳤다.

오랫동안 이렇게 문밖에서 서성거려야 할 것 같은 예감이 들었다. 욱은 저녁과 초저녁 사이만 되면 문밖에서 발을 동동 굴려야 하는 손님이었다. 들어갈 수 없는 문이라면 여기까지 온 것이 잘못이라는 생각에 뒤를 돌아보았다. 뒤는 더욱 짙은 암울한 어둠이었다. 원래의 자리로 돌아 갈 용기도 없었다.

욱은 다시 앞을 바라보았다. 여전히 회색 문이 가로막고 있었다. 욱은 문을 통해 들어 갈 수 있는 사람이 아니었다. 또 문으로 들어가지 않을 수도 없는 처지였다. 욱은 문 앞에서 저녁과 초저녁의 그 회색빛 시간이 스러져 가는 것을 무작정 기다려야 하는 사람이었다. 한참동안 문에 이마를 붙이고 있던 욱은 힘겹게 초인종을 눌렀다.

노란 앞치마 차림의 수연이 식탁에 저녁을 차리는 중이고, 아이는 텔레비전 코미디 프로에 한껏 빠져 있었다. 소파에 무너지듯이 앉은 욱은 평소와 다름없는 수연과 아이, 거실 풍경을 보며 나만 평소와 다른 모습으로 떠돌았구나 싶어 맥이 빠졌다.

"저녁 먹었는데."

"어디서요?"

"술이 밥이지 뭐."

찌개 냄비를 식탁 위에 내려놓으며 수연은 좀 질렸다는

표정으로 욱을 쳐다보았다.

"그래도 좀 먹어요."

"그럴까?"

저녁을 먹고 나니 9시가 넘었다. 욱은 체스 판을 가운데 두고 아이와 마주 앉았고 수연은 손톱깎이를 들고 옆에 앉았다. 한동안 체스 말을 옮겨 놓는 소리와 손톱 자르는 소리만 거실에 떠돌았다. 거푸 두 판을 이긴 아이가 기분 좋게 샤워를 하고 자러 갔다. 욱은 허리를 쭉 폈다. 거실 바닥에 흩어진 손톱 부스러기를 손바닥으로 쓸며 수연이 말했다.

"아이가 주말이면 당신을 기다려요."

"내가 반가운 손님이란 말이지."

욱은 일부러 목소리를 높였다. 수연이 그런 욱을 슬픈 눈으로 바라보았다.

"그러면서도 쓸쓸한 모양이에요."

"그럴 테지."

욱은 금방 사막을 바라보는 것처럼 쓸쓸해 졌다. 이런 쓸쓸함은 어디에나 늘 있는 것이었다. 그것을 되풀이하게 하는 것은 운명의 힘이었고, 그것을 감당해야 하는 것은 욱의 몫이었다.

"기분 나빠요?"

수연이 욱의 얼굴을 살피며 조심스럽게 물었다.

"아니."

"그럼요?"

"그냥, 그렇지 뭐."

욱은 베란다 밖의 밤하늘을 바라보았다. 희미한 별 하나 보이지 않았다. 욱은 아이에게 반가운 손님이 될 수 없는 존재였다. 그냥 문 밖의 손님일 따름이었다.

욱은 그동안 어떻게 문의 빗장을 열 수 있을까 하고 수도 없이 수단과 방법을 만들어 보았지만 실제로 그것을 열 수 있는 힘은 조금도 만들어지지 않았다. 언제나 굳게 닫긴 문 앞에서 저녁과 초저녁의 경계만 고민하며 서 있을 뿐이었다.

욱은 갑자기 수연을 으스러지게 껴안았다. 너무 쓸쓸하고 외로웠다. 문 앞에서 맴돌던 서늘한 바람이 창문을 덜컹덜컹 흔들더니 연기같은 비가 솟아졌다.

욱은 가스레인지에 올려놓은 물이 몽땅 졸아버릴 때까지도 수연을 놓아주지 않았다. 다시 물을 끓여 커피를 타 가지고 온 수연은 그사이 범상한 모습으로 돌아가 있었다.

"당신, 손톱 그게 뭐예요, 손 내밀어요."

욱은 말 잘 듣는 아이처럼 순순히 손을 내밀었다. 수연이 톡톡 손톱을 잘랐다. 수연은 손톱을 너무 바싹바싹 깎는 버릇이 있었다. 손톱과 수연의 하얀 목덜미를 번갈아 쳐다보던 욱이 조용히 입을 열었다.

"운명 말이야."

"운명?"

고개를 숙인 수연이 눈앞에 흘러내린 머리를 쓸어 올리며 무심히 대꾸했다. 욱은 잠시 사이를 두었다가 또 입을 열었다.

"사랑 말이야."

"사랑?"

욱의 손가락을 잡은 수연의 손이 흠칫 했다.

"어느 쪽이 강할까?"

"글쎄."

수연은 대답을 못하고 귀밑머리를 자꾸 쓸어 올리며 손톱을 바싹바싹 자르기만 했다. 욱은 그런 수연이 서운했지만 입을 다물었다. 갑자기 수연의 턱이 바르르 떨렸다. 손등에 차가운 눈물이 떨어졌지만 욱은 모른 척 했다.

수연은 오랫동안 욱의 손톱을 깎았고 욱은 연기 같은 비를 오래오래 바라보았다.

"오늘도 기어이 비가 오는군."

"그러네요."

"다음 일요일에는 산에 갈까?"

"그래요."

자른 손톱을 휴지에 싸 들고 일어서는 수연의 얼굴이 비처럼 젖어 있었다. 욱은 다음 주말에도 비가 올 것 같은 예감이 들었다.

어머니 머리에 물들이던 시간

어머니 머리에 물들이던 시간

어머니가 돌아가셨다.

우연히도 내가 어머니 머리에 검정 물을 들인 날 오후였다. 그 날 머리에 물을 들이며 어머니는 내게 물었다.

"앞으로 몇 번이나 더 어미 머리에 물들일 것 같누?"

내가 어떻게 알 수 있었겠는가. 어머니가 앞으로 몇 년을 더 살고, 머리에 물을 몇 번이나 더 들이게 될지를. 퉁명스레 뱉었다.

"그걸 내가 어떻게 알아요."

재가 되어 사그라지는 어머니 유품 더미 속에서 검정 손가방을 따로 챙긴 것은 장례기간 동안 그 말이 마음에 걸렸기 때문이었다.

나는 가을 오후 햇살이 흘러드는 거실 창 앞에 앉아 어머니의 염색 도구가 든 가방을 열어 보는 중이다.

　가방 속에는 까만 염색약이 묻어 회색빛으로 변한 사기 대접. 흰 머리카락과 검은 머리카락이 엉겨 붙은 칫솔. 어머니는 빗 대신 칫솔로 머리에 물을 들였다. 보푸라기가 허연 염색약 통. 목에 두르던 자줏빛 보자기와 빨래집게. 목장갑. 염색 부작용을 막기 위해 먹던 알약이 든 봉지.

　모두 주인 잃은 물건들이다.

　칠십 평생을 사는 동안 어머니가 머리에 물을 들인 횟수는 그렇게 많지 않았다. 그 가운데서 내 손으로 물을 들여 준 경우는 손가락을 꼽을 정도였고 그래서 그 시간들은 내게 각별한 의미로 다가온다. 서글프면서도 한편으로 입가에 웃음을 머금게 하는 시간이었기 때문이다.

　나는 어머니가 언제부터 머리에 검정 물을 들였는지 정확히 알지 못한다. 분명한 것은 어머니가 조백했다는 사실이다. 내가 세상에 태어났을 때 어머니의 머리카락은 이미 흰색이었다. 어머니는 남들보다 일찍 생겨버린 흰 머리카락을 감추기 위해 머리에 수건을 쓰고 다녔다. 어머니 머리에서 수건이 벗겨지는 순간은 잠잘 때가 유일했다.

　나는 어머니 머리를 감싼 수건이 불만스러웠고 그 속의 흰 머리카락은 더욱 싫었다. 그래서 어머니의 흰 머리가 거짓말처럼 검정색으로 변하는 모습을 보았을 때의 놀라움과 희열은 엄청난 것이었다.

초등학교 2학년 때였고 토요일이었다. 학교 운동장 철봉대 밑에서 친구들과 뒹굴고 있었다. 그림자가 길게 누운 해질녘 무렵 어머니는 먼지를 뽀얗게 뒤집어 쓴 나를 서둘러 집으로 데려갔다. 부두에서 일을 하느라 늘 바쁜 어머니였다.

부엌으로 온 어머니는 내 옷을 홀딱 벗기고 뜨거운 물을 받아둔 고무통속에 밀어 넣었다. 나는 영문을 모른 채 그저 기분이 좋아 어머니 손에 몸을 맡겼다. 나를 말갛게 씻겨 빨간 불씨 가득한 아궁이 앞에 앉혀 놓고 어머니는 당신 머리에서 수건을 벗었다.

흰 머리카락이 쏟아져 내렸다. 어머니는 아궁이 옆 부뚜막 벽에 기대 놓은 거울을 통해 쏟아져 내린 흰머리를 망연히 바라보고 있었다. 그제야 나는 평소와는 다른 느낌을 받아 부엌바닥과 주변을 두릿두릿 살폈다.

거울을 정면으로 보고 앉은 어머니 오른쪽에 검은 물이 반쯤 담긴 흰 사기대접이 하나가 놓여 있고 칫솔이 거꾸로 박혀있었다. 사기대접 옆에는 유난히 까만 머리카락을 한 여자 얼굴이 그려진 약통이 보였고, 그 앞쪽에 알약이 든 봉지가 주둥이를 벌린 채 서 있고 자줏빛 보자기와 빨래집게가 옆에 가지런히 놓여 있었다.

내가 영문을 몰라 두리번거리는 사이 입을 다물고 거울을 들여다보던 어머니가 옆에 있던 보자기를 목에 두르고 풀어지지 않게 빨래집게로 집었다. 흰 사기대접에 거꾸로 박혀 있던 칫솔을 잡은 어머니가 대접 모서리에 두어 번 툭툭 치고 머리에 물을 들이기 시작하자 영원히 변하지 않을 것 같던 흰 머리카락이 천천히 검정색으로 바뀌었다.

경이로운 순간이었다. 나는 너무 놀라 몸의 구멍이란 구멍은 모두 열어젖히고 어머니를 쳐다보았다. 동그란 얼굴에 눈이 커다란 어머니는 그날따라 유난히 신중했고 한 올 한 올 정성을 다해 머리에 물을 들였다. 흰머리가 감쪽같이 검은머리로 변한 어머니는 내 옆에 나란히 앉아 머리를 말렸다.

나는 위태위태한 마음으로 그 과정을 지켜보았다. 검정 물이 금방이라도 혹 날아가 버릴 것만 같아 가슴 졸였고 어머니가 몸을 움직일 때마다 이마위로 흘러내리는 검정 물을 보며 양손을 마주잡기도 했다. 빗으로 뒤적이며 머리를 말리던 어머니가 물에 머리를 감을 때는 숨이 멎을 듯 했다.

세숫대야 가득히 번지는 검정 물에 절망해 머리를 감고 있는 어머니를 옆으로 밀어버리고 싶을 지경이었다. 요술처럼 흰머리는 끝내 자취를 감추었고 어머니는 검은빛이 도는 긴 머리카락을 정성스레 틀고 쪽을 졌다.

틀어 올린 머리를 거울 속에서 한참동안 바라보던 어머니가 나를 당신 쪽으로 돌려 앉히더니 무겁게 닫고 있던 입을 열었다.

"엄마랑 같이 가자."

"어데?"

"가 보면 안다."

깨끗한 옷으로 나를 갈아입힌 어머니는 당신도 장롱 깊숙이 넣어 두었던 옥색 한복을 꺼내 입었다. 딴 사람 같았다.

어머니 손에 끌려 나는 집을 나섰다. 삽짝을 나서는데 아랫방 문이 열리면서 아버지의 갸름한 얼굴이 보였다.

아버지는 사흘 전부터 바다에 나가지 않고 메주 뜨는 냄새가 퀴퀴한 아랫방에 누워 있었다. 해질 무렵 마당에서 서성일 때도 있었는데 그때마다 홍시빛 노을이 곱게 흘러내리는 서편 하늘을 우두커니 바라보곤 했다.

짧은 순간 어머니와 나를 훑어보던 아버지는 헛기침을 서너 번 퍼 올리고 소리 나게 문을 닫았다. 순간 내 손을 쥔 어머니의 손에 불끈 힘이 들어갔다.

"퍼뜩 가자."

어머니는 낚아채듯이 나를 끌었다.

사방이 어둑어둑해지고 있었다. 마을 사이로 난 골목길에는 고기를 잔뜩 싣고 덕장으로 향하는 손수레 행렬과 그것을 끌거나 밀고 가는 사람들이 흘리는 장화 부딪히는 소리와 말소리로 부산했다.

평소 같으면 그들과 섞여 바쁘게 움직이고 있을 시간이지만 머리에 검정 물을 들인 어머니는 고개를 꼿꼿이 세우

고 그들과는 일면식도 없다는 듯이 선창 쪽으로 걷기만 했
다. 어머니를 알아본 동네 사람들이 잠시 일손을 놓고 쑤군
거렸다.

처음 보는 어머니의 검은머리에 마냥 도취되어 있던 난 그
제야 심상찮은 낌새를 느꼈지만, 검은머리가 준 황홀감 때문
에 불안 따위는 안중에도 없었다.

어머니의 발길이 머문 곳은 극장과 나란히 붙은 '길' 여
관 앞이었다. 여관 출입문 앞에 선 어머니는 3층의 불 켜진
창문을 노려보았다. 한참동안 불 켜진 창문을 노려보던 어
머니는 느닷없이 내 손을 꼭 움켜쥐고 여관 앞길을 걷기 시
작했다. 여관의 불빛이 흘러나오는 꼭 그만큼의 길 이쪽과
저쪽을 왔다 갔다 했다. 사람들의 왕래가 빈번한 길이었다.

어머니는 말이 없었고 오고가는 사람들이 우리를 물끄러
미 쳐다보며 지나갔다. 아버지의 친구도 있어 아는 체를 했
지만 어머니는 눈길한번 주지 않고 묵묵히 걷기만 했다. 아
버지 친구는 머쓱한 얼굴을 맨손으로 쓱쓱 문지르며 술집으
로 들어갔다. 어머니는 말없이 여관 앞을 다람쥐 쳇바퀴 돌
듯 했고 나는 다리가 아프고 배가 고팠다.

어머니가 가끔 물었다.

"3층에서 누가보고 있나?"

그때마다 나는 고개를 들어 3층을 보았지만 아무도 없었
다. '길' 여관의 붉은 간판이 어둠 속에서 더욱 붉어지고 지

나가는 사람들의 발길이 뜸해졌지만 어머니는 한사코 걷기만 했다. 어느 덧 사람들의 발자국 소리는 끊기고 극장 건너편 선착장 앞에 다닥다닥 붙은 술집에서 취객이 부르는 노래 소리도 끊겨 갈 즈음이었다.

걸음을 멈춘 어머니가 나를 등에 업고 단숨에 3층 불 켜진 방으로 뛰어 올라 문을 열었다. 벽에 등을 기대고 앉아 있던 낯선 여자가 놀라서 몸을 일으켰다. 반소매 옷 사이로 드러난 살결이 눈부시게 흰 여자였다.

"나도 니 만큼 젊다. 무슨 수작 하는 기고. 긴말하기 싫다. 퍼뜩 떠나거라."

순간 여자의 목이 폭 꺾이고 뽀얀 어깨 사이로 흐느낌이 새어나왔다. 등을 돌린 어머니는 올라올 때처럼 빠르게 계단을 내려 와 걷다가 여관 불빛이 아른아른 보일 때쯤 나를 내려놓았다.

집을 나설 때와 달리 돌아가는 길에 어머니는 힘이 없었다. 선창가를 피해 캄캄한 뒷골목으로만 걸었다. 별 하나 보이지 않는 캄캄한 밤이었다. 나는 갑작스레 추웠고 흐느끼던 여자의 뽀얀 얼굴이 생각났다.

"어무이, 그 여자 나쁜 여잔가?"

어머니는 한참 후에 대답했다.

"아이다, 아부지가 나쁜 사람이다."

집으로 돌아온 어머니는 방문을 열고 앉아 담배를 피우

는 아버지 앞에 서서 말했다.

"여자가 채신머리없게 나서서 미안합니더. 당신이 곤란을 적고 있는 것 같아서 나선 게니까 이해하소."

아버지는 헛기침만 궁색하게 뱉다가 방문을 닫았다.

늦은 저녁상 앞에 앉아 손으로 김치를 찢어 숟가락에 걸쳐 주던 어머니가 물었다.

"그 여자 이쁘더나?"

"응."

나는 여자의 뽀얀 얼굴을 떠올리며 거침없이 대답했고 어머니는 가볍게 눈을 흘겼다. 그날 나는 일기장에 아버지 나쁜 놈이라고 썼고, 이튿날 여자는 자취를 감추었다. 뒤에 안 일이지만 그때 아버지를 만나러 온 여자는 아버지가 해군 장교시절 결혼을 약속한 일본 여자였다.

어머니의 검은 머리카락은 하루가 무섭게 예전의 흰빛으로 돌아가고 있었다. 안타까워 매일매일 물을 들이라고 채근했지만 어머니는 내 조바심 따위는 관심 밖이었다.

어느덧 머리에 하얀 서리가 내린 어머니는 벽에 걸어 두었던 수건을 다시 뒤집어썼다. 나는 그런 어머니가 미워 얼굴이 뽀얗던 그 여자가 다시 나타나기를 바랄 지경이었다. 그 여자는 다시 나타나지 않았고 어머니는 예전처럼 흰머리를 휘날리며 선착장과 덕장 그리고 집을 천연덕스럽게 돌아다녔다.

그때 맛본 검은머리에 대한 경이로운 기억은 훗날까지 내게 어머니 머리색에 대한 남다른 강박관념을 가지게 한 계기가 되었다.

내 손으로 어머니 머리에 최초로 물을 들여 준 것은 초등학교 3학년 때였다. 그 전부터 어머니 머리를 다시 검게 만들고 싶어 미칠 지경이었지만 어머니는 번번이 바쁘다는 핑계를 앞세워 내 청을 뿌리쳤다.

가을 운동회가 열리던 날 아침이었다. 나는 새벽부터 학교에 가지 않겠다고 버티는 중이었다. 운동회 연습이 시작될 때부터 머리에 물을 들이자고 어머니를 졸랐다. 운동회 날 어머니 손을 잡고 달리기를 하는 순서가 있었는데 나는 백발이 성성한 어머니의 손을 잡고 뛰기가 죽기만큼 싫었다. 어머니는 운동회 날 새벽까지도 태평한 모습이었다. 화가 나고 약이 오른 나는 아침을 굶으며 방바닥을 데굴데굴 굴렀다.

상을 차려 놓고 앉아 있던 어머니는 의외로 완강한 내 고집에 당혹한 표정이 역력했다. 입을 너 댓 발이나 빼문 채 방바닥에 드러누운 나를 보다 못한 어머니가 장독대 구석에 치워 두었던 염색 도구를 챙겨들고 내 앞에 앉으며 중얼거렸다.

"너도 사내 쪽이라고 애비 고집을 빼 닮았냐. 퍼뜩 들이

봐라."

　나는 퉁기듯이 일어나 어머니가 일러주는 대로 머리에 검정 물을 들이기 시작했다. 학교에 갈 시간은 임박했는데 물들이는 일은 의외로 까다롭고 힘이 들었다. 검정 물을 묻힌 칫솔이 실수로 목덜미에 묻을 때마다 어머니는 부르르 진저리를 치곤했다. 결국 어머니의 목과 귀 그리고 이마까지 온통 검정 물 도배를 하고서야 간신히 끝낼 수 있었다. 어머니는 미처 머리를 말릴 겨를도 없이 내 손에 이끌려 학교로 갔다. 나는 훨훨 날아오를 것만 같았다.

　아침까지 쾌청하던 하늘이 운동회가 시작되고 갑작스레 어두워졌다. 짙은 암회색 구름이 빠르게 덩어리를 이룬 하늘은 서쪽으로부터 소란스러워지는 느낌이더니 목덜미를 스치고 지나는 바람조차 수상스러웠다. 나는 어머니 검정 머리와 하늘을 번갈아 쳐다보았다. 어머니도 걱정스러운 얼굴로 하늘을 올려다보고 있었다.

　기어코 빗방울이 듣기 시작한 것은 얄궂게도 내가 어머니의 손을 잡고 뛰려는 순간이었다. 순식간에 굵어진 빗방울은 금방 폭우로 변했다. 나는 출발부터 늦었다. 어머니의 머리에서 검정 물이 흘러내리기 시작했기 때문이었다. 주춤거리는 내 손을 낚아채며 어머니가 비호같이 앞으로 내달리는 바람에 나도 덩달아 뛰기 시작했지만 눈길은 온통 어머니 머리에 가 있었다.

검정 물은 어머니의 이마와 볼, 양 눈썹 사이를 타고 검은 강처럼 흘러내렸고 정수리에서부터 흰머리가 고스란히 드러나고 있었다. 나는 점점 뛰는 속도가 느려졌다. 검정 물로 엉망이 되어 가는 얼굴과 흰머리가 자꾸 내 다리를 잡아 당겼지만 어머니는 이빨을 악물고 뛰고 있었다. 우스꽝스럽게 보일 당신의 모습 따위는 도통 염두에 없는 듯 오직 빗속을 달리고 또 달릴 뿐이었다.

뿌연 빗줄기 속에서 결승선이 보이는 순간 나는 어머니의 손을 매몰차게 놓아버렸다. 어머니 혼자서 결승선에 도착하는 사이 코스를 벗어나 사람들 속에 숨어 버렸다. 여기 저기서 킥킥 웃음이 터졌고 더 많은 사람들이 배를 움켜잡고 웃음을 참고 있는 것을 사람들 틈에서 구경했다.

비 때문에 반쪽 운동회가 되었지만 어머니는 감투 상으로 공책 두 권을 받았다. 빗물이 주룩주룩 흘러내리는 천막 귀퉁이에서 도시락을 가운데 둔 어머니가 나를 기다리고 있었다.

나는 부끄러움 때문에 점심시간이 한참 지나서 어머니를 찾았다. 흰머리가 드러난 어머니 얼굴에 검정 물 자국이 선연했다. 후줄근하게 젖어 쭈뼛거리는 나를 앞에 앉히고 김밥을 먹이던 어머니가 입을 열었다.

"그 봐라 엄마가 이럴 줄 알고 물 안들일라 캤는데 이기 무신 우세고."

"나는 하나도 안 부끄럽다."

곧 터질 것 같은 울음을 삼키며 나는 입안으로 김밥을 꾸역꾸역 밀어 넣으며 대답했다.

"그라모 와 손을 놓았노."

"내가 손을 놓은 기가, 빗물 때문에 미끄러진 거지."

나는 얼굴이 덴 듯이 붉어지며 무엇인가 억울하고 막무가내로 울고 싶어졌다. 집으로 돌아오는 길에 어머니가 물었다.

"엄마가 머리에 물들인 게 그렇게 좋으나."

"웅. 엄마 흰머리가 너무 남세스럽다."

집에 돌아온 어머니는 내가 조르지 않았는데도 다시 머리에 물을 들이겠다고 머리를 숙였다. 아침과 달리 나는 느긋하게 어머니 머리에 물을 들였다. 영원히 지워지지 않기를 바라며 정수리 깊은 곳까지 검정 물을 더께더께 발랐다. 물들이는 작업이 끝난 후 거울에 머리를 비춰 보며 어머니도 상당히 흡족해 했다.

"어이구 내 새끼 다 컸구나. 어미 머리에 물들이는 걸 보니."

내 궁둥이를 투덕투덕 두드리는 어머니의 눈가가 발그스레 젖어 있었다. 그것을 보며 어머니 머리에 흰 머리카락이 한 올이라도 보이지 않게 하겠다고 결심했지만 나는 지키지 못했다.

물을 들이자고 악착같이 달려들어도 늘 바쁜 어머니를 잡아 둘 수가 없었다. 어머니는 단 십분이라도 궁둥이를 붙이고 있을 여유가 없었다. 아버지가 책임져야 할 가장의 몫까지 짊어진 어미는 남들보다 훨씬 일찍 일어나고 늦게 잠들었다. 밥도 부엌 아궁이 앞에 서서 먹어 치우기가 예사였고 때를 넘기기 일쑤였다. 머리에 물들이는 것은 하루를 허비하는 사치였다. 군식구만 해도 다섯이 넘었다. 모두 어머니 손끝으로 먹고 입었다. 나는 어머니의 흰머리가 진저리나게 싫었지만 어떻게 해 볼 도리가 없었다. 어머니 스스로 머리에 물을 들이겠다고 머리를 내밀 때까지 기다리는 수밖에 없었다. 하루 종일 어머니의 머리카락만 쳐다보고 있을 수 없는 노릇이었다. 이따금 어머니에게 부리는 짜증으로 안타까움을 그럭저럭 입막음해갔다.

　겨울 어느 날 새벽, 나는 추위에 턱을 딱딱 부딪치며 어머니 머리에 물을 들이고 있었다. 싸늘한 바람이 새어드는 부엌문 틈으로 시퍼런 별이 보였다. 불 꺼진 아궁이 앞에서 어머니는 처음처럼 내게 머리에 물들이는 방법을 설명했다. 나도 처음처럼 묵묵히 어머니의 말에 귀를 기울이면서 목장갑과 토시를 끼고 검정 물이 잔뜩 묻은 칫솔을 들었다.
　어머니의 머리카락은 한층 희어져 있었다. 염색 칫솔을 든 내 손이 희미하게 떨렸다. 나는 크게 숨을 내쉬며 목 언저리 머리카락부터 검정 물을 입히기 시작했다. 부엌은 몹시 추웠다. 손가락이 곱아 칫솔을 잡기 힘들 정도였지만 어머니는 태산처럼 앉아 있었다.

"잘 들이거라, 아부지 만나러 갈 끼다."

초벌 염색을 끝내고 재벌 염색을 시작하는데 얼음장이 갈라지는 것 같은 어머니의 목소리가 들렸다.

"아부지?"

나는 화들짝 놀랐다. 대통령 선거를 앞두고 사라진 아버지는 벌써 며칠째 보이지 않았다. 어머니는 아버지의 행방을 알기 위해 밤낮없이 읍내를 들락거렸다. 나는 어머니가 차려놓은 밥을 먹고 빈방에서 혼자 잠자곤 했다. 아버지가 사라지자 들끓던 군식구들이 씻은 듯이 자취를 감춘 집안은 흉가처럼 적막하고 무서웠다.

"아부지 어디 있노?"

"……"

"아부지 나쁜 놈이쟤."

"무신 소리고?"

어머니는 벌컥 역정을 내며 나를 노려보았다. 붉은 핏줄이 금방 터질 것 같은 매서운 눈이었다. 나는 목에까지 차 있던 두려움 덩어리가 터지며 기어코 울먹였다.

"어무이가 안 그랬나?"

"내가 언제?"

"그때 이뿐 여자가 아부지 찾아왔을 때."

내가 울먹이면서도 끝까지 항변하자 어머니는 피식 웃음을 날렸다.

"이 자슥아. 그 말을 여죽도 기억하고 있나. 속상해서 부러 한 소리 아잉가."

"치, 나도 다 안다."

나는 울음을 터뜨리며 들고 있던 칫솔을 던져 버렸다. 아버지가 얼굴 뽀얀 그 여자를 따라갔고 어머니가 거짓말을 하는 것이라 생각했다. 바닥에 뒹구는 칫솔을 물끄러미 바라보고 있던 어머니가 나를 품에 안았다. 나는 이상한 서러움에 자꾸 눈물이 났다. 어머니는 내가 울도록 내버려두고 손으로 등을 매만졌다.

지난 며칠 동안 혼자 잠들면서 어머니의 냄새가 미치도록 그리웠다. 머리에서 검정 물이 뚝뚝 떨어져 내 얼굴을 적셨지만 어머니 품을 떠나기 싫었다. 어머니는 나를 안은 채 바위처럼 앉아 있었다. 바깥에서는 바람이 함석지붕을 털거덕털거덕 흔들며 지나고 바다는 미친 듯이 웅웅거렸다. 울음을 그치고 고개를 들었을 때 어머니의 동그란 눈자위가 축축하게 젖어 있었다.

"퍼뜩 물 들이거라. 아침에 아부지 만나러 갈 끼다. 가보모 알지만 아부지 절대 나쁜 사람 아잉다."

나둥그러진 칫솔을 급히 움켜잡는 내 궁둥이를 살짝 때

리며 어머니는 덧붙였다.

"아주아주 젊게 보이도록 듬뿍듬뿍 바르거래이."

머리에 물을 들인 어머니가 내 손을 잡고 찾아간 곳은 읍내에 있는 구치소였다. 갸름한 얼굴에 수염 가득한 아버지의 얼굴은 눈이 반을 차지하고 있었다. 아버지는 나를 보자 전에 없이 잇바디를 보이며 환히 웃었다.

"우야든지 굶지 말고 주는 밥 뚝딱뚝딱 묵어 치우고 건강하소."

어머니는 이 소리만 되풀이했다. 말없이 고개를 끄덕이던 아버지가 돌아서는 어머니 머리를 보며 딱 한마디 했다.

"그렇게 하이 보기 좋으네."

"성호 솜씨 아잉교. 퍼뜩 나와서 이 녘 손으로 물 좀 들여주이소."

"……"

대통령 선거가 끝나고 달포가 지나서 집으로 돌아 온 아버지는 매일 술집에서 살았다. 야당 대통령 후보를 지원하는 아버지를 못마땅하게 여긴 사람들이 때마침 터진 남정리 고정간첩사건에 아버지를 엮어 넣어 상당한 고초를 겪고 풀려난 것이었다.

아버지 눈에 어머니 머리카락이 흰지 검은지 보일 리가 없었지만 어머니는 애타게 기다렸을지도 모른다. 아버지가 당신 머리에 검정물 들여 줄 시간을.

그사이 세월은 흰머리가 부끄럽지 않을 정도로 어머니를 늙게 만들었다. 아버지는 결국 어머니 머리에 물 한번 들여주지 못하고 먼저 세상을 떠났다.

세월이 흐르면서 나 역시 어머니의 흰머리에 점점 무관심해졌다. 집을 떠나 기숙사 생활과 함께 시작한 고등학교 때부터는 어머니의 흰머리를 아예 잊고 살았다.

고등학교 2학년 새 학기가 시작된 지 얼마 안 된 4월 초 나는 1년 만에 고향을 찾았다. 읍내에서 해가 떨어지기를 기다렸다가 버스를 탔다. 고향은 여전했지만 나는 언젠가의 어머니처럼 어둡고 후미진 골목길을 걸어 집으로 갔다.

촉수 낮은 전등이 희미하게 깔린 마당으로 들어섰을 때 부엌 아궁이 앞에 앉아 있는 어머니가 보였다. 아궁이 속에 생솔가지를 뚝뚝 분질러 넣고 있었다. 생솔가지 타는 냄새와 연기 그을음이 내려앉은 어머니 머리의 수건을 보자, 밖에서 실컷 놀다 사방이 어두워져 갑자기 밀려든 시장기에 등 떠밀려 부엌으로 뛰어들던 유년의 저녁 같았다. 황폐한 사막에서 방금 돌아온 것처럼 심신이 지쳐있던 나는 온몸이 나른한 안온함에 젖어 들며 가까스로 어머니를 불렀다. 나를 보고 한동안 말을 잊지 못한 어머니는 흰머리가 부끄럽지 않게 늙은 모습이었다.

"오야, 오야, 잘 왔다. 새벽꿈에 널 안 봤나. 그래서⋯⋯."

나는 어머니 머리에서 수건부터 벗겼다. 눈처럼 흰 머리 카락이 어지럽게 엉킨 것을 보며 눈길을 돌리고 말았다.

　집안은 비어 있었다. 할아버지 제사라서 아버지와 집 안 팎에서 우글거리던 군식구들이 모두 할머니 댁으로 가버리고 없었다. 다행이었다. 아버지의 폭음과 끊임없이 드나드는 군식구들 틈바구니에서 손에 물집 마를 날이 없는 어머니를 보는 것은 내게 고통이었고 그래서 기숙사 생활을 핑계로 집을 나와 버렸던 터였다.

　"너거 아부지가 자꾸 가자고 해 샀고 할무이도 몇 번이나 불렀는데 안 갔다."

　어머니는 거짓말을 하고 있었다. 아버지와 재혼한 어머니를 문중 어른들은 오랜 시간이 지나도 받아들이지 않고 제사 때는 근처에 얼씬도 못하게 한다는 것쯤은 나도 알고 있었다. 차라리 잘 되었다 싶었다. 어머니가 보고 싶어 찾아온 집이었다. 어머니는 어릴 때처럼 나를 따뜻한 부엌아궁이 앞에 앉혀 놓고 저녁을 준비했다.

　저녁상을 물리고 마주앉은 어머니는 내 몸 구석구석을 살피며 이것저것 끊임없이 물었다. 밥은 먹을 만큼 주나? 기숙사는 춥지 않더나? 뜨거운 물은 콸콸 쏟아지던? 속옷 빨래는 삶아야 하는데 어떻게 하고? 잠은 실컷 자나? 단추가 떨어지면? 몸이 아플 때는 병원이 있나? 심지어 덮고 자는 이불이 톡톡한가 얇은 가도 물었다. 어머니가 정말 궁금해

하는 것이기에 나는 성실히 대답했다. 자정이 넘어서야 어머니는 조금 안심이 되는 얼굴이었지만 주말도 아닌 평일에 내가 연락도 없이 불쑥 나타난 것에 의구심을 가지고 물었다.

"니, 무신 일 있나?"

나는 대답 대신 어머니의 손을 잡고 부엌 아궁이 앞으로 이끌어 앉히고 장독대를 뒤져 거미줄이 엉킨 염색도구를 찾았다.

"머리가 그 기 뭔교. 남세스럽게."

흰 사기대접에 염색약과 물을 섞는 내 손이 희미하게 떨렸다. 마당에서 어머니를 본 순간 운동회 날 어머니의 손을 놓은 후 느꼈던 것과 흡사한 부끄러움을 느꼈다.

"남세스럽기는 이 나이에 다 그렇지……"

아궁이 앞에 쪼그리고 앉아 말은 그렇게 하면서도 어머니는 고개를 내 쪽으로 숙이고 있었다. 벌어진 부엌문 틈으로 보이는 별은 변함없이 시퍼런 빛이었다. 나는 윤기 잃고 퍼석하게 흩어진 어머니의 흰머리를 한동안 바라보다가 검정 물을 들이기 시작했다.

새 학기가 시작되면서 방이 바뀌었고 2층에 있던 나는 4층으로 옮겼는데 그곳에서 녀석을 만났다. 녀석은 3학년이었고 학교 씨름단 대표였다. 첫날 야릇하게 웃던 녀석이 내게 접근을 시작한 것은 방을 옮긴지 사흘째 되던 날 밤이었다.

침대에 엎드려 책을 읽다가 야광 등을 끄지 않고 잠들었는데 이상한 인기척에 눈을 떠보니 녀석이 내 침대 속에 있었다. 녀석은 너무 놀라 비명을 지르려는 내 입을 틀어막으며 표독스러운 눈으로 노려보았다. 그 눈빛에 질려 숨소리조차 마음대로 낼 수 없었다. 녀석은 내가 공포에 질린 것을 확인하고 아랫도리를 벗겼다. 저항했지만 멧돼지 같은 녀석의 힘을 당할 수 없었다. 녀석은 틈만 나면 내 침대로 기어들었다.

나는 죽고 싶었다. 매사에 의욕을 상실해 점점 불성실해졌고 급기야 문제아로 찍혀 주말 외출까지 금지 당했다. 하소연할 곳이 없었다. 외롭고 힘든 나날 속에서도 나는 녀석을 응징할 기회를 노렸다. 룸메이트들이 모두 외박을 나간 토요일에 외출을 나갔던 녀석이 술이 취해 들어와 곯아떨어진 것을 보고 나는 방문을 잠그고 야구방망이를 움켜잡았다.

전신으로 번지는 살의를 느끼며 녀석의 머리를 거침없이 내리쳤다. 외마디 비명과 함께 머리를 감싸고 뒹구는 녀석의 몸뚱이를 향해 쉴 새 없이 야구방망이를 휘둘렀다. 찢어진 살점에서 피가 튀고 얼굴이 형체를 알아 볼 수 없을 정도로 일그러진 녀석이 혼절했지만 방망이를 멈추지 않았다. 녀석을 죽이고 싶었다. 창문으로 뿌연 새벽안개가 차오를 무렵 녀석의 몸뚱이에 침을 뱉어주고 기숙사를 빠져 나와 곧장 집으로 발길을 돌렸던 것이었다.

나는 온몸에 비 오듯이 땀을 흘리며 어머니 머리에 물을 들였다. 어찌된 영문인지 검정 물을 입히는데도 흰빛이 잘 숨겨지지 않았다. 같은 곳에 수십 번 반복해 검정 물을 들였다. 거친 내 손길에도 어머니는 묵묵히 고개를 숙이고 앉아 있었다.

"어무이요."

"와?"

"아부지한테 머리에 물들이 달라고 해 보소."

"니가 이렇게 해주는데 뭘……"

"내가 언제까지 어무이 곁에 있겠능교?"

나도 모르게 목소리가 높아졌다.

"성호야. 니 무슨 일이고? 괜찮나."

"예, 괜찮심더."

"학교 같이 가볼까."

"별일 아임니더. 교문 앞까지 같이 가 주실래요?"

"오야, 오야."

이튿날 어머니는 오랜만에 옥색 한복을 꺼내 입었다. 버스에 나란히 앉아 학교로 가는 동안 창밖으로 개나리, 진달래가 보일 적마다 들뜬 소녀처럼 가느다란 탄성을 쏟아내면서도 학교 정문 앞에 올 때까지 꼭 잡은 내 손을 놓지 않았다.

"집에 자주 오거래이. 니가 없으이 어미 머리에 늘 허연 할미꽃이 핀데이."

경사진 학교 진입로를 오르느라 숨을 헐떡이던 어머니가

내 손을 놓으며 말했다. 나는 대답대신 어머니를 외면했다. 오른쪽 다리를 심하게 절뚝이며 진입로를 내려가면서 어머니는 자꾸 뒤를 돌아보았다.

나는 햇빛에 반짝반짝 윤이 나는 어머니의 검은머리가 까만 점으로 사라질 때까지 지켜보았다. 기숙사로 올라가는 동안 나는 막연했다. 어머니 머리에 언제 또 물을 들일 수 있을지 나 자신도 몰랐다. 학교 졸업 때까지 집에 거의 가지 않았고 졸업 후 객지를 떠도는 동안 나는 어머니의 흰머리를 잊고 살았다.

아버지의 부고가 갑작스레 날아들었다. 상복을 입은 어머니는 흰머리가 너무 잘 어울리는 늙은이가 되어 나를 맞았다. 살아 있으면서도 죽은 이와 다름없었던 아버지였기에 장례식은 비교적 차분했고 후련해 하는 기색들도 더러 있었다. 나는 어머니를 자세히 바라볼 여유도 없이 상복을 입고 문상객을 맞았다. 아버지는 화장을 유언했고 하루 종일 가는 비가 흩뿌리던 날 한줌 가루가 되어 바다에 뿌려졌고 장례식은 끝이 났다.

이튿날이었다. 여문 가을햇살이 푸지게 흘러내리던 장독대 옆에서 어머니가 나를 불렀다. 무슨 일인가 싶어 고개를 디밀던 나는 깜짝 놀랐다. 어머니가 머리에 물들일 채비를 하고 있었다. 장례식 후 아직 탈상을 하지 않은 몸으로 머리에 검정 물을 들였다가는 방마다 앉아있는 문중 어른들이 가만있지 않을 게 뻔했다. 그들은 지금도 방안에 둘러앉아 아버지 이름으로 된 문중의 마지막 재산 처리를 두고 언쟁을 벌이는 중이었다. 나는 서둘러 어머니를 말렸다.

"당장 난리가 날 텐데 와 이러능교."

"흥, 이제 그런 것 안 무섭다. 어서 해라."

어머니는 막무가내였다. 방안의 문중 어른들과 군식구들이 들으라는 듯이 큰 소리로 채근했다. 거역할 수 없는 힘 때문에 나는 칫솔을 들고 말았다. 방안에서 기다렸다는 듯이 힐난과 질책이 쏟아졌다. 상중을 알리는 흰 무명천이 걸려있는 어머니의 흰머리에 오랜만에 물을 들이면서도 나는 마음이 무거웠다. 방안의 기세가 쉽게 누그러지지 않자 어머니가 목소리를 높였다.

"이승에서 연이 끝난 사람 홀가분하이 보내지 못하고 맴 속에 품고 있으모 그것도 죄인 기라요. 그라고 내는 일평생 살면서 성호 아부지인데 정이 없음심더. 지금부터 깨끗이 잊을라고 그랍니더."

방안에서 거친 욕설이 터져 나왔고 물을 들이던 내 손도 잠시 움찔했다. 세월이 흐른 지금에야 나는 어렴풋이 어머니를 이해 할 수 있었다. 아버지는 일평생 가장 역할, 아버지 역할을 제대로 한 적이 없었다. 늘 여기저기 기웃거리는 실패한 인생이었고 당신이 지키지 못한 자리가 모두 어머니 몫이었다. 인정받지 못하는 종갓집 장손 며느리이면서도 어머니는 그 자리를 묵묵히 지켰고 냉혹한 시대의 눈길을 녹이기 위해 몸을 돌보지 않고 일했다. 아버지 형제들과 사촌에 육촌까지도 어머니의 손끝으로 키웠지만 누구하나 고마움을 아는 이가 없었다.

머리에 새카만 검정물을 들인 어머니가 단호히 뱉은 말은 그들과의 단절을 의미했다. 당신의 온몸을 칭칭 동이고 있던 그들의 족쇄를 끊겠다는 당당한 선언이었다. 천연덕스럽게 머리에 물을 들인 어머니는 군식구들과 문중 사람들을 매몰차게 쫓아버렸다. 집에 둘이 남게 되자 어머니는 내 손을 잡으며 말했다.

"니 볼 면목이 없다. 망자 앞세우고 그런 말 하모 몬씨는데. 니 아부지 많이 섭섭했을 끼다. 니도 그렇고. 하지만 니는 어미 마음을 알아주어야 한데이. 알겠쟤, 응, 알겠쟤."

어머니는 평생 품고 있던 한을 털어 낸 사람처럼 울음과 한숨을 거푸 토했고 나는 콧등이 시큰거려 몇 번이나 고개를 돌렸는지 모른다.

어머니는 눈물과 애욕 그리고 증오, 심지어 평생 달고 다니던 관절염까지 모두 가지고 돌아올 수 없는 길을 떠났다. 바닥을 적시던 노을빛이 희미해지는 거실에서 어머니 머리에 물들이던 시간을 되돌아보며 눈시울을 붉히던 나는, 어머니 머리에 마지막 물들이던 일이 새삼스럽게 머리에서 떠나지 않는다.

"머리에 물 좀 들여 다오."

간밤의 끔찍했던 과음 탓에 손끝 하나 움직이기 싫었다.

"무슨 일 있으세요?"

흐리멍덩한 눈으로 묻는 내게 어머니는 일은 무슨 일이냐며 등을 돌렸다. 나는 며칠 동안 매일 폭음을 했다. 결혼을 약속했던 여자가 유학을 간다며 홀연히 떠났는데 얼마 전 길에서 우연히 만났던 것이다.

어머니는 매일 술에 젖어 들어오는 나를 못마땅해 했지만 그렇다고 머리에 물을 들이겠다고 나선 것은 의외였다. 어머니는 이제 검은머리가 어색한 나이였다.

화장실 변기에 걸터앉아 들고 들어간 신문의 텔레비전 프로그램까지 훑고 나오니 어머니는 거실에 물들일 채비를 마치고 있었다. 새카만 염색약이 묻은 자줏빛 보자기를 목에 두른 어머니는 거울 속에 상반신을 가두고 있었다. 나는 천천히 목장갑을 끼며 물었다.

"갑자기 무슨 물을 들인다고 이러세요."

예전에 어머니 머리에 물들일 때 가졌던 회열은 그 어디에도 찾아보기 힘든 목소리로 나는 꿍얼거렸다.

"간밤에 너거 아부지가 보이기에……"

어머니는 말끝을 흐렸고 나도 입을 다물었지만 갑자기

긴장이 되었다. 폭음 뒤의 두통으로 지끈거리는 머리를 간신히 달래며 나는 전신의 신경을 손끝에 집중시키고 귀 밑부리부터 조심스레 쓸어 올리며 검정 물을 묻혔다.

눈을 감고 석고상처럼 앉아 있던 어머니는 내 손이 정수리로 옮겨가면서부터 자주 몸을 꿈틀거렸다. 머리숱이 적은 정수리로 염색약이 자꾸 흘러들었다. 힘겹게 초벌 염색을 끝내고 잠시 쉬었던 내가 재벌 염색을 시작할 때였다.

"앞으로 몇 번이나 더 어미 머리에 물을 들일 것 같누?"

어머니의 목소리는 착 가라앉아 있었다.

"그걸 내가 어떻게 알아요."

멋대가리 없는 대답에 어머니는 동그랗게 웃었지만 허전해 보였다. 뒤늦게 내 가슴 한 쪽으로 시린 바람이 쓸고 지났지만 어쩔 도리가 없었다. 그날 오후 어머니는 즐겨 앉아 계시던 후박나무 아래에서 심장마비로 돌아가셨다. 칠순을 넘기면서 어머니는 늘 입버릇처럼 말했다.

"잠자듯이 가야 하는데……"

어머니는 당신의 말씀처럼 그렇게 가셨다.

나는, 임종 날 어머니가 당신 머리에 물들인 사실을 어떻게 이해해야 할지 지금도 모르겠다. 죽음을 미리 예감한 것이었다면 인생의 가장 당연한 순리를 거슬러 보고 싶었던 것이었을까? 아니면 평생을 흰머리로 살아온 당신 스스로에 대한 연민이었을까? 그것도 아니라면 남편 손에 물들여

보고 싶어 했던 당신의 평생소원을 아들 손이나마 빌려 이루고 싶었던 것일까?

노을빛이 스러진 창밖에는 물들인 어머니 머리 색깔 같은 밤이 내리고 있다. 거실 바닥에 늘어놓았던 염색 도구를 다시 낡은 가방 속에 차곡차곡 담으며 나는 영원히 가슴에 멍울로 남을 어머니와의 마지막 대화를 또 떠올린다.

"앞으로 몇 번이나 더 어미 머리에 물을 들일 것 같누?"

"그걸 내가 어떻게 알아요."

목이 잠긴 나는 근사한 답을 만들어보려고 애를 쓴다.

"백 살까지만 하세요."

너무 상투적이다. 골똘히 생각해 보지만 마땅히 떠오르는 것이 없다. 어쩌면 내가 퉁명스럽게 뱉은 말이 가장 그럴 듯한 대답이었는지도 모른다는 위안을 하며 가방을 들고 일어서지만 막상 어디로 가야 할지 몰라 우두커니 서 있다. 어머니가 계시던 방을 향해 나지막하게 불러본다.

"어머니."

대답이 없다. 어머니는 머리에 물들이던 시간들을 치마폭에 감싸고 돌아올 수 없는 산을 훠이훠이 넘어갔다.

어머니는 돌아가셨다.

작품해설

비루한 삶의 순결한 영혼을 보는 눈

이호규/문학평론가, 동의대 교수

 예전 공자나 장자 같은 이들은 저잣거리에서 별 볼일 없고 배움이 얕은 동네 무리들, 아낙들이 히히덕거리며 혹은 훌쩍거리며 둘러보며 몰래 보는 이야기를 저속하고 배울 거 없다하여 소설이라 하였다. 군자가 배울 대설이 아닌 천박한 작은 이야기라는 뜻에서 그러하였다. 그런데 아이러니하게도 그들은 소설의 핵심을 꿰뚫어보았을 뿐 아니라 소설이 지녀야 할 가치 또한 제대로 짚었다. 그래서 그들이 폄하하며 붙인 소설이란 이름이 버려지지 않았던 것이겠지. 소설이란 이름이 좋은 이유, 합당한 이유는 소설은 특별한 소수의 이야기가 아니라 평범한 다수의 일상을 평범하지 않게 우리에게 보여줌으로써 평범이란 것이 무엇인지 생각하게 만든다는 점이다. 그것이 현대 소설의 진면목이다. 그렇게 되기까지 소설은 천덕꾸러기로 오랜 세월 지난한 세월을 보냈다. 그 세월을 다시 되짚어갈 수는 없는 노릇이다. 그것을 깨닫는 것이 다시 소설을 생각하게 하는 이유가 될 것이다.

그런데 지금 우리 시대의 소설들은 그 지난한 소설의 투쟁사를 잊고 과거로 회귀하는 듯하다. 공자가, 장자가 소설의 가치를 몰라서가 아니라 소설이 평범을 가장한 특별한 이야기에 몰두하여 별난 이야기의 잔치판이 되어버릴 때 혹 세무민할 수 있음을 경계하였음을 알아야 할 터. 그 공자가, 장자가 책하였던 소설 이전의 소설로 지금 우리 소설은 가고 있는 듯하다. 자극적이거나 기이하거나 끔찍하거나 몽롱하거나 소설은 거짓 진실과 헛된 위안과 환각의 신기루로 충만하다. 그렇지 않으면 읽히지 않고 읽히지 않는 소설을 작가들은 쓰지 않는다.

김성달의 소설 읽기는 불편하다. 도대체 편한 구석이 없다. 현란한 장식적 문체도 없고 영화처럼 확확 지나가는 그럴싸한 장면도 없고 무엇보다 신나고 야릇한, 우리의 관음증과 대리만족을 채워줄 흥미와 오락성이라곤 찾아보기 어렵다. 그 이유는 그가 진정한 소설이 무엇인지 알고 있기 때문이며 진술한 자기 인생을 녹여 자신이 알고 있고 믿고 있는 진정한 소설을 써내기 때문이다. 그만큼 그의 소설은 진지하고 장난기가 없다.

그래서 짠하고 그만큼 귀하다. 희소성을 말하는 것이 아니다. 그 진정성이, 그가 우리에게 내보이는 비루한 삶 가운데 순결한 영혼을 지닌 인생이 눈물겹기 때문이고 그것이 바로 지금 우리 앞에 소중한 거울이자 현실이고 우리가 외면하지 말아야 할 '우리' 자신의 모습이기 때문이다. 그것이 소설이 근대 이후 현대 문학의 중심이 되어온 까닭이고 소설의 존재이유이다. 그런데 그런 소설을 지금 누가 써내고 있는가?

1. 길 위에서 만난 사람들에 대한 동지적 시선

김성달 소설의 최대 미덕은, 기실 그의 모든 소설을 관통하고 있는 것인데, 험한 길 위에서 만나는 사람들의 속내를 고스란히 담담한 듯 그러나 속으로 꺼이꺼이 울면서 우리에게 극적이지 않게 보여준다는 점이다.

험한 길 위에서 만나는 사람들의 속내란 무슨 뜻인가? 길 위에서 사람들을 만나려면 자신 역시 길 위에 있어야 한다. 어디론가 길을 떠나는 중이었거나 돌아오는 길이거나 아니면 우두망찰 어디로 가야할지 몰라 두리번거리고 있어야 한다는 말이다. 즉 김성달은 길 위에 있다. 터벅터벅 아픈 발을 끌고 가고 있는 중인지 아니면 그늘이 좋은 나무 밑 정자에 잠시 고된 몸을 누이고 하늘바라기를 하고 있는 중인지 모르지만 작가는 길 위에 있다. 그 길에서 사람들을 만난다.

같이 길을 가다 오다 만나는 사람들.

낯선 사람들을 만나는 우연은 길 위에서 이루어진다. 길을 떠나지 않고 집에 머무는 사람들은 익숙하지 않은, 잘 아는 사람들이 아닌 낯선 사람들을 만날 우연이 찾아오지 않는다. 길을 떠나 그것도 터벅터벅 자신의 발을 옮겨 걸을 때 똑같이 그렇게 걸어오는 혹은 같은 방향으로 걸어가는 사람들을 만나게 되는 법이다.

그런데 그 길 떠남이, 혼자 힘으로 걷기가 여행이 아닌 삶 자체인 사람들은 서로를 더 잘 알아보는 법이다. 너무 잘 알아서 짐짓 피하기도 하고 자신은 여행 온 척 의뭉을 떨기도 한다. '험한 길'이란 뜻은 길 위에서의 삶을 살아가는 지금 그럴 수밖에 없는 고단한 사람들의 길을 말한다. 작가는 험한 길을 걸어왔거나 지금도 걷고 있는 중인 듯 하다. 그가 우리에게 보여주는 사람들의 속내는 그렇게 험한 길을 걸어가고 있는 고단한 사람들의 상처 입은 속내이기 때문이다. 그들의 이야기를 그들에게서 들을 수 있을 사람은 그들에게 자신의 삶을 드러내 아직 상처가 여물지도 않은 속내를 이야기할 수 있어야 한다. 김성달의 소설은 바로 그러한 사람들이 주고받은 길 위에서의 고단한 삶이다.

부도로 망하게 된 회사, 사장조차 사원들의 물품 횡령을 오히려 눈감아줘야 하는 상황에서도 회사 물품 하나 챙길 줄 모르는 소심한 사내. 아내가 그런 남편의 소심함과 주변

머리없음에 침을 놓는 심정으로 한 마디 던진, 환풍기 뜯어오라는 말을 곧이곧대로 듣고 자신과 세상과 아내와 뻔뻔한 회사 동료들에게 분노와 부끄러움을 견디며 조바심치며 뜯어오는 답답한 사내. 결국 무용지물이 된 환풍기를 거북등처럼 짊어지고 달빛 밝은 밤길을 휘청거리며 걷는 사내(「환풍기와 달」)

소심하고 어리숙하나 뻔뻔스럽고 비겁하나 부끄러움을 아는, 그러나 호감이 가지 않는 미결수 김회장과 누구나 사장이 되어 서로를 사장으로 부르며 서로의 누더기 같은 삶을 보면서도 모른 척 그러나 집요한 쥐처럼 갉아대는 감방 안 미결수들.(「미결인간577」)

아이 딸린 이혼남(「십가가와 도살장」), 가난과 병마의 깊은 늪에 빠져 살다 천천히 말라죽은 아버지의 제삿날 제사 음식이 담긴 그릇을 들고 정한 곳 하나 못찾아 헤매는 남자. 이혼당한 채 아무도 찾아오지 않는 외로움 속에서 죽은 아버지와 치매 앓는 노모의 비용 70만원 때문에 감방 안에서 목을 매 자살한 남자의 흐느낌 때문에 폭우 속에서 헤매는 남자.(「가난아 웃어다오」)

철우는 선혜도, 정선 아이도, 심지어 그 자신조차도 모두가 도시의 어둠 속을 배회 할 수밖에 없는 도시의 정령이라 생각했다. 도시가 먹고사는, 도시 때문에 먹고사는 게 아닌, 도시의 거대한 아가리에 먹히는 도시의 정령들에게 꿈이란 한낱 허깨비에 불과했다.

— 「추운 방」에서

온기 하나 없는 추운 방은 한데랑 다를 바 없다. 닳디 닳은 내복을 한사코 벗으려하지 않던, 뺑소니차에 치여 죽어버린 선혜, 주유소 주인 아들의 칼에 찔려죽은 정선 아이(「추운 방」), 그리고 그들을 잊으려 애쓰며 살아가지만 자신도 언제나 아무도 없는 추운 방에 한 몸 웅크릴 수밖에 없는 철우, 모두 허깨비 같은 꿈을 꾸며 길 위에서 헤매다 도시에 먹혀버리는 정령들에 불과한 인생들이다.

머리에 배설 구멍이 따로 없다는 이유로 아내에게 이혼을 당한 남자, 그가 만난 정신 나간 노파와 먹고 살기 위해 콩팥을 판 남자와 길거리에서 몸을 파는 여자 아이.(「배설, 요설」), 무당의 딸로 태어나 세상의 무시와 경멸과 그리고 사내들의 사랑과 배신에 익숙해져버린 영애와 다시 한 번 제대로 깡패 짓을 해보고 싶다는, 그러나 소심한 겁쟁이가 되어버린 지금의 남편(「해바라기 심는 여자」), 세상을 피해 폐교에 혼자 지내면서도 몸 하나 제대로 펴고 자지를 못해서 억지로 몸을 펴고 잘 수밖에 없는 마루 밑에서 자야 그런대로 잠을 드는 사내.(「마루밑에서」) 모두 이 세상에서, 도시에서 떠밀려 유령처럼 휴지처럼 아스파트 길바닥에 어울리지 않는 흙덩어리처럼 길바닥을, 골목을 떠도는 비루한 인생들이다.

그들의 삶은 그런데 현재적이고 진행형이다. 그것은 그들의 삶이 머나멀거나 있지 않은 곳, 예전이거나 오지 않은 시간에 존재하는 것이 아님을 의미한다. 그래서 그들의 이야기는 삶 그 자체이고 극적이지 않고 일상적이며 소설 속에서도 소설이 끝난 후에도 그들의 삶은 여전히 불투명하며 스산하고 안정적이지 못하다. 작가가 그들의 삶을 담담하게 그러나 속으론 꺼이꺼이 울면서 보여준다는 것의 의미는 바로 그것이다. 작가는 비명을 지르거나 혹은 지르게 하거나 하지 않는다. 소설의 인물들과 소설을 보는 모두에게 해당하는 말이다. 그 누구도 비명을 지를 수 없다. 속으로 꿍하고 울컥 울음을 삼킬 뿐이다. 김성달의 소설은 그렇게 비루한 인생을 이야기하고 있고 그렇게 읽게 만든다. 그것은 고단한 인생들의 삶을 현재적으로 동지적으로 바라보는 작가의 시선이, 그 시선을 가능케 하는 진실성이 있음으로 해서 가능한 것이다. 그것이 김성달에게는 있다. 그래서 고맙고 안쓰럽다.

2. 육신이 고단한 순결한 영혼들의 소통

사내는 수돗물을 세게 틀어놓고 머리카락이 까맣게 엉겨

붙은 빨래비누로 머리를 감았다. 사내는 박 반장이 돌조각처
럼 딱딱한 빨래비누로 머리를 감았고 앞으로도 그렇게 할 거
라는 생각이 들어 쓸쓸했다. 사내는 빨래 줄에 걸린 바싹 마른
수건으로 머리를 털고 마루에 앉았다.

— 「마루밑에서」에서

세상을 등지고 폐교에서 살아가는 사내는 아무도 없는
자기만의 방에서도 편하게 발을 뻗고 자지 못한다. 억지로
발을 뻗고 자기 위해 몸을 웅크릴 수 없는 마루 밑에서 잠을
잔다. 그런 사내가 혼자 머리를 감는다. 그 장면을 묘사하고
있는 짧은 단락이지만 작가의 치밀하고 섬세한 감각이 인간
에 대한 애정을 품에 안고 눈물 나게 반짝인다. '머리카락이
까맣게 엉겨 붙은', '돌조각처럼 딱딱한 빨래비누', '바싹 마
른 수건', 사물이 사내의 속내를 고스란히 공감각을 통해 생
생하게 전달된다. 사내는 아무 말 하지 않아도 사물이 말을
한다. 사물이 대신 말하게 만드는 사내의 지리멸렬한 삶.

그런데 그 사내는 그 순간 박 반장을 떠올린다. 누가 누
구를 떠올리며 쓸쓸해 한단 말인가. 그 사내의 넓은 오지랖
은 수다스럽지도 번답하지도 누구의 삶을 방해하거나 흔들
지 않는다. 그저 사는 게 너무 힘들어 사라지고 싶지만 그럴
수 없는 가련한 영혼의 눈에 들어온 다른 고단한 영혼에 관
한 순간이다. 그것이 없다면 김성달 소설은 빛을 잃는다. 그
빛을 작가는 지니고 있다. 그 빛을 소설 속 비루한 인생들에

게서 받았는지 아니면 그들에게 빛을 작가가 비추었는지 가늠하기 어렵다. 아마 둘 다일 것이다. 생래적이든 아니면 삶이 일깨워준 것이든 자기를 다른 누군가에게서 보아내고 문득 그 누군가를 떠올리고 심정적으로 내치지 못하는 것이 그래도 살아가는 힘이 되어 준다는 것, 그것이라도 없다면 무슨 희망이 있을 것인가라고 울음을 삼키며 담담한 얼굴로 말하는 것, 김성달 소설의 인물들은 그렇게 살아 움직인다. 그것은 그들에게 세상이 준 상처가 폭력이 훼손하지 못할, 오히려 그래서 더 힘겹지만 깨끗하고 순결한 영혼이 있기 때문이다. 그들 속에 범하지 못할 영혼이 있음을 보아내는 것, 그것이 작가의 힘이고 작가는 그것을 보여준다.

'추위가 몸서리치게 싫으면서도 정선 아이와 뒹굴던 그 추운 방을 그리워하는', 이미 이 세상 사람이 아닌 선혜와 정선 아이를 떠올리며 '야박하더라도 새 내복 속에 선혜를 묻어버리는 수밖에 없었다'라고 모진 마음을 먹지만 끝내 선혜와 정선 아이의 모습을 외면하지 못하고 차가운 눈물방울을 손등 위에 떨어뜨리는 「추운방」의 철우는 안쓰러운 타인의 삶을 외면하지 못하는 안쓰러운 삶의 소유자이다. 철우가 선혜와 정선 아이의 모습을 지우지 못함은 그들의 안쓰러운 삶이 바로 자신의 안쓰러운 삶과 같음을 알고 있기 때문이다. 그것은 안쓰러운 삶일지라도 자신과 함께 하지 못하고 자신의 곁을 떠나버린 영혼에 대한 그리움이자 자신의 외로움에 대한 뼈저린 깨달음이다.

배설 구멍이 머리에 없다는 황당한 이유로 이혼을 당하고 집안 식구들의 무관심 속에서 다큐 작가로 근근히 살아가는 나는 거리에서 우연히 만난 노파와 사내와 여자 애와의 사건을 계기로 세상에 대한 미련과 허욕과 피해의식을 버림으로써 배설의 쾌감을 누리게 되었지만 곧 '시간이 지나면서 화장실 변기에 걸터앉기만 하면 사흘 굶은 노파와 콩팥을 판 사내, 옷 때문에 몸을 파는 여자 애의 얼굴이 하나로 합성된 기묘한 영상이 떠올라 배설 구멍이 막혀' 버리는 상황에 처해 버린다. 세상을 비웃고, 버렸다고 그래서 혼자는 이제 마음껏 배설을 할 수 있게 되었다고 믿었던 것은 순간의 착각, 아니 자기가 자기를 애써 부정하고자 했던 허위에 지나지 않았던 것이다. 노파와 사내와 여자 애가 그렇게 헤매는 한 온전한 배설은 이루어질 수 없다는 것을 그의 몸이 먼저 알고 있었던 것이다.

김성달 소설의 하나같이 힘겨운 일상을 겨우 버티며 살아가는 주인공들은 그럼에도 자기 주변의 비루한 인생을 외면하지 못한다. 외면하고 싶어하지만 그들은 그러지 못한다. 생래적으로 그렇다. 그래서 순결하고 안쓰럽고 그들의 삶이 자리하고 있는 현실이 못마땅하다. 그것이 김성달 소설이 지닌 리얼한 힘이고 그의 소설이 이 시대 드문 리얼리즘 소설이 되는 이유이다.

"태양을 간절히 숭배하는 해바라기의 마음을 닮고 싶었기 때문이야. 경수야, 난 그동안 서럽고 외로운 사람들을 내 방식대로 숭배해 왔고 앞으로도 또 그렇게 숭배하며 살아갈 거야. 활짝 핀 해바라기도 아름답지만 스러지는 해바라기가 숭고하게 아름답단다. 나는."

－「해바라기 심는 여자」에서

무슨 거창한 성모나 혹은 육보시를 했다던 관음보살의 이미지가 아니라 순박한 영혼을 지닌 보잘 것 없는 여인이 자신이 살아가는 존재 이유를 찾음으로써 자기 구원에 이르고자 하는 애달픈 몸짓이라 그대로 다가온다. 그 진실성이, 그 간절함이 그리고 안타까움이. 경수가 홀로 돌아나오며 해바라기 씨를 뿌리는 것은 영애의 그런 마음을 너무나 분명히 알았기 때문일 터, 경수의 마음이 또한 그대로 다가온다. 경수가 독자와 함께 하는 순간이 일어난다. 그것이 좋은 소설이 가질 수 있는 보람이다.

3. 안쓰러운 삶에 대한 안쓰러운 시선 그 너머를 향해

앞에서 살펴보았듯, 김성달 소설에서 편안한 일상을 누리는 인물은 찾아보기 힘들다. 모두가 개인적인 아픔을 지닌 채 힘겹게 살아가거나 혹은 그 싸움에 지쳐 스러지거나 무기력한 채 냉정한 도시의 더러운 길바닥에서 휴지나 흙먼지가 되어 떠돌 뿐이다.

그런데 그 인물들 사이에 미세하지만 거리가 있으며 그 거리는 작가와의 거리에서 출발한다. 1인칭 시점의 소설에서는 지리멸렬한 인생을 살아가는 비루한 인생이라는 점에서 같지만 '나'의 시선과 인식을 통해 다른 인물들을 우리에게 작가는 보여준다. 3인칭 시점의 소설의 경우에서도 마찬가지다. 사내 혹은 그 혹은 이름으로 불린다 해도 그의 시선을 통해 다른 인물들의 삶이 제시되는 방식이다. 이로 미루어 볼 때 우리는 어렴사리 짐작을 하게 된다. '나' 혹은 사내와 작가는 그리 멀지 않다는 것을. 작가는 '나' 혹은 사내, 그와 아픔과 상실을 함께 하고 있다는 사실이다.

작가는 안쓰러운 삶을 안쓰럽게 보는 또 다른 안쓰러운 인간을 안쓰럽게 볼 줄 안다. 본다는 것은 거리를 전제로 하지만 여기서 본다는 것은 자신을 본다는 것과 같다. 철우와 작가의 거리는 기실 존재하지 않는다. 본다와 같음이 동시에 존재하니, 거기엔 출렁이는 감정의 파고만이 드높다.

그렇지만 작가의 인식이 감정적 파고만이 높은 데서 끝나지는 않는다. 앞 절에서 살펴보았던, 소설 속에서 나 혹은 주인공과 주변 인물들 사이의 거리가 실은 작가와 나, 혹은 주인공과 거리가 무화되면서 작가와 주변인물 사이의 거리로 환원되는 것이다. 작가 인식이 확장되는 것은 바로 이 지점에서이다.

경수는 빠른 걸음으로 좁은 골목을 빠져 나오며 영애의 집 마당에 심어놓은 해바라기가 어서 영애 키만큼 자라서, 첫 여자 영애가 변함없이 그 자리를 지켜주기를 빌며 며칠 전부터 바지주머니 속에 들어있던 해바라기 씨를 멀리 푸른 허공을 향해 힘껏 뿌렸다.

-「해바라기 심는 여자」에서

영애에 대한 경수의 이해와 바람은 소설의 마지막에서 확장되고 실천된다. 감정이입에서 오는 기피 혹은 연민을 넘어서서 소망이 구체화되어 나타나고 그 소망의 실현을 위한 행동이 따른다. 그것은 영애의 삶을 포함한 경수 자신의 삶까지 모두 아우르는 것일 터인데, 힘겹게 살아가는 모두의 삶을 위한 작가의 의지가 표출되는 것이다. 김성달 소설이 우지끈 무릎을 곧추세우고 허리를 곧게 펴는 시점이다. 이러한 의식의 확장은 많은 것을 내포하고 있는데, 우선 자신과 주변 인물들의 삶이 보다 나아져야 할 분명한 이유가 있음을 자각하는 것을 의미하고 자신에 대한 연민과 혹은 모멸에서 벗어나 당당해지는 것을 말하며 또한 피해의식을 극복하는 것을 뜻한다.

세상이란 놈은 위험하고 시끄러운 것, 흉측하고 포악한 것들을 모두 집어삼키고도 지극히 태연하고 느긋한 모습을 하고 있다는 것에 대한 당혹   . 철우는 더욱 더 어이없는 당혹감에 눈을 질끈 감고 말았는데, 그 위험하고 시끄러운 것,

흉측하고 포악한 것의 상징이 세차장 주인 집 아들이 아니라
철우 자신일 수 있다고 하는 것이었다.
─「추운 방」에서

약한 자를 괴롭히는 것에 대해 아무런 죄의식도, 미안함
도 지니지 않은 파렴치한 인간, 결국 정선 아이를 찔러 죽게
만든 세차장 주인 집 아들이 흉측하고 포악한 것의 상징이
아니라 자신일 수 있다는 자각은 세상과 자신을 보는 철우
의 변화된 인식을 보여준다. 흉측하고 포악한 것들이 횡행
하는 데도 무사태평인 세상에서 언제나 피해자로서의 인식
에 머물면서 흉측하고 포악한 것들에 굴복하고 혹은 외면하
고 그래서 함께 해야 할, 자기와 같은 사람들을 오히려 타자
화시켜온 자신 역시 세상 속에서 음습하게 횡행하는 흉측하
고 포악한 것이라는 자각은 좌절과 소외의식에 매몰되었던
자기 자신에 대한 성찰이 이루어지고 있음을 보여주는 것이
다. 이는 김성달 소설의 인물들이 지닌 가장 커다란 미덕,
자기의 아픔에도 불구하고 남의 아픔을 자기화하는 천성,
소외의식을 극복할 수 있는 힘이 되는 타인에 대한 사랑, 그
것이 바탕이 되어 자각되고 확장되는 공감과 동지적 유대의
식이라고 할 수 있다. 김성달 소설이 지닌 휴머니티는 곧 그
의 소설이 이 시대 희귀한 진정성을 지닌 리얼리즘 소설이
게 한다.

겨우 세상과 자신에 대해 한가득 똥과 오줌을 퍼질러 놓음으로써 배설의 쾌감을 맛보았던 '나'에게 노파와 사내와 여자 애의 얼굴이 왜 사라지지 않는 것인가. 그들의 얼굴이 합성된 기묘한 영상을 내처 지우지 못함은 그들의 삶이 지리멸렬하는 한 자신의 삶 역시 평안을 얻지 못한다는 것을 알기 때문이다. 사실이 그렇다는 것이 아니라 주인공의 인식이 그렇다는 것이다. 여기에서 작가는 좀 더 힘을 내본다.

> 나는 날씨가 억세게 화창하거나 억수같이 비가 오는 날, 밖으로 나가 아무나 잡고 이런 내 사정을 이야기해 볼 참이다. 노파를 만났던 지하 역사, 사내를 만났던 용산전자상가, 여자 애를 만났던 종로 4가 상가 옥상에도 다시 가 볼 참이다. 그런 곳이라면 내 막힌 배설 구멍을 시원하게 뚫어 줄 사람이나, 혹은 그 무엇인가가 반드시 있을 것이기 때문이다.
>
> ―「배설, 요설」에서

주인공은 이제 배설이 다시 막힌 우울함을 그대로 받아들이지 않고 세상 밖으로 외출을 감행한다. 그는 적극적으로 배설 구멍을 뚫고자 한다. 여기서 우리가 주목해야 할 점은 주인공이 어디에 있는 누군가와 어떤 이야기를 하고자 하는가에 대해서이다. 그는 노파와 사내와 여자 애를 만났던 그 장소에 가고자 한다. 그 장소는 어떤 장소인가. 비루한 인생이 휴지처럼 구겨져 있는 장소이다. 자신의 배설 구멍을 다시 막히게 만드는 노파와 사내와 여자애를 만났던 그곳에 오히려 자신의 배설 구멍을 뚫어줄 누군가가 있을 것이라는 기대는 비루한 인생들의 소통이, 그 유대만이 가장 온당한 처방이 될 것이라는 인식에서 출발하는 것이다.

김성달 소설들을 한 편 한 편 읽으면서 느끼는 아쉬운 점 또한 바로 그 소통과 유대에 기인하는 것인데, 비루한 자들이 지닌 인간으로서의 존엄과 가치를 제대로 보아내는 따뜻한 시선과 그들이 서로 서로 흩어져 소외되어 있지 않음을, 그래서는 안된다는 강한 공감과 유대감을 지니고 있는 감성이 거기에 머물고 있다는 점이다. 자신의 삶 자체가 파탄지경에 이르고 몸도 마음도 지치고 수척해지고 외로워 허허벌판에 홀로 선 듯 가슴과 등이 헛헛함에도 이유 없이 천성으로 인해 자기와 같은 부류의 소외된 인간들을 마음에 담고 그래서 힘들어하는 인물들이 타자에 대한 자신의 정체모를 마음쓰임을 자각하고 그것을 자학과 자기모멸을 넘어 자기애로 발전시켜나가는 모습에 대한 작가의 치밀하고도 생생한 포착과 표현은 놀랄 만한 사실성과 진정성을 갖고 있다. 그리고 나아가 그 천성을 보다 뚜렷이 동지적 유대로, 인간에 대한 존엄으로, 세상에 대한 적극적인 나아감으로 확장되고 있음도 볼 수 있었다.

하지만 그들의 불행은 단지 그들 개인의 사적 불행이며 따라서 사회적인 진단 자체가 불가능해 보인다. 김성달의 소설은 너무나 생생하게 한 인간의 안타깝고 안쓰러운 불행이 가슴으로 읽힌다. 힘겹게 살아감에도 다른 안타깝고 서러운 사연의 인간들을 마음에 품고 외면하지 못하는 순결한 영혼을 만나게 된다. 그래서 그들이 불행의 터널을 지나 새로운 희망과 의지가 빛나는 환한 곳으로 당당히 걸어나갈 수 있게 되기를 바라게 된다. 그런데 바라게 되는 것 이상으로 밀고가지 못한다. 마음으로 더 이상 불행해 하지 말고, 외로워하지 말고 다시 사랑하며 웃으며 살기를 바라는 것 이상으로 할 것이 없다. 그것은 우리가 바라는 것과 달리 앞으로도 이 세상에서 살아가기 힘들 것이라는 어두운 예감이 드는 것과 짝을 이루는 감정이다.

이것은 지금 이 소설집이 갖고 있는 한계라기보다는 오히려 강점이기 때문에 김성달 소설이 앞으로 더 나아가야 할 몫이 있음을 보여주는 것이라고 말하고 싶다. 왜냐하면 이 소설집이 성취한 바 빛나는 지점은 바로 외로운 자들의 외로움이 모여 서로 비비적거리는 것, 그것을 작가가 마음으로 쓰고 있는 데 있기 때문이다. 그 이상은 이 소설집이 감당해야 할, 혹은 채워야 할 영역은 아니다. 소설 속 인물들의 불행이 어디에서 연유하는지, 누가 어떻게 그 불행을 함께 해야 하며 그것의 극복 내지 치유는 또한 누가 어떻게 해야만 하는 것인지에 대한 뚜렷한 사회적 맥락을 보이는 작품은 이제 김성달 작가가 이루어내야 할 몫이다. 그 몫을 충분히 감당해낼 수 있음을 보여주는 것이 바로 이 소설집이라고 할 수 있을 것이다.

여기에서 이 소설집이 지닌 모든 미덕, 김성달 작가의 인간에 대한 따뜻한 시선이 어디에서 연유하는지, 그 원천을 보여주는 작품이라 할 수 있는 「어머니 머리에 물들이던 시간」을 가슴으로 읽으며 앞으로 김성달 작가의 또 다른 성취를 기대해보고자 한다. 내 어머니 같고, 할머니 같고 내 누이 같은 어머니가 등장하는 이 소설은 감히 이효석의 「메밀꽃 필 무렵」 이후 우리 문학사에서 찾아보기 힘들었던 서정소설의 진면목을 보여주는 작품이라 할 것이다.

담담하게 돌아가신 어머니의 추억을 아들의 기억을 통해 우리에게 보여주는 이 작품은 그저 한 많은 일생을 살다간 우리네 어머니의 얘기라는 서사가 중요한 것이 아니라 어머니의 한 많은 일생을 머리 염색이라는 탁월한 모티프에 녹아내면서 아들의 격하지 않고 담담하며 그러나 너무나 서정적이며 감성적인 기억과 시선을 통해 보여주고 있다는 그 뛰어난 서정성이 바로 이 소설이 획득하고 있는 놀라운 점이다. 어머니에 대한 자식의 기억을 다룬 수많은 작품들이 있어 왔지만 이 작품처럼 감정 과잉과 극적 전개로 어머니의 삶을 과장하거나 왜곡하여 보여주지 않고, 어머니의 삶을 무심하게 자기 살기에도 힘겹다고 엄살을 부려가며 그래서 어머니 살아생전 어머니에 대해 무심하게 지내온 것이 내 책임이 아니라며 자기 합리화 속에 살아온 우리 같은 아들을 통해 보여주는 작품은 본 기억이 없다. 극적이지 않다 사실적이고 그래서 더 가슴 아프게 다가오는 아들의 사모곡은 그래서 드러내놓고 눈물을 흘리기에도 부끄럽고 그만큼 감동적이다.

이것이 김성달이라는 인간이 작가로서 지니고 있는 힘이고 그를 작가로 만드는 진정성이다. 이번 소설집은 그것을 확인케 한다. 그래서 지금을 기쁘게 하고 미래를 바라게 한다.

작가의 말

　여기저기 발표만하고 내버려두었던 작품들이 그 됨됨이
에 상관없이 자꾸 안쓰러웠다. 작정하고 작품을 찾아 모으
고 다시 손을 보는 사이 무더운 여름이 지났다. 발표 기간이
오래 되어 시의성이 문제인 몇 편 빼고 그동안 지면으로 내
보냈던 작품을 거의 모았다. 모으고 보니 서투르고 형편없
는 모습에 얼굴이 붉어지지만 그냥 내보낸다.

　이제껏 살아 오면서 주변 여러분들의 인연으로 그마나
목숨부지하고 있다. 고마움을 가슴 깊이 느끼고 있지만 원
체 표현이 서툴다. 늦게나마 나를 여기까지 오게 한 많은 인
연들에게 감사드린다.

　특히 지금도 문학의 길잡이가 되어주시는 이호철 선생님
과 문향(서울소나무) 회원들에게 머리 숙여 고마움을 전한
다. 러시아 문학을 처음 알게 해 준 소설가 정태언형, 종로
영일빌딩 엘리베이터 없는 6층 방에서 가난하지만 즐거

운 『문예주의보』를 만들던 동지들 덕분에 많은 공부를 할 수 있었다. 앞으로 내 소설이 혹시라도 우리 문학사에 미미한 점이라도 하나 남기게 된다면 모두 그분들의 덕이다. 그래서 내 문학의 뿌리는 문향(서울소나무)이다.

작품집 표지와 삽화를 흔쾌히 맡아주신 서양화가 박준우 선생님께 턱없이 과분한 사랑을 받았다. 요 몇 해 선생을 만나 뵈며 창작의 자세를 많이 배웠다. 진심으로 고마운 마음을 전해드린다. 바쁜 가운데도 해설을 맡아 준 이호규형에게도 감사드린다.

소설 쓰는 일이 괴로운 것이 아니라 즐겁고 유쾌한 일이 되도록 하고 싶다.

끝으로 가족들에게 미안함과 고마움을 전한다.

2010년 가을

김성달

.

환풍기와 달

초판 1쇄 인쇄일		2010년 11월 5일
초판 1쇄 발행일		2010년 11월 10일

지은이		김성달
펴낸이		정진이
총괄		박지연
편집 · 디자인		이솔잎 채지영
마케팅		정찬용
관리		한미애 김민주
인쇄처		은혜사
펴낸곳		새미

등록일 2005 13 14 제17-423호
서울시 강동구 성내동 447-11 현영빌딩 2층
Tel 442-4623 Fax 442-4625
www.kookhak.co.kr
kookhak2001@hanmail.net

ISBN		978-89-5628-557-3 *03800
가격		12,000원

* 저자와의 협의하에 인지는 생략합니다.
  새미는 국학자료원의 자회사입니다.
  잘못된 책은 구입하신 곳에서 교환하여 드립니다.